LA FORTUNE DE SILA

Agrégé et docteur ès lettres, professeur au lycée franco-allemand de Buc (Yvelines), Fabrice Humbert est l'auteur de plusieurs romans dont *L'Origine de la violence* (Le Passage, 2009) pour lequel il obtient le Prix Renaudot du livre de poche en 2010. Son dernier roman, *La Fortune de Sila*, a quant à lui reçu le Grand Prix RTL-*Lire* en 2011.

Paru dans Le Livre de Poche :

L'Origine de la violence

FABRICE HUMBERT

La Fortune de Sila

ROMAN

LE PASSAGE

Prologue

Paris, hôtel Cane, juin 1995

L'homme mangeait. Les plats se succédaient, auréolés de noms rares scandés par les serveurs : murex, thon rouge et gambas obsiblues, ventrèche laquée, courgette serpent, main de bouddha, merinda et herbes insolites, goujonnettes de sole voilées de farine de maïs, truffes blanches d'été… Une poésie précieuse. Et les saveurs, mêlant ces ingrédients délicats dans une diversité cohérente, s'écroulaient dans le palais, en continuelles expansions du goût, libérant toujours de nouvelles nuances.

Mais l'homme, âgé d'une trentaine d'années, le buste épais et les épaules larges, était insensible aux mots comme aux goûts. Il absorbait avec indifférence ce paradis culinaire. Parfois, il échangeait quelques paroles avec sa compagne, une jeune femme au visage las, ou jetait un coup d'œil à son fils, un enfant de six ou sept ans, une casquette sur la tête, qui avait du mal à tenir en place.

Une vingtaine de tables étaient installées dans le restaurant de l'hôtel. Le décor était sobre, toute la dimension esthétique se concentrant dans les assiettes, et peut-être aussi dans le ballet des serveurs, déplaçant les dessertes pour y poser les plats.

La clientèle ne s'écartait pas de cette sobriété convenable. Une clientèle internationale de bon goût, louant des chambres à l'hôtel ou expérimentant l'un des meilleurs restaurants du monde. Plusieurs couples, quelques familles, une table avec deux hommes, jeunes et élégants, en costume, l'un au teint mat, l'autre blond et pâle. Plus loin, quatre hommes, manifestement un dîner d'affaires. À une autre table, un homme au visage dur, quarante ou quarante-cinq ans, en face d'une très jolie femme brune. Le maître d'hôtel leur parlait russe.

Seule fausse note dans cette atmosphère paisible : l'enfant à casquette. Accablé par l'ennui, il avait décidé de se lever et de barrer le chemin aux serveurs. Dans cet espace restreint, ceux-ci, ne sachant que faire, s'arrêtaient, le considéraient, le contournaient. Ils jetaient un regard insistant sur le père, qui continuait à manger. Peut-être ne se rendait-il pas compte que son fils gênait le passage, ou peut-être estimait-il que c'était sans importance. En tout cas, il ne tentait rien pour le faire revenir à table. Un serveur, un plat à la main, manqua trébucher.

— Tu ne voudrais pas retourner t'asseoir ? dit-il à l'enfant.

L'enfant le regarda, étonné. Le père tourna la tête vers le serveur.

Celui-ci répéta sa phrase, cette fois-ci en anglais. L'enfant prit un air buté et croisa les bras, le corps droit, sans bouger. Alors le serveur, un jeune Noir, le saisit par le bras et l'entraîna vers sa table. Le père, se levant, le visage sombre, fit un pas et envoya son poing dans la figure du serveur.

— *Don't touch my son !* hurla-t-il.

Le serveur émit un cri étouffé, son plateau vola et s'écrasa sur le sol, tandis que lui-même engouffrait son visage dans ses mains, retenant les ruisseaux de sang de son nez cassé.

Un silence stupéfait se fit. Tout le monde s'était arrêté pour contempler la scène. Le père, tassé dans sa brutalité, s'était rassis et avait installé son fils à table.

Une expression à la fois distante et méprisante, légèrement dégoûtée, se lisait sur le visage du Russe. Le jeune homme au teint mat donnait l'impression de vouloir intervenir, comme la femme du Russe d'ailleurs, mais une sorte de timidité nerveuse l'en empêchait, alors que son voisin regardait la conclusion de cette démonstration de force avec fascination, l'œil fixe, la bouche frémissante. Le jeune homme fit le geste de se lever mais, voyant que personne ne l'imitait et que le serveur prenait un mouchoir et s'éloignait, tandis qu'un de ses collègues se précipitait pour ramasser les plats tombés à terre, il se rassit.

La salle se mit d'abord à murmurer puis les conversations recommencèrent. Le père avait repris son repas. Le dos tourné, indifférent, il mangeait.

PREMIÈRE PARTIE

1.

Sila se tenait en équilibre fragile sur l'angle d'un mur de pierre, le pied gauche surélevé par rapport au droit. Là, debout dans le soleil, un grand sourire aux lèvres, il pissait. Et à cette époque, personne n'aurait pu songer qu'il se retrouverait un jour serveur à l'autre bout du monde, attendant dans les cuisines, le nez cassé, qu'on l'emmène aux urgences.

Il rit lorsque l'urine éclaboussa, sur un journal abandonné, le visage imprimé d'un homme. Une ombre délavée d'encre noire lui mangea une partie de la joue. Le large visage en parut plus sévère.

Sila sauta du haut du mur. Par curiosité, il saisit sa cible d'un doigt précautionneux. Un Blanc d'une cinquantaine d'années, gras, avec des cheveux blancs. Sila allait le laisser retomber lorsqu'un chiffre attira son attention : deux milliards de dollars. Le doigt fixé sur les lignes, il déchiffra l'article. Il crut comprendre que c'était la somme gagnée par cet homme pendant l'année. Mais il n'était pas certain d'avoir bien lu. Il était bon élève autrefois, puis l'école s'était arrêtée.

Fourrant l'article dans sa poche, en compagnie d'une lame d'acier, d'une pierre coupante et d'un fil

13

de fer dénichés au hasard de ses pérégrinations, il poursuivit son chemin, tantôt marchant tantôt courant, à sa façon gambadante et sans but. Parfois, il semblait hésiter, se faire plus prudent, dans certains quartiers de la ville où se terraient, oubliées, les mines de la dernière guerre. Un de ses camarades, autrefois, durant un match de foot, avait sauté sur l'une d'elles. Son œil s'ouvrait sur le sol, sur les traces, il était aux aguets. Et puis, soit qu'il ait passé la zone dangereuse, soit qu'il n'ait de foi qu'en l'immortalité de la jeunesse, il reprenait sa course, un peu sautillante, à la manière d'une gazelle.

Il traversa les quartiers détruits, l'ocre des sables défaits, les immeubles éventrés, ne s'arrêtant que pour jouer un instant avec un âne à la barbe grise, au poil sale. Il lui tapota le museau, lui parla, l'enfourcha. L'animal partit sur le côté en brayant. Tanguant dangereusement, Sila s'accrocha à la crinière, déjà à moitié tombé, ne tenant plus que d'une jambe, avant de se laisser aller et de s'écraser à terre, sous le regard dubitatif d'un chien errant. Et puis les trois – le chien, l'âne et l'homme – restèrent immobiles.

Une heure plus tard, il rejoignait son cousin Falba sur la plage. Un homme d'une trentaine d'années, maigre, aux côtes saillantes, à peine vêtu d'un pagne autour des hanches, occupé à ravauder des filets de pêche. Sila l'observa un temps, songeur, puis se mit au travail, sans dire un mot, avec le même air de patiente indifférence que son cousin. D'autres pêcheurs s'employaient de même autour d'eux.

Lorsqu'ils eurent achevé leur tâche, ils se levèrent. L'homme arrivait à peine à la poitrine de Sila. Son corps cuivré semblait déformé, avec ses énormes genoux et ses jambes maigres. Une large cicatrice traversait son ventre, trace d'une balle qui lui avait perforé les intestins et avait entraîné une opération difficile dans un camp humanitaire. Sila plongea ses mains dans les poches de son jean. Sous ses doigts, il sentit l'article de journal.

— Toi qui sais lire, tu ne pourrais pas m'expliquer ça ? dit-il en tendant la feuille imprimée.

Falba contempla l'article avec méfiance.

— Demande plutôt à l'Oncle. Je n'y connais pas grand-chose.

Sila hocha la tête. L'Oncle. Bien entendu. L'Oncle savait tout.

Celui-ci était à la maison, en train de préparer un mélange de bouillie de maïs et de poisson, tournant une longue louche avec des gants blancs. La demande de Sila sembla l'agacer mais il attrapa ses lunettes cassées où seul un verre fêlé subsistait et lut l'article avec attention.

— Où as-tu trouvé cela ? demanda-t-il.

— Dans la ville, ça traînait par terre.

— Et ça t'a intéressé ?

— Un peu. Je l'ai ramassé.

— À cause du visage de cet homme ?

— Non. À cause d'un chiffre.

— Deux milliards de dollars ? fit l'Oncle.

— Oui.

— C'est l'argent que cet homme, un financier américain, a gagné l'année dernière.

— C'est ce que j'avais cru comprendre, dit Sila avec une nuance de fierté.

— Et pourquoi est-ce que cette information t'a frappé ?

— Parce que cette somme…

— Cela se passe loin. Aux États-Unis. Ce n'est pas notre monde.

— Pourtant, on parle de lui ici. Au milieu de tout cela…

De la main, Sila désigna la ville. La ville aux mille misères. La ville des bidonvilles, la ville sans ville puisqu'il n'y avait ni centre ni périphérie, juste un abandon sans formes.

L'Oncle haussa les épaules.

— Cela n'a pas d'importance, dit-il.

Et d'un air pénétré, il reprit sa tâche.

Sila sortit de la cuisine, qui était aussi le salon et la salle à manger, qui pouvait être également une chambre, non pas faute de place, puisque tout l'immeuble, ou du moins ce qu'il en restait, était vide, mais simplement parce que toutes ces pièces ne se distinguaient pas les unes des autres, toutes vastes, détruites et rongées par le sable, qui montait comme la mer. Du sable partout, surgissant par tous les trous, par les cavités comme par les interstices. La vaste mer de sable qui étranglait la ville et qui l'unirait un jour au désert, comme un rêve du passé, comme une cité abandonnée par ses mirages. Tandis qu'il reprenait sa marche, plus nonchalante toutefois, presque rêveuse, les mots de l'Oncle lui revenaient : « Cela n'a pas d'importance. » Et peut-être pour la première fois de sa vie, les propos de l'Oncle ne passaient pas. Ce n'était pas un désaccord rationnel et il ne pouvait mettre de mots sur le sentiment trouble et un peu gêné qui s'emparait de lui mais Sila ne se sentait pas à l'aise. L'argent n'avait jamais compté dans sa vie – le simple fait de trouver chaque jour de la nourriture avait été une quête autrement plus essentielle – mais cette somme fabuleuse, démesurée, l'ébranlait. Cela lui semblait vulgaire. Il se rappela les remontrances de sa mère, dans son enfance, lorsqu'il avait été impoli. Oui, cet Américain était très impoli. Il était bien possible que tous les hommes du pays, même ceux du Nord, qui circulaient en voiture, n'aient pas gagné une somme pareille dans l'année. Qui sait ? Peut-être même ne gagneraient-ils jamais, à eux tous, dans toute leur vie, cette somme. Et pourtant ils étaient une foule immense et l'Américain était seul. Deux milliards de dollars. Comment pouvait-on gagner autant d'argent ? Avait-il pêché des millions de poissons ? Avait-il confectionné des vêtements, en une pile qui allait jusqu'à la lune ? Avait-il bâti des immeubles, en travaillant nuit et jour pendant des milliers d'années, brique après brique ?

Sila s'assit par terre, entourant ses genoux de ses bras. Il attendit la venue de la nuit. Et il s'endormit sur le sable comme un gamin abandonné, en adolescent trop vite grandi, écartelé entre l'enfance et la jeunesse de l'homme.

Frissonnant, il s'éveilla dans la nuit. Il n'eut aucun mal à retrouver son chemin. L'Oncle affirmait qu'il voyait dans l'obscurité, comme les animaux. Et il est vrai que sa marche élastique et souple, d'une régularité immuable, ressemblait à celle d'un animal. Une heure plus tard, après avoir englouti un peu de bouillie de l'Oncle, Sila s'enroulait dans une couverture et poursuivait sa nuit.

Celle-ci fut de courte durée. Son cousin Falba l'éveilla avant l'aube, d'un coup de pied amical. Sila grogna mais, quelques secondes plus tard, il était debout, ravivant le feu. Ils avalèrent leur bouillie puis se dirigèrent vers l'océan, sans un mot. Leurs pieds foulèrent le sable de la plage. Ils poussèrent la barque. D'autres poussées se faisaient au bord de l'eau, d'autres corps s'allongeaient et forçaient. Les premières barques passaient déjà le mur de vagues, l'effondrement blanc à une centaine de mètres qui signalait les hauts-fonds. Après, c'était la liberté, l'océan ouvert.

Le ventre de Sila frémit au contact de l'eau froide. Puis il sauta dans la barque et pagaya, ce à quoi s'employait déjà Falba, à l'avant, avec une force et une régularité surprenantes pour sa maigreur. Les vagues repoussaient la barque vers la plage et il fallait profiter du reflux pour avancer.

— Allez ! cria Falba.

C'était le signal. Sila poussa de toutes ses forces sur la rame. L'esquif sombre s'enfonça dans l'écume blanche et ruisselante, hésita un instant, parut rebrousser chemin avant que d'un énorme coup de rame les deux hommes ne passent le cap, tanguant au sommet de la grande vague et retombant ensuite sur l'étendue plane. Ils s'élancèrent vers le large, laissant glisser les filets de pêche et filant vers les coins poissonneux. Falba se plaignait toujours que les poissons soient beaucoup plus rares que dans sa jeunesse. Lorsqu'il était enfant, disait-il, ils sautaient dans la barque tant ils étaient nombreux. À présent, les bancs s'étaient amaigris, les prises étaient plus petites. Falba estimait que les poissons, par crainte de la guerre, s'étaient probablement rassemblés au cœur de l'océan, dans un royaume secret.

« C'est le bruit des détonations qui les a fait fuir », disait-il.

L'Oncle avait toujours une mine désolée devant ces affirmations.

« Les poissons sont sourds. Ils n'ont pas d'oreilles mais des branchies.

— Dans ce cas, comment expliques-tu leur départ ? répliquait Falba, mains sur les hanches. Souviens-toi de nos prises d'autrefois… »

Ce jour-là, pourtant, la pêche fut bonne. Épousant le fond de l'eau, comme un requin plat se mêle aux roches et aux algues, Sila ramassa trois grosses langoustes qu'il exhiba triomphalement, les bras tendus, en émergeant à la surface.

Au marché, ils purent les vendre à bon prix. Une femme s'approcha, jeune et fine. Elle tendait la main pour acheter les langoustes lorsque la Mercedes rafistolée du commandant fit son habituelle entrée sur les lieux, le klaxon hurlant, arrivant à grande vitesse et plongeant dans le sable pour s'arrêter faute de freins. Le commandant, en uniforme militaire, en sortit et s'approcha de son allure martiale. Chaque semaine, il leur prenait les plus beaux poissons et payait assez bien, sans trop marchander.

— Commandant, vous voulez des langoustes ? lui cria de loin Falba.

La jeune femme se retourna vers le commandant, sans dire un mot.

— Je les prends toutes, fit le commandant. J'adore les langoustes.

— Elles sont déjà prises, murmura Sila à son cousin. La fille les…

— Le commandant est prioritaire, rétorqua Falba.

Sila se leva.

— Nous aimerions toutes vous les vendre, commandant, mais cette jeune femme est arrivée avant vous. Il faudra partager.

Le commandant eut un haut-le-corps. Sila lui tendit deux langoustes et en réserva une pour la fille. L'honneur était sauf : deux langoustes, cela pouvait suffire. Néanmoins, pour bien montrer sa désapprobation, le commandant lâcha ses pièces sur le sol et s'en alla sans dire un mot, remontant dans sa voiture et repartant avec ses klaxons hurlants.

— Merci, fit la jeune fille.

Sila hocha la tête.

— Ça ne va pas ? fulmina Falba lorsqu'elle fut partie. Tu refuses des langoustes au commandant ?

— Je n'ai rien refusé, la fille était seulement là avant. Et puis il a eu ses deux langoustes.

— Il les voulait toutes. C'est notre meilleur client et c'est le commandant.

— La guerre est finie. Il n'est plus commandant de rien.

— Mais il ne reviendra pas. Et lorsqu'on a été commandant, on l'est pour toujours.

À la fin de la matinée, quand Sila contempla les pièces et les billets qui se trouvaient dans sa main, fruits de toute leur pêche du jour, il songea que plusieurs centaines de milliers d'années lui seraient nécessaires, en accomplissant chaque jour une aussi bonne pêche, pour gagner autant d'argent que l'Américain. Et de nouveau un sentiment désagréable l'envahit, un sentiment sur lequel il ne pouvait mettre aucun nom, qui n'était ni de l'envie ni de la haine, plutôt une sorte de vague désapprobation.

Ils retournèrent donner l'argent à l'Oncle. Puis Sila reprit son errance habituelle à travers la ville. Un match de foot auquel il participa l'occupa un moment. Il courut, défendit, marqua deux buts, cria. La balle de papier et de plastique, que les joueurs tentaient tant bien que mal de faire ressembler à un ballon de foot, finit par crever, de sorte qu'ils arrêtèrent le match. Les jeunes gens se dispersèrent par bandes, en commentant leurs exploits, jusqu'au moment où Sila, aux limites de la ville, se retrouva seul. Le vent soufflait. Des ruines se dressaient face au désert, en bastions abandonnés. Vestiges de la destruction. Encore quelques années et le sable les recouvrirait, avalant un peu plus la fantomatique Cité. L'Oncle répétait qu'ils étaient tous en sursis. Qu'ils ne vivaient pas mais survivaient, comme des errants des sables, et que leur survie même relevait de la mémoire : ils existaient pour se souvenir de la guerre. Et comme ce souvenir glissait dans l'abîme de l'oubli, ils glissaient lentement dans les sables mouvants de l'Afrique.

Une ville d'enfants et de vieillards. Une ville dont les femmes avaient disparu, violées, enlevées, tuées, dont les hommes avaient été suppliciés, égorgés, faits prisonniers. Les enfants avaient grandi, étaient devenus des adolescents, et leur vie allait passer comme un songe. Un souffle de vent qui déplace le sable.

À une centaine de mètres, passant derrière les maisons, Sila crut voir l'immense silhouette d'une girafe progresser lentement, avec cette étrange et suave indifférence des bêtes sauvages. Et puis la vision disparut. La Cité des Songes. La Cité de Nulle Part. Un monde blanc envahi de sable et d'oubli, où les hommes se déplaçaient comme dans un rêve lent et répétitif, où les formes s'effaçaient progressivement.

À son retour, Falba, qui l'attendait dans une rue adjacente, l'empoigna par le bras.

— Tu ne peux pas rentrer à la maison, dit-il. Les hommes du commandant te cherchent. Ils vont te tuer. Ils disent que tu l'as humilié. Tu dois partir.

Dans la Cité de Nulle Part, la vie n'avait aucune signification. Les corps se mouvaient comme des algues agitées par les courants de la mer, au fond des eaux.

L'algue Sila se détacha. Il se faufila sur un cargo en partance – un de ces improbables navires aux tôles épuisées qui avançaient par miracle –, sans en connaître la destination. Il y en avait un ou deux par semaine. On ne savait trop ce qu'ils transportaient. Que trouvaient-ils dans la Cité de Nulle Part ? Néanmoins, ils existaient, leurs sirènes retentissaient dans la ville à leur arrivée et à leur départ. Marchandise parmi les marchandises, Sila demeura dans la soute toute une nuit et tout un jour mais, à la fin du premier jour, un matelot le découvrit. On le ramena sur le pont. Le capitaine lui dit qu'il serait jeté par-dessus bord. Sila connaissait la loi. Les clandestins nourrissaient les requins. C'était une loi familière à tous. Il ne protesta pas.

Le cuisinier s'interposa. Il avait besoin d'un mousse et puis ce gars-là était trop jeune pour mourir. Son enfance avait déjà été un enfer, on n'allait tout de même pas l'envoyer maintenant par le fond, alors qu'il avait une chance de s'en sortir.

— Si on laisse un clandestin en vie, c'est un signal adressé à tous les autres, dit le capitaine.

— Il n'y en aura pas d'autres. Il est seul. Je vais m'occuper de lui.

Le cuisinier s'appelait Fos. Avant cet épisode, il n'était ni bon ni mauvais. Il gagna ses galons de bonté ce jour-là. Sans doute avait-il besoin d'un mousse, sans doute en avait-il assez de travailler seul à la cuisine. Toujours est-il qu'il sauva la vie de Sila. Celui-ci travailla aussi dur qu'il le put pour le remercier. Jamais la cuisine ne fut aussi propre, jamais les plats ne furent astiqués avec autant de soin. Se souvenant de l'Oncle, Sila servait le capitaine avec des gants blancs – même s'il fallait un peu d'imagination pour considérer qu'ils étaient vraiment blancs. Un soir, le capitaine lui-même avoua :

— On a bien fait de te garder en vie.

Sila améliorait l'ordinaire en pêchant lui-même le poisson. Parfois, l'envie lui prenait de se jeter dans l'eau étincelante. Il regrettait la lumière. Plonger dans la lumière. Dans le soleil reflété par l'océan. Mais le cargo allait trop vite, le pont était trop élevé, il ne pourrait le rattraper.

Fos était très bavard. Il discutait avec Sila, l'interrogeait sur son existence. Sila n'aimait pas beaucoup lui répondre. Il venait de la Cité de Nulle Part, de la ville engloutie. Peut-être celle-ci n'existait-elle déjà plus, peut-être s'était-elle effacée au départ du cargo, qui avait levé le charme.

— Bien sûr qu'elle n'existe plus, dit Fos lors d'une de ces discussions. Elle n'a jamais existé d'ailleurs et tu dois l'oublier. Tu es un autre homme maintenant, tu n'es plus dans ta cité hors du temps. La guerre est terminée.

Le cuisinier lui demanda qui l'avait élevé durant toutes ces années. Sila décrivit son cousin et son oncle.

— Et tes parents ? Ta mère, ton père ?
— Ils ne sont plus là.

Le cuisinier hocha la tête.

— On dit que les rebelles ont exécuté la moitié de la population.

Sila consacrait ses heures de liberté sur le bateau à la lecture des deux seuls livres qui se trouvaient à bord, un atlas et un livre de recettes. Il découvrit ainsi les deux piliers de son destin, la cuisine et les voyages.

Du doigt, il parcourait le monde, s'arrêtant sur chaque continent. C'étaient des noms obscurs et fabuleux, dont certains souvenirs revenaient par bribes. L'Oncle avait évoqué ces continents comme des contrées merveilleuses, où l'or et le lait coulaient à flots : l'Europe, l'Amérique.

Un soir, Sila sortit de sa poche le fragment de journal qu'il avait conservé.

— Cet homme vient d'Amérique, dit-il.

Fos lut l'article puis ouvrit la page correspondante dans l'atlas.

— Il habite les États-Unis. C'est un pays d'Amérique du Nord. Et la ville où il se trouve s'appelle New York.

Et il montra un gros point rouge sur la carte.

— C'est une ville près de la mer, comme la mienne.

Fos éclata de rire.

— Comme la tienne, en effet. Tu veux aller aux États-Unis ? Je te signale que nous remontons jusqu'au Maroc avant de débarquer en France, à Marseille.

La France. Le pays de référence. Celui dont ils parlaient tous la langue, dans la Cité de Nulle Part.

— C'est plus petit que les États-Unis, ajouta Fos. Mais enfin, c'est plus grand que ta ville.

Grâce au livre de cuisine, des noms surprenants sortaient des lèvres de Sila : œufs *fino de Boffet*, palette du peintre, roses des sables, poularde pochée à la crème de lentilles, rouleaux d'araignée de mer *Atlantide*, soupe de riz aux kumquats, tournedos dans l'esprit de Rossini. L'ouverture était toujours la même : temps de cuisson, ingrédients. Et puis ensuite, les termes étaient choisis, élégants : « Enlever le pédoncule, blanchir fortement. » « Flamber, vider et découper le poulet à sauter en huit morceaux. » « Hacher l'échalote et la faire suer au beurre. » « Blanchir les épinards, les rafraîchir et les presser pour extraire l'excédent d'eau. » Imaginet-on la poésie de ces phrases pour un habitant de la Cité de Nulle Part ? « Dans une casserole sur feu doux, faire suer à l'huile la carotte et l'oignon taillés en mirepoix. Ajouter la tomate fraîche et concentrée, la branche de céleri, les queues de persil et le fond brun. »

— Je lis des mots sans jamais connaître l'objet, objecta un jour Sila. C'est lassant.

— Tu ne crois tout de même pas que je vais préparer tout ça sur le bateau ?

Fos, à cinquante et un ans, était de ces êtres inachevés qui ont accumulé les vies : crève-la-faim au Liberia, il avait été artiste à Paris, étudiant et chômeur en Allemagne, ouvrier du bâtiment au Brésil, puis cuisinier aux États-Unis dans une cantine scolaire avant de s'engager sur ce cargo. Il baragouinait plusieurs langues, connaissait tout et rien, avait arpenté tous les pays et rêvé dans toutes les grandes villes du monde.

Il aimait Sila comme un fils parce qu'il le trouvait mystérieux. Ses silences, une sorte de retrait permanent, en faisaient un être à part. Et la beauté du jeune homme le remplissait de fierté, comme s'il en était la cause. Son visage respirait la force et la vie, avec des yeux d'une obscurité étonnante, et un sourire à la joie communicative. Quant à son corps, il était unique, absolument unique : à son âge, sans être aussi large qu'un homme mûr, Sila était à la fois musclé et élancé, sculpté comme une statue. Et tout cela existait grâce à lui, Fos, qui lui avait sauvé la vie !

Le cargo accosta au Maroc. Il y resta à peine une journée, le temps de débarquer les marchandises et d'en charger d'autres. Les marins s'y employèrent sans discontinuer, avec l'aide de quelques porteurs tirés de la foule qui se pressait dans le port, à la recherche d'une tâche à effectuer. L'un de ces aides d'un jour était d'une force étonnante et les autres racontaient que c'était un loup-garou. Les nuits de pleine lune, il égorgeait les femmes et les enfants. Pour un loup-garou, Sila lui trouva l'air bonhomme.

Puis le cargo reprit sa route.

Sur le marché marocain, Fos avait acheté quelques provisions pimentées pour satisfaire le capitaine. Et c'est ainsi que Sila devint aide-cuisinier, pour une lotte qu'il coupa en médaillons et à laquelle il ajouta à la fin, après la cuisson de dix minutes que Fos surveilla avec circonspection, une pulpe de noix de coco qui resterait dans les annales de ce cargo rouillé et miséreux. Lotte servie, bien entendu, en gants blancs.

Enfin le bateau parvint à destination.

2.

L'un s'appelait Simon Judal, ce qui le faisait parfois appeler Djude ou Judas, surnom qui n'aurait pu être plus mal choisi, l'autre avait été nommé Matthieu Brunel mais ne comptait pas s'arrêter là : le patronyme était trop commun. C'étaient les deux jeunes gens qui avaient eu des réactions si différentes au restaurant.

Ils marchaient à présent dans la rue, à côté des Champs-Élysées. Une sorte d'allégresse les soutenait qui venait à la fois de leur repas, de la bourse délestée de Simon, qui avait fêté son nouvel emploi en compagnie de son meilleur ami, de leur jeunesse et de la nuit de juin. La climatisation du restaurant avait été un peu froide et ils étaient heureux de se promener dans la chaleur de la nuit. Le monde leur appartenait.

— Tout de même, si j'avais été le serveur, je lui aurais cassé la tête à ce gars, dit Matthieu.

— Difficile quand on est serveur dans le meilleur restaurant du monde de se colleter avec un client, répondit Simon.

— Parce que c'est le meilleur restaurant du monde ?

— Je ne pouvais que t'emmener là. Pas d'autre choix possible.

— Je lui aurais quand même cassé la tête !

Ils débouchèrent sur les Champs-Élysées. Dans la nuit d'été, les lumières de la ville jetaient des reflets mauves qui formaient des orbes dans le ciel. Les arbres de l'avenue luisaient. Des flots de lumière émanaient des voitures, curieusement silencieuses pourtant, attendant patiemment l'écoulement de la longue masse métallisée qui s'étendait jusqu'à la place de la Concorde.

Les deux amis descendirent les Champs-Élysées puis, en arrivant à la Concorde, hélèrent un taxi. Ils ouvrirent les fenêtres et, sans plus parler, se laissèrent aller au mouvement de la voiture.

Ils s'arrêtèrent dans le 11e arrondissement, au pied d'un grand immeuble de brique, puis prirent l'ascenseur jusqu'au neuvième et dernier étage. Simon enfonça sa clef dans la serrure. Ils entrèrent dans l'appartement. Un couloir au parquet ciré débouchait sur un salon derrière lequel s'ouvrait une terrasse couverte, meublée à l'orientale, donnant directement sur le vide. Ils s'assirent.

— Ce gars qui a frappé... reprit Matthieu.

— Encore ! l'interrompit Simon.

— Ce n'est pas normal, non, de frapper un homme qui a seulement pris un gamin par le bras ?

— Pour un abruti, si, c'est normal.

— Même pour un abruti ! Il faut un abrutissement particulier.

— Sans doute, dit Simon en bâillant.

— Il faut une obsession de la force et de la propriété. Mon gamin est à moi et personne n'y touche.

— On ne peut pas mieux dire.

— Tu as cette obsession-là ? demanda Matthieu.

— Non.

— Moi non plus, et en même temps il serait peut-être bon pour nous de l'avoir. Cette volonté absolue de s'imposer. De marquer son territoire.

— Comme un animal, tu veux dire ?

— Oui, comme un animal. D'être moins homme et plus animal. Je me demande si le secret n'est pas là. Davantage se laisser aller à ses instincts, à ses pulsions.

— Être un prédateur en somme ? Beau programme. Inverser l'histoire de l'homme et revenir à l'état de bête.

— Ce qui est clair, c'est que cet homme, cet abruti, mène une guerre. Et je pense que les êtres en guerre ont un avantage sur les autres.

Simon hocha la tête.

— Peut-être. Mais c'est aussi parce qu'ils ont déjà perdu. Un être en guerre, pour moi, c'est un homme pour qui la défaite a déjà eu lieu. La défaite de tout ce qui peut nous rendre humains mais aussi la défaite du bonheur.

Un peu étonné d'avoir tenu des propos aussi sensés et craignant une meilleure repartie, Simon partit se coucher. Matthieu resta songeur un moment puis il gagna également sa chambre.

Tous deux partageaient cet appartement depuis un an. Ils s'étaient rencontrés dans un bal, avaient sympathisé alors qu'ils n'avaient rien en commun, au moins en apparence, et six mois plus tard Matthieu rejoignait Simon dans une colocation. C'était un appartement de trois pièces. Avec une obstination curieuse, qui lui venait parfois, Simon avait recherché un appartement avec terrasses. Au pluriel. « Dans quel quartier cherchez-vous ? » avait demandé l'agent immobilier. « Peu importe le quartier. Je veux des terrasses. » « Quel est votre budget ? » « Je n'ai pas de budget, j'ai un projet : des terrasses. » Du moins, c'est ainsi qu'il racontait l'entrevue. À l'époque, il n'était pourtant pas riche. Il travaillait comme chercheur dans un laboratoire de mathématiques.

Simon était entré dans l'appartement sur les talons de l'agent immobilier. Une première terrasse se trouvait derrière la cuisine, une deuxième dans le prolongement du salon. Chaque terrasse accroissait l'excitation de Simon et, à la troisième, il signait. Celle-ci se situait après la plus grande chambre, légèrement en hauteur et entourée d'arbustes desséchés. Elle n'était pas luxueuse, pas plus que l'immeuble ou l'appartement d'ailleurs, défraîchis, assoupis dans les hauteurs du 11e, au milieu de rues tortueuses et sans charme. Mais elle correspondait à son désir : elle ouvrait sur tout Paris. Il n'y avait rien de tape-à-l'œil mais cela n'en était pas moins un lieu exceptionnel, tout en hauteur, comme détaché de la vie quotidienne et de la ville, à la façon d'une vigie de navire.

« Vous pouvez même monter sur le toit si vous voulez. Il est plat, cela vous fait une quatrième terrasse. La clef vous est réservée, l'accès vous appartient. »

Simon s'installa. En hiver, le gris entrait de partout dans l'appartement. Le gris des nuages, de la ville. Une mélancolie agréable, parfois un peu froide. En été, le soleil illuminait jusqu'aux derniers recoins des pièces. Simon s'isolait sur sa terrasse haute, en caleçon, et épuisait patiemment la course du soleil, du matin jusqu'au soir, ce qui accentuait encore la matité de sa peau. En ce lieu, il était parfaitement bien. Seul et tranquille, comme il aimait l'être.

Pourtant, la proposition de colocation vint de lui. Une chambre restait libre en permanence. Cela dérangeait peut-être son sens logique. Mais ce fut aussi la conséquence de la déflagration que fut sa rencontre avec Matthieu.

Simon était un être timide et réservé. À la suite de la mort de ses parents dans un accident de voiture, il avait été élevé par sa tante, sœur aînée de sa mère. Enfant de six ans, il s'était soudain retrouvé orphelin, suivant une fatalité qu'il ne s'expliquait pas mais à laquelle il se soumettait. De même qu'il était né, ses parents étaient morts. C'était un fait sur lequel il ne convenait pas de s'interroger. Il ne pleurait pas, n'était pas triste mais vivait dans un univers décoloré, dans un bocal d'où toute vie était bannie. Il restait en général sans rien faire, indifférent à la lecture ou à la télévision, isolé de ses camarades de classe, qui le percevaient comme un être à part et fragile, d'autant que de fréquentes maladies le tenaient à l'écart. Cette existence recluse avait développé chez lui, par on ne sait quel méandre du cerveau, une mémoire extraordinaire. Un phénomène inexplicable faisait de lui une sorte de surdoué mnémonique et, s'il avait manifesté la moindre curiosité intellectuelle, ses connaissances auraient été exceptionnelles. Mais les poissons rouges dans leur bocal n'ont pas de curiosité. Il restait au lit à réfléchir et revoir les événements de sa vie – c'est-à-dire l'inanité de sa vie. La poire qu'il avait épluchée à son dîner, le stylo qui était tombé par terre en cours, le chien qui avait traversé la rue devant lui. Le col roulé de tel camarade, la collerette d'une robe, le grain d'une peau.

Dans son petit collège de province, Simon était bon élève. Il n'avait pas besoin d'apprendre puisqu'il retenait tout jusque dans les moindres détails. C'est d'ailleurs par ses dons de mémorisation qu'il se fit remarquer, en sixième. Jusqu'à cette classe, il n'avait pas été très aimé. Sa fragilité dérangeait. On ne pouvait pas jouer avec lui, à quelque jeu que ce soit. On ne pouvait pas se bagarrer avec lui et du reste il suffisait de lui parler un peu sèchement pour qu'il reste les bras ballants, les larmes au bord des yeux. Dans ces conditions, le plus surprenant était qu'on l'ait laissé assez tranquille, sans le transformer en victime, ce qui ne pouvait s'expliquer que par la situation privilégiée de sa petite école de centre-ville, peuplée d'élèves sans grande méchanceté et très tenus par leurs familles, qui se connaissaient toutes. Le mot d'ordre avait donc été de ne pas l'ennuyer et de le laisser seul, ce qui s'était souvent soldé par des récréations dans la classe, prolongeant le bocal de sa chambre et de son existence.

En sixième, la multiplicité des professeurs, qui faisaient à eux tous ce que madame André, la vieille institutrice, accomplissait seule, effraya l'enfant pendant un trimestre. Il était totalement égaré par ces changements de classes et de personnes qui ébranlaient son univers routinier. Il fallait ranger ses affaires, sortir de la pièce, se précipiter dans les escaliers pour un autre étage, ne pas se tromper de porte, dire « bonjour » au nouveau professeur… Un casse-tête. Mais parce que l'étrange Simon n'était pas tout à fait sans ressources, il réussit néanmoins à s'adapter, tout en demeurant chaque fois le dernier à sortir de la classe, rassemblant avec maladresse ses affaires tandis que le professeur attendait avec impatience de pouvoir fermer la salle.

Au deuxième trimestre, en cours de français, ils étudièrent la poésie. Des règles de versification d'abord, puis l'étude de textes. À la fin d'une séance, le professeur demanda s'ils avaient retenu le poème étudié pendant l'heure. Il s'agissait de *Demain, dès l'aube* de Victor Hugo. Tout le monde se récria. Sauf Simon, évidemment, qui ne disait mot, comme d'habitude.

Le professeur de français, un homme qui les intimidait tous, mû par une impulsion soudaine, interrogea Simon. Celui-ci, tétanisé, se tut. Puis, fermant les yeux, il se lança. Et il récita tout le poème.

— Tu le connaissais ? demanda le professeur.

— Non, répondit timidement Simon.

— C'est bien. Tu l'as donc retenu.

Il leur donna ensuite à apprendre un autre poème, *Le Dormeur du val* de Rimbaud. Simon lut le poème. Il le savait. Il se recula sur sa chaise.

— Simon, apprends ton poème ! dit le professeur. Ne te repose pas sur tes lauriers !

Simon rougit. Il s'avança de nouveau sur son texte mais qu'y pouvait-il ? Il le connaissait déjà par cœur. Ses yeux se perdirent dans le vague.

Agacé, le professeur l'interpella :

— Récite ce que tu as appris.

Et Simon de réciter tout le poème sans se tromper une seule fois, sans même hésiter.

— Tu le connaissais, celui-là ?

L'enfant rougit de nouveau.

— Non.

— Ne me dis pas que tu l'as appris dans les deux minutes qui viennent de s'écouler !

Simon haussa les épaules d'un air désolé.

— Ce n'est pas ma faute.

Le professeur feuilleta son manuel puis lui tendit l'énorme poème *Le Bateau ivre* de Rimbaud.

— Essaie d'apprendre ça pendant que les autres travaillent l'autre poème.

Simon lut le texte. Dans son univers aseptisé, ces images flamboyantes l'étonnèrent et retinrent son attention.

Quelques minutes plus tard, le professeur commença à interroger les volontaires pour *Le Dormeur du val*. Personne ne réussit à le réciter en entier.

— Et toi Simon ? Qu'as-tu réussi à apprendre du *Bateau ivre* ?

Et alors les images se levèrent, dans le tohu-bohu des mots. D'une diction impeccable, et même inspirée, le poisson rouge récita dans son intégralité le poème, sous l'œil stupéfait de la classe, comme si un autre Simon, transfiguré, se révélait dans sa lumière.

Et jamais plus il ne rentra totalement dans son

obscurité. Pendant toute l'année, il resta l'enfant du *Bateau ivre*, de sorte que Simon, beaucoup plus tard, devait considérer que Rimbaud avait sauvé son adolescence. Non seulement ses professeurs ne le regardèrent plus comme cet être décourageant qui ne parvenait même pas à ranger ses affaires et qui rougissait et pâlissait dès qu'on lui adressait la parole, mais il acquit même une certaine aura aux yeux de ses camarades. Certes, on ne l'aurait pas élu délégué pour autant mais il fut celui-à-la-mémoire-incroyable, celui-qui-n'oublie-jamais-rien, celui-qui-n'a-même-pas-besoin-d'apprendre-ses-leçons et on l'enviait amicalement pour cela, sans le jalouser puisqu'il était par ailleurs tout à fait ridicule avec ses rougeurs, ses timidités et les vêtements démodés que lui offrait sa tante.

En fait, cet événement empêcha tout le monde de percevoir le véritable talent de Simon, celui qu'il déployait en mathématiques. En français, il n'était en réalité pas très bon. La mort de ses parents avait fait jaillir le silence, comme une source muette et infinie, qui lui interdirait à jamais de parler. Il vivait de son silence et jamais les mots ne pourraient lui ouvrir le monde. Des bouts de phrases lui échappaient, des réponses qui étaient comme des moignons, toujours trop sèches, trop brèves, des sujet-verbe-complément qui ne s'enchaînaient pas parce que rien dans son être ne s'enchaînait.

En revanche, le silence des mathématiques lui convenait à la perfection. C'était sa vraie forme de poésie et même si les professeurs ne le saisissaient pas encore pleinement, parce que les exercices restaient trop simples, ils commençaient à soupçonner que Simon comprenait les mathématiques comme certains, en musique, ont l'oreille absolue, don d'une pure et incertaine beauté, comme tous les dons de la nature.

C'est autour de ce don que se constitua l'identité de Simon. Dans l'univers rassurant des mathématiques, matière imperméable aux sentiments qu'il redoutait, Simon se forgea la personnalité qu'il aurait plus tard et qu'il aurait dû conserver si les événements ne l'avaient perdu. Il se faufila au milieu de ses semblables sans plus trembler, transparent et silencieux sans doute, ignoré des filles (il s'en félicitait tant celles-ci l'effrayaient), mais finalement préservé des malheurs. Il vivait dans sa petite chambre et ses formules, au milieu d'un petit appartement où l'on mangeait à heures fixes, où une ombre vieillie, douce et aimable, vous disait à onze heures d'aller vous coucher et vous réveillait à sept heures pour prendre le chocolat du petit déjeuner, déjà fumant sur la table, avec deux tartines de pain beurré.

Son parcours scolaire fut celui qu'il devait être. Juste des formules et des exercices, jusqu'à l'écœurement. Il intégra l'École polytechnique, ce qui l'amena à sortir de sa petite chambre pour en intégrer une autre, à peine plus grande, en région parisienne, sur un plateau dénudé, où des camarades satisfaits d'eux-mêmes lui dirent qu'il avait intégré la meilleure école du monde et qu'il devait maintenant « faire carrière », perspective qui l'inquiétait. Si faire carrière signifiait devenir chef d'entreprise, il était très clair qu'il en était incapable. En revanche, il s'imaginait très bien faire une absence de carrière dans un laboratoire. Et le moins lucide des conseillers d'orientation n'aurait pu que conseiller cette voie à ce jeune homme efflanqué et encore acnéique qui osait à peine vous regarder dans les yeux lorsqu'il vous rencontrait. Hélas, il vint un temps où même les conseillers d'orientation, merveilleuses ignorances engoncées dans leur fauteuil, ne comprirent plus rien à rien. Surtout lorsque ce conseiller d'orientation prit la redoutable apparence de Matthieu Brunel.

L'École organisait son bal annuel. Simon le Djude, métamorphose nominale due à ses aimables camarades, s'y rendit en uniforme militaire et pour une fois les épaulettes conférèrent un peu de vigueur et de forme à son corps anémié. À cette époque de sa vie, quelques années après sa sortie de Polytechnique, il se prêtait plus aisément au jeu social qu'autrefois et la perspective de se rendre dans une salle parisienne, au milieu de plusieurs centaines de personnes, ne l'effrayait plus autant. Son uniforme lui donnait une place – et après tout trouver une place dans le monde avait toujours été son plus grand problème.

Dès qu'il entra dans la salle, il chercha du regard des visages familiers. Il était encore assez tôt, bien qu'il sache que le jeu consistait à arriver tard pour marquer son usage des soirées, et il ne connaissait personne. Il alla donc vers le buffet. Un attroupement assez important – de simples civils venus au bal pour s'amuser – s'y massait déjà. Il fit la queue. Lorsque son tour arriva, il commanda du champagne. Le serveur lui tendit une coupe et il allait régler lorsque quelqu'un lui mit la main sur l'épaule.

— Dis-moi, le pingouin, tu voudrais pas prendre une coupe pour la demoiselle et pour moi ?

Et il entendit un grand éclat de rire qui désamorçait l'insulte.

Simon se retourna pour découvrir celui qu'il ne fallait pas. Et sans cette rencontre, sans doute n'aurait-il pas intégré un milieu qui allait mettre à mal son existence, en même temps que l'économie du monde moderne.

Derrière lui se tenait un jeune homme très élégant, de haute taille, l'air très persuadé de sa beauté, qu'accompagnait une fille mince et blonde.

— Ne t'inquiète pas, je paie. Et je paie même ta coupe si tu m'épargnes la queue.

Simon, malheureusement, accepta. Et c'est ainsi qu'il fit la connaissance de Matthieu Brunel, qui était son exact opposé, et bien sûr, puisqu'ils allaient devenir les meilleurs amis du monde, également son double.

3.

Le couple russe sortit du restaurant peu après Matthieu et Simon. L'homme était de petite taille, le cheveu noir et brillant, et les yeux un peu bridés. Il affirmait que sa lignée venait des steppes, cette immense étendue qui, pendant deux millénaires, vit se succéder des empires nomades, des plaines de Mandchourie jusqu'à celles de Hongrie. En riant, il ajoutait que son ancêtre devait être un lieutenant d'Attila, guerroyant jusqu'aux murs de Rome. Mais on sentait bien qu'il n'avait pas envie de rire et que ses rêves généalogiques se trouvaient là, au croisement de l'empire romain et de celui d'Attila, dans l'universelle destruction.

Sa compagne était très brune elle aussi, d'une beauté pâle. Plus encore que son mari, elle retenait l'attention, et pas seulement par sa beauté. Elle était grande, avec un air d'autorité. Et ce soir-là, elle paraissait nerveuse.

Les deux Russes se promenèrent du côté du parc Monceau. Ils tentèrent d'y pénétrer mais toutes les entrées étaient fermées. Ils en firent le tour, marchant lentement, sans dire un mot, sans jamais se toucher.

Puis, revenant sur leurs pas, ils franchirent l'immense porte d'un grand hôtel. L'homme prit la clef à la réception et ils montèrent jusqu'à leur suite, au dernier étage. La vue s'étendait au loin et peut-être les regards de Lev Kravchenko croisèrent-ils, dans l'immensité, ceux de Simon Judal, observant la ville à travers la baie de la terrasse d'hiver.

La femme était assise sur le lit.

— Tu aurais dû intervenir, tout à l'heure, dit-elle.

— À quel propos ?

— Lorsque le serveur s'est fait frapper.

— Ce n'étaient pas mes affaires, Elena.

— Tu n'aurais pas dit cela autrefois.

— Je ne sais pas.

— Tu serais sans doute intervenu.

— Peut-être.

— Et moi j'aurais dû intervenir en tout cas.

— Pourquoi ne l'as-tu pas fait ?

— J'ai voulu le faire. J'ai été choquée par cette brutalité, cette… stupidité, j'ai voulu me lever et puis… rien. Personne ne semblait réagir, tu ne faisais rien, tu avais juste cette moue de mépris et je ne sais pas, j'ai été comme découragée, d'autant que même le serveur ne se rebellait pas. Il s'efforçait juste d'empêcher le sang de tacher la moquette ou je ne sais quoi.

— Eh oui ! L'aliénation du prolétariat. On l'a suffisamment entendu, dit Lev d'un air narquois.

— Ne plaisante pas. J'ai trouvé cela désespérant.

— Ce type n'avait qu'à se défendre. Il avait l'air solide en plus. Mince mais alerte, musclé. Je l'ai bien regardé.

— Tandis que l'autre gros porc...

— Gros mais fort.

— Tu as donc eu peur de lui ?

Lev sourit.

— Tu sais bien que non.

Elena hocha la tête.

— Oui, je le sais bien. C'est plus grave que cela. Tu n'as même pas eu envie d'intervenir. Tu as contemplé ça avec une vague curiosité, cette espèce d'ennui que tu arbores de plus en plus souvent. Je t'assure, Lev, tu n'aurais pas agi ainsi autrefois. Je ne sais pas si tu serais intervenu... je me plais à croire que tu l'aurais fait... mais en tout cas tu n'aurais jamais regardé la scène comme un témoin passif, comme un curieux dans la rue.

Lev haussa les épaules.

— C'est bien possible. Mais autrefois c'est autrefois et je ne suis plus ce que j'ai été. Pardonne-moi cette banalité.

— Ce n'est pas une banalité, c'est une tragédie.

Ils se contemplèrent en silence.

Lev Kravchenko avait été le professeur d'Elena Matis à l'université de Moscou. Chercheur à l'Institut d'économie, dans un environnement bouillonnant d'idées, au milieu de quelques amis, inconnus à l'époque, agitant des projets drastiques de réforme économique, il était également chargé de cours à l'université, alors qu'Elena était engagée dans un double cursus de sciences politiques et de littérature. Elle l'admirait comme toutes les étudiantes l'admiraient à l'époque, pour son éloquence et son intelligence, pour son énergie aussi, assez rare chez les autres enseignants.

Un soir, ils s'étaient croisés dans la ville et il l'avait invitée à prendre un verre. La conversation de Lev était aussi passionnante que ses cours. Même énergie, même volonté de convaincre. Elle était tombée amoureuse. Trois mois plus tard, ils emménageaient ensemble, encore un an et ils se mariaient, le jour où tomba le mur de Berlin. La coïncidence des deux événements leur parut comique, parce que le rire était la seule réponse qui leur semblait convenir à l'écroulement dérisoire de l'Empire.

Voilà bien longtemps qu'ils ne croyaient plus au communisme. Voilà bien longtemps que la valse des vieillards dictateurs n'était plus qu'une pantomime ridicule et souffreteuse, à l'image du régime. Voilà bien longtemps qu'ils ne croyaient plus aux mots, parce qu'ils ne correspondaient pas aux choses : les « démocraties populaires » étaient des dictatures, l'invocation permanente au « nous » et au « peuple » ne recouvrait que les intérêts de quelques-uns et la « lutte » permanente, dont on leur rebattait les oreilles, de guerre chaude en guerre froide, était une lente et progressive défaite. Rassemblant ses deux cursus de lettres et de sciences politiques, Elena avait même pensé écrire une analyse du discours communiste, projet qu'elle n'entendait évidemment pas réaliser, du moins sous la dictature, mais qui lui paraissait pouvoir résumer à lui seul l'hypocrisie du régime et le décalage entre les discours et les actes. Ils ne voyaient pas très bien l'issue de la perestroïka et de la glasnost : ils estimaient, à tort ou à raison,

qu'une dictature est ou n'est pas, et que tout adou-
cissement signe sa fin. Selon Lev, Gorbatchev serait
éliminé pour que tout continue comme avant. Elena
était d'avis que c'était le début de la fin et qu'à
l'approche du millénaire, l'URSS n'existerait plus.
C'était elle qui avait raison, et le dégel fut même plus
rapide que prévu. Déjà autour d'eux, l'immense ban-
quise du communisme s'effondrait, des blocs énormes
se détachaient et le plus énorme de tous, parce que
le plus symbolique, fut l'effondrement du mur de Berlin, pendant leur mariage.

Et ils rirent de cela, d'un rire qui n'avait pas vraiment de signification, du rire sans joie de l'absurde
révélé. Mais ils riaient aussi parce qu'ils étaient jeunes
et parce qu'ils étaient heureux. Et il aurait été bon
qu'ils rient encore longtemps, car la suite fut trop
sérieuse.

Il suffisait de regarder Lev. Il suffisait de regarder
le brillant enseignant, maigre et drôle, et de le comparer à l'homme épaissi, au sourire cynique, aux yeux
plissés comme ses ancêtres les Huns, qui regardait
par la fenêtre de sa suite, pour mesurer combien Lev
Kravchenko aurait dû continuer à rire, sa jeune
femme dans les bras.

Mais Lev cessa de rire. Pas tout de suite bien sûr.
Non, pas tout de suite mais graduellement, à mesure
qu'il abandonna Marx et les théories économiques
pour le pétrole et le combat. À mesure que le Hun
se révéla en lui et qu'il se lança dans la fuite en avant
de la conquête. Il ne rit plus et il ne pleura pas. Il
aurait pu pleurer sur la perte de ce qu'il avait été
mais il ne le fit pas. Sa femme le fit pour lui.

En d'autres circonstances, tout aurait été différent. Lev aurait continué à travailler à l'Institut puis il aurait sans doute pris un poste dans un organisme international où il aurait fait une bonne carrière, mêlant quelques actions utiles à beaucoup de bavardages. Mais l'effondrement de l'URSS et le passage à un capitalisme primitif et sauvage en décidèrent autrement. Les circonstances révélèrent un autre Lev, qui n'était ni plus ni moins vrai, qui était juste le Lev de ce moment historique.

Toute société, en ses origines, est dirigée par des voleurs et des criminels, qui s'imposent dans un monde sans loi, et ce n'est qu'ensuite, par le gauchissement de l'épopée et de la mémoire, que les criminels deviennent de grands hommes. Les seigneurs du Moyen Âge furent des pilleurs sauvages, comme l'avaient été les premiers Grecs et les premiers Romains. De même que les millionnaires du XIXe siècle américain furent des bandits érigeant leur fortune d'acier et de pétrole dans le vol et le chantage avant de se refaire une morale dans de belles fondations artistiques et citoyennes dont leurs descendants s'enorgueillissent, Lev appartint à une époque sauvage où les criminels et les voleurs arrachèrent les meilleurs morceaux de la dépouille impériale.

Le professeur Lev Kravchenko mourut de cette confrontation avec son époque et Elena dut vivre avec son fantôme, un être qui lui ressembla de moins en moins, et dont l'intelligence se mua en une sorte de dureté qui faisait froid dans le dos.

Lev comprit tout de suite que la paupérisation de l'État toucherait d'abord les universitaires. Il était déjà pauvre et il était certain qu'il devrait bientôt conduire un taxi pour arrondir ses fins de mois. Mais ce n'était pas seulement cela. Lev avait accepté d'être pauvre sous le régime communiste ; dans le nouveau monde qui s'ouvrait et dont il était clair qu'il ne ressemblerait pas du tout à l'ancien, il voulait agir, décider de son destin. Un vent nouveau soufflait : dans le champ de ruines, il tracerait son propre chemin.

Le directeur de thèse de Lev connaissait la fille de Boris Eltsine. Lev comme Elena avaient commencé à s'intéresser à celui-ci lors de sa fameuse destitution de 1987, lorsque le premier secrétaire du parti de Moscou, qui avait commencé à s'attaquer à la corruption, à la saleté, aux drogues et à la prostitution dans la capitale, s'en était pris à Ligatchev lui-même, le numéro deux du parti communiste, criant en pleine séance du comité central : « Les corrompus, les pourris sont ici même, parmi nous et vous le savez parfaitement. » On le savait peut-être parfaitement mais il ne fallait pas le proclamer. Eltsine fut mis à l'écart et on dit qu'il avait fait une crise cardiaque, mais aux élections de 1989, alors même qu'il avait répété son attaque contre Ligatchev, quatre-vingt-dix pour cent des Moscovites, dont Elena et Lev, avaient voté pour lui aux élections des députés pour le Soviet suprême. Certes, le jeune couple était trop lucide pour ne pas déceler, y compris dans ses attaques contre la corruption, la marque d'un populisme qui pouvait en faire un nouveau dictateur, à la place d'un Gorbatchev affaibli, mais Eltsine leur semblait tout de même une solution possible.

C'est alors que Lev décida de prendre contact avec lui, sur les conseils d'Elena d'ailleurs, qui estimait qu'en cette période troublée, il fallait entrer en politique et y défendre la démocratie. Après tout, Eltsine réclamait le multipartisme. Par l'intermédiaire de sa fille, Lev obtint une rencontre.

À leur première entrevue, l'homme le frappa tout de suite. Il était grand et lourd, avec des manières brutales et autoritaires. Deux doigts manquaient à sa main gauche, à la suite de l'explosion d'une grenade avec laquelle il avait joué, enfant, pendant la guerre, et son nez avait été cassé par ses multiples bagarres. Par la suite, Lev devait le comparer à une sorte de boxeur ivre, imprévisible, parfois stupide, parfois génial, mû par des impulsions subites.

— Que veux-tu ? demanda Eltsine.

— Je voudrais travailler avec vous à l'instauration de la démocratie en Russie.

Eltsine fit une moue dubitative.

— Que veux-tu vraiment ?

— Ce que j'ai dit. Et par ailleurs, je travaillerai pour que vous soyez élu président de la Russie.

— Et Gorbatchev ?

— Il sera président de l'Union.

Eltsine sourit.

— L'Union ? Vaste programme.

Et Lev fut engagé. Au début, il ne fut qu'un pion administratif dans l'équipe. Il travailla au succès du Bloc démocratique, dont Eltsine était un des ténors, et à la faveur du raz-de-marée du parti, son patron fut élu à Sverdlovsk et en profita pour se présenter à la présidence de la Russie contre Vlassov, le candidat de Gorbatchev.

Devenu président de l'URSS, celui-ci gardait suffisamment de pouvoir pour peser au second tour sur les députés de Russie et faire élire Vlassov. L'analyse d'Eltsine était que Gorbatchev ferait tout pour lui barrer la route et que la négociation serait impossible. Une réunion de campagne avait été organisée dans le bureau d'Eltsine. L'équipe était au complet.

— Il faut négocier avec ses hommes, avança Lev.

— Qu'est-ce que tu veux dire ? rétorqua un des conseillers, Litvinov, avec qui Lev avait des relations difficiles. Ses hommes, c'est lui, ajouta-t-il avec un air de mépris.

Lev ne s'irrita pas.

— Lui c'est lui, son équipe c'est son équipe. Il est affaibli, et chacun autour de lui prend de l'autonomie. Ils essaient surtout d'empêcher que tout ne s'écroule. Je suis sûr qu'on peut négocier avec eux.

Chacun se taisait. Eltsine l'observait avec curiosité.

— Je pense que le petit a raison. Débrouillez-vous et établissez des contacts. Kravchenko supervisera tout cela.

Lev savait qu'il ne resterait pas dans l'équipe si la négociation échouait. Il savait également qu'il s'imposerait en cas de succès et qu'une place s'ouvrirait peut-être au gouvernement.

Une visite officielle au Canada et aux États-Unis était prévue pour Gorbatchev. C'était pendant son absence que Lev devait agir. Il prit des rendez-vous avec chacun des alliés de Gorbatchev. Là, il leur exposait la situation. Il disait qu'Eltsine était l'homme fort de la Russie, qu'il pourrait bien perdre cette élection mais que dans ce cas il gagnerait la suivante parce que tout le peuple de Moscou était avec lui. On avait bien vu qu'il rassemblait cent mille personnes sur son seul nom pour une manifestation. Et le jour où il serait élu, il les enverrait tous au Goulag, pour lequel on trouverait juste un autre nom. Ouvrant une sacoche de billets, il disait également que le président de la Russie saurait se montrer généreux, très généreux même, envers ceux qui l'avaient aidé. « Et Gorbatchev ? » lui demandait-on. « Le président de l'URSS demeure bien entendu le guide et le chef, répondait-il. Il nous revient seulement à nous, conseillers, alliés, ministres, d'assurer la meilleure cohabitation. »

Puis Lev présentait un document écrit dans lequel il proposait une répartition des compétences en Russie. Il savait que le papier ne tiendrait pas deux semaines et qu'en tant que président de la fédération de Russie, de très loin la plus vaste et la plus puissante de l'Union, Eltsine serait en rivalité permanente avec le président de l'URSS. Mais il le présentait tout de même, avec un certain succès.

Cette négociation, il ne la raconta pas en détail à Elena. Il lui dit seulement qu'il tâchait de faire élire Boris Eltsine, sans préciser, évidemment, que l'enseignant d'économie avait usé de ce qui n'était rien d'autre que menaces et prévarications. Les termes de la négociation lui étaient venus tout simplement, sans même y songer, sans la moindre répugnance morale. Les moyens lui avaient été naturels et ce premier pas sur le chemin de la corruption ne lui avait rien coûté.

Lorsque Gorbatchev revint, les jeux étaient faits.

Plusieurs députés s'étaient retournés et ils étaient prêts à voter pour Eltsine.

La période qui commença alors fut celle de toutes les espérances pour Lev. Il savait avoir fait un excellent travail. Eltsine ne l'avait pas remercié mais l'énorme claque dans le dos qu'il lui avait infligée valait bien des discours. Pourtant, rien ne vint. Du moins pas ce qu'il avait attendu. Il fut pour le président une sorte de boîte à idées mais pas le ministre qu'il aurait voulu devenir. Dissimulant son amertume, Lev travailla à développer l'autorité de la Russie et donc d'Eltsine par rapport à Gorbatchev, en espérant que le pouvoir du président renforcerait aussi le sien. Mais il était conscient qu'un conseiller ne pouvait prétendre au pouvoir, réduit pour lui à cette notion fallacieuse et vague qu'est l'influence.

La volonté d'Eltsine était de donner la souveraineté à la Russie. Il fallait arriver à cette fin. Lev, au sommet d'une pyramide d'experts et de juristes, fut chargé des moyens. En fait, il s'agissait de développer son document sur les lois et les compétences, en proclamant de façon permanente la supériorité des lois russes sur les lois soviétiques, ce qui revenait à une guerre larvée. Cet énorme travail convenait bien à Lev, qui manifesta sa supériorité intellectuelle sur tous les conseillers d'Eltsine. Il était seul capable d'embrasser l'immensité du projet, d'insérer le détail dans le tout, sans jamais s'y perdre. Ses connaissances en droit, sans être celles d'un juriste, étaient tout à fait correctes et surtout il semblait apprendre chaque jour et être plus impressionnant le lendemain que la veille, si bien que deux mois après le début de son chantier, il discutait chaque point avec la minutie d'un avocat spécialisé.

Du reste, Eltsine ne perdait pas son temps. L'ancien contremaître, comme tout bon philosophe politique, savait que le pouvoir ne tend à rien d'autre qu'au développement infini. Il menait en permanence des réunions avec les députés de Russie pour que ceux-ci l'appuient dans sa volonté de souveraineté. Le 8 juin 1990, le congrès russe votait pour la suprématie des lois russes sur les lois soviétiques, et le 12 juin la Russie était un État souverain. La bataille était gagnée.

Mais qu'avaient-ils gagné ? Au soir du 12 juin, après avoir fêté cette grande victoire, et tandis qu'un chauffeur le raccompagnait à la maison, cette question s'insinua dans l'esprit de Lev. Qu'avaient-ils gagné ? Et qu'avait-il, lui, gagné ? Est-ce que la disparition de l'URSS – car il était bien évident qu'ils venaient de mettre à mort l'Union – était vraiment une victoire ? Et la victoire de quoi ? La fin d'une dictature ? Une autre ne la remplacerait-elle pas ? N'avait-il pas seulement travaillé à la victoire d'un homme contre un autre ?

Il oublia ces questions. Il les oublia parce qu'il fallait les oublier, parce que le travail recommença le lendemain, et parce que Elena, un mois plus tard, accouchait d'un petit Evgueni. De même qu'ils s'étaient mariés pendant l'écroulement du mur de Berlin, leur premier enfant naquit dans les décombres de l'Union et l'avènement de la Russie.

— Une naissance d'épopée, commenta Elena.

Oui, une naissance d'épopée, au moment où une nouvelle bataille se préparait : la privatisation. Une issue s'ouvrait pour lui. Lev commençait à sentir que la politique ne l'intéressait pas autant qu'il l'avait cru. Il en avait autrefois rêvé, discuté à l'Institut d'économie, il avait eu mille projets, en se préparant aux échéances futures. Il en voyait chaque jour l'utilité, dans ces moments-clefs de l'Histoire, mais le combat était d'une telle dureté qu'il en était déjà fatigué. Eltsine tirait sa force – une puissance de lutteur, souvent chancelante pourtant, d'épuisement comme d'ivresse – de sa certitude d'être aimé et nécessaire au destin du pays. Dans l'ombre, Lev n'avait aucune reconnaissance, aucun contact avec les foules, et par tempérament naturel, il doutait de la nécessité des individus. C'était sans doute, se disait-il ironiquement, sa dernière adhésion au marxisme : l'individu n'était rien, un autre prendrait sa place.

La nouvelle tâche que s'était fixée le gouvernement – le passage à l'économie de marché – lui ouvrait des perspectives : prendre la tête d'une entreprise. D'autant que l'équipe qui parvenait au pouvoir était composée de ces mêmes économistes réformateurs, comme Gaïdar, dont il avait partagé autrefois les réflexions. Certes, ce n'était pas le destin d'un pays mais au moins c'était un pouvoir direct, un contrôle immédiat et la possibilité d'importants revenus. Après tout, il ne gagnait pas si bien sa vie et il était maintenant père de famille. Et dire qu'Elena, abandonnant les sciences politiques, avait choisi de faire une thèse de littérature !

— C'est à toi de faire de la politique, lui dit Lev. Nous avons besoin d'une idéaliste dans la famille.

— Tu en fais déjà !

— Je n'en ferai plus longtemps.

— C'est fini ? Tu ne veux plus agir ?

— Je veux agir d'une autre façon. Et pas par la politique.

— Tu as perdu tes idéaux ? demanda ironiquement Elena.

— Je n'en avais pas beaucoup et j'en ai encore moins maintenant, tu le sais bien, même si je crois n'avoir pas été inutile. Et je me rends compte que je n'aime pas cette forme d'action mais je pense que toi, tu pourrais l'aimer. Tu en es tout à fait capable.

— Je t'ai observé et je préfère m'abstenir.

Lev ferma les yeux.

« Pourquoi ne pas reprendre l'enseignement ? pensa-t-il. Je pourrais obtenir le meilleur poste de l'université de Moscou, désormais. Professeur Lev Kravchenko. »

Mais Lev ne pouvait pas, évidemment. Il avait goûté à l'enivrante drogue. Avec Eltsine, il avait goûté à la drogue du pouvoir, ses peurs, ses victoires, ses défaites et cette sensation permanente d'être au cœur du cyclone, là où tout se joue. Il ne pouvait reprendre la position du spectateur. Pas maintenant, en tout cas. « Plus tard, songea-t-il. Lorsque j'aurai vraiment profité de tout cela. Lorsque j'aurai fait fortune et lorsque j'aurai joui de tout ce que le combat peut m'offrir. »

4.

Rousseau soutenait que l'homme naît bon et que la société le corrompt, conception que bien des philosophes se sont ingéniés à démentir. Des chercheurs et des écrivains ont également analysé le lent cheminement du Mal, dans sa banalité, altérant peu à peu un homme tout à fait ordinaire.

Sans doute n'a-t-on pas assez étudié le cas de l'abruti.

Mark Ruffle offrirait un spécimen intéressant. La scène du restaurant l'a saisi dans toute sa bêtise, sa brutalité, sa permanente affirmation de soi. Tout ce que revendiquaient également sa mâchoire carrée, épaisse, son front bas et ses larges épaules. Ruffle ne soutenait quant à lui qu'un concept : « Mark Ruffle est fort et chacun doit le comprendre. » Et cela, il le proclama dès l'enfance, probablement dès la première minute d'école primaire, devant le premier qui osa s'asseoir à la place qu'il convoitait.

Son père était un entrepreneur immobilier de Floride, un ancien contremaître devenu riche à force de travail et de pots-de-vin versés aux élus locaux, ce qui fit de lui en une vingtaine d'années un des plus importants entrepreneurs de l'État. Il avait édifié une somptueuse maison, avec une grande piscine, dans la petite ville de Clarimont, ville à la fois provinciale, étriquée et plaisante, où les pelouses bien tondues succèdent aux jardins bien tenus. Cette ville aurait d'ailleurs été parfaite, avec son centre léché, aux couleurs vives, et ses magasins pimpants, ses habitants agréables et polis, si l'on ne s'était pas demandé, à un moment ou à un autre, si tout cela était *réel*. Si tout le monde n'était pas payé pour faire semblant. De quoi ? D'être poli, de bien entretenir son jardin. De vivre.

Pour comprendre Mark Ruffle, il faut en revenir au jour le plus important de sa vie : le dimanche. C'était le dimanche, à Clarimont, qu'avaient lieu les matchs de football américain, sport assez particulier pratiqué seulement par les Américains, dont personne au monde ne comprend les règles et qui s'apparente peut-être au rugby, avec des protections supplémentaires un peu partout, aux épaules, aux genoux, à la tête, au point qu'on a l'impression d'avoir affaire à des robots.

Pendant la semaine, Mark était un élève médiocre, sommé de s'intéresser à des questions qui, très clairement, n'entraient pas dans sa cervelle. Et il n'était pas le plus populaire des élèves du lycée, qui n'appréciaient ni son agressivité ni son arrogance, les filles se moquant par ailleurs de son physique de bouledogue. Peu lui importait : Ruffle ne connaissait pas le doute. Il avait ses dieux, son père et son entraîneur de football, dont seul l'avis comptait, et tous deux semblaient s'être concertés pour développer son agressivité, sa confiance en lui-même, comme on entraîne un chien de combat.

Et puis venait le dimanche. Un jour préparé par les deux entraînements de la semaine, sur le terrain du lycée, et par les passages à la salle de gym qui rendaient Mark si fier de ses pectoraux et de ses biceps, en effet impressionnants. Ce jour-là, l'un des meilleurs *running back* de l'Histoire (du lycée) manifestait une ardeur au combat, un vice et une endurance pour le moins remarquables. Une excitation permanente, dès le matin, le prenait. C'était son jour. Son père lui préparait son petit déjeuner, sa mère lui demandait s'il allait bien, s'il se sentait en forme et prêt à gagner. Il grognait d'un air convaincu. Ses parents l'accompagnaient au club en voiture puis l'entraîneur lui demandait s'il allait bien, s'il se sentait en forme et prêt à gagner. Alors il serrait son poing et il se tapait dans l'autre main, d'un air décidé.

Il s'habillait, mettait en place les protections, écoutait le discours de l'entraîneur, remarquant fugitivement la rougeur de ses joues, contemplait ses camarades, puis l'équipe entrait sur le terrain.

Alors Mark se jetait dans le combat. Et il n'aurait pu manifester plus de passion dans l'engagement, de férocité dans le plaquage. Le plus surprenant était sans doute que malgré son gabarit, il était d'une grande vélocité, parvenant même à distancer des adversaires plus sveltes. Et lorsqu'il prenait soudain de la vitesse, lorsque ses petites pattes fuyaient sur la pelouse, soutenant son buste lourd et musclé, rendu plus impressionnant par son harnachement guerrier, un rugissement s'élevait des tribunes. Oui, c'était son jour. Ce rugissement des remplaçants, du public – soit les familles des joueurs du club et quelques curieux de Clarimont mais ce n'était pas rien, surtout lorsque sa mère applaudissait et que son père se levait en criant plus fort que tout le monde –, voilà ce qui le remplissait de joie, voilà ce qui lui prouvait que la vie était bonne à vivre, qu'il était Mark Ruffle le fort et que tout le monde l'admirait malgré ces enfoirés de professeurs. Il se sentait plein d'une ardeur vitale, d'une ivresse de soi et du combat, et tandis que la clameur des gradins l'escortait comme un défilé de victoire, il se précipitait, puissant, rapide, irrésistible, vers le Graal de l'en-but, où il écrasait avec un cri animal le ballon ovale.

Et ce cri, lorsqu'il eut seize ans et sa première copine, ce fut sa déclaration de virilité adressée au monde entier et, singulièrement, à la jeune fille aux gros seins qui lui semblait la récompense de son engagement dans le club, la sœur d'un de ses camarades de lutte, une de ces filles qui, au lycée, ne l'auraient même pas regardé mais qui là, conquises, bondissaient en applaudissant et émettant de petits couinements de plaisir.

Oui, c'était son jour. L'ivresse répétée de son avènement. La jouissance d'une victoire acquise dans la force, seule sensation qu'il aimait vraiment et qu'il aurait aimé reproduire tous les autres jours de la semaine, sans plus s'incliner devant les obligations, les respects et les apprentissages.

Mais le dimanche s'achevait. Et avec lui le match, la victoire et les commentaires de l'après-match, lorsqu'il rentrait avec son père dans la voiture et que celui-ci le félicitait, après l'avoir saisi dans ses bras au sortir du terrain. Malgré ses efforts le lendemain pour évoquer sa victoire ou le combat en tout cas irréprochable qu'il avait mené au service de l'équipe, l'écho n'était plus le même. En dehors du club, son excitation semblait soit excessive, soit stupide, soit carrément risible à ses interlocuteurs. Et l'ardeur vitale s'éteignait en lui, à mesure que la voix des professeurs s'élevait plus fort, s'installait et prenait la place du merveilleux rugissement.

Comment faire renaître les dimanches ?

Comment faire, sinon devenir professionnel pour éprouver à la puissance cent ces impressions déjà fabuleuses ?

Comment faire, sinon en parler à son père qui lui répondait avec enthousiasme mais avec un enthousiasme qui sonnait un peu faux, comme si l'on avait déjà des projets pour lui, comme si, idée affreuse, *on ne croyait pas en lui* ?

Comment faire, sinon prolonger le lycée à l'université, où l'avaient conduit ses résultats sportifs et, sans qu'il le sache, un énorme don de son père aux bonnes œuvres de l'établissement ? Curieusement, il s'agissait d'une université de qualité mais pas celle qu'il avait demandée, alors que son entraîneur y connaissait depuis des années son collègue de football.

Comment faire, sinon tenter de prolonger la flamme des dimanches alors même qu'il était très souvent sur le banc des remplaçants, que malgré son tempérament combatif, il se voyait écrasé par des monstres plus grands, plus forts, plus rapides ?

Comment faire, sinon grogner d'un air convaincu à sa mère lorsqu'elle demandait si tout allait bien, s'il était prêt à gagner et à devenir un professionnel ?

Comment faire, sinon répéter à son père qu'il allait gagner, mais que le combat était dur, nouvelle qui remplissait son idole d'une satisfaction secrète, comme si un plan lentement ourdi se mettait en place ?

Comment faire, sinon travailler, travailler encore plus dur, accepter tout et plus encore, prendre des produits qui l'aideraient, qui n'étaient pas du dopage, non, juste une aide, pas une saloperie ?

Comment faire, sinon endurer que les autres progressent plus vite et qu'ils soient définitivement hors d'atteinte, au point de remettre en cause sa place de remplaçant ?

« Je vais gagner, papa. »

Le doute. L'affreux doute. Le sentiment ignoble que son père lui avait toujours refusé.

Et puis la délivrance.

« Je me suis blessé. À l'entraînement. C'était dur, très dur parce qu'on avait un match important ce week-end, en demi-finale, contre Boulder. Des costauds. Et tu penses bien que moi aussi je m'entraînais très dur pour taper dans l'œil du coach. Il m'avait dit qu'il pensait de plus en plus sérieusement à moi. Et puis dans un plaquage, une torsion terrible. Au genou. Je te promets, papa. Au genou. L'horreur. Tous les ligaments arrachés. »

« Oui, c'est fini. Les médecins sont formels. Plus de football pour moi. Plus jamais. Déjà si je ne boite pas, je dois être content. »

« Oui, c'est sûr, je te dis. C'est fini. »

« Travailler avec toi ? Dans l'immobilier ? Après l'université. C'est sûr, papa. J'en serais très heureux, tu penses. Je vais travailler dur. Je vais gagner ma place auprès de toi. Ne t'inquiète pas. Tu seras fier de moi. »

Tu es un gagnant, Ruffle le dur. Tu es là où on t'attendait, depuis des années. Tu vas accomplir ta destinée, ce pour quoi on t'a éduqué. Le vrai combat des affaires et de la richesse.

Alors pourquoi pleures-tu ?

Pourquoi as-tu reposé le téléphone et pourquoi te recouches-tu sur ton lit d'hôpital, seul, secoué de sanglots, comme si on t'avait menti et trahi depuis toujours, comme si on avait écrit ton rôle pour la pièce de théâtre de fin d'année, à l'école ?

5.

On néglige trop souvent le dernier chapitre des ouvrages d'ethnologie : les jeux et les fêtes. Pourtant, rien ne caractérise mieux un être que sa façon de se divertir. Il y révèle bien des vulgarités que son maintien habituel dissimulait. Mais il s'agit toujours de cela : dépouiller l'individu de son rôle et en révéler la vérité, à l'intérieur de son milieu naturel. Ou montrer le maquillage criard de son rôle lorsqu'il n'y a plus de vérité.

Ruffle avait achevé ses études. Il rentrait à la maison pour prendre place dans la société de son père et suivre un parcours qui devait le mener de la base au sommet, après un de ces processus hypocrites où le père pourrait déclarer, le buste droit, en tenant son fils par le bras et en arborant un large et fier sourire : « Mark a grimpé une par une les marches de l'entreprise familiale et il est désormais digne de me succéder. »

Nous n'en étions pas tout à fait là. Le père Ruffle, le gros père au physique rougeaud et aux jambes arquées comme s'il venait de descendre de son cheval

– une grosse Ford 4 × 4 –, avait préparé une grande fête pour l'arrivée du lauréat, où il avait invité tous ses amis ainsi que ceux de son fils. La fête était sans façon : un simple barbecue. Et tout le monde faisait semblant d'être sans façon, en attendant que l'alcool remplisse son office et ôte en effet les façons. On s'était donné beaucoup de mal pour enfiler des jeans et des chemises à la fois sans façon et hors de prix, car on était tout de même chez un millionnaire.

Ruffle avait accompli son parcours universitaire, c'est-à-dire qu'il avait beaucoup bu, assisté le moins possible aux cours, analysé quelques cas pratiques, s'était rendu à quelques conférences managériales où un patron surpayé et donc respectable professait des généralités d'un air satisfait, avait ricané aux cours de marketing, comme beaucoup d'ailleurs, et avait tâché de comprendre les notions de comptabilité, parce que cela pouvait toujours servir, tout en lorgnant vers la finance et en comprenant très vite que ce n'était pas pour lui, du moins pour la partie technique. Mais après tout, s'était-il dit, la technique n'est jamais que pour les postes subalternes.

Grâce à des enseignants très compréhensifs, en somme beaucoup plus tolérants que ceux du lycée qui persistaient à lui enfoncer des inepties dans le crâne, il avait obtenu son diplôme, qui plus est d'une université de l'Ivy League. Et il pouvait donc s'en revenir à la maison vêtu de ses splendides atours de lauréat, comme un halo de science autour de sa tête de bouledogue. Curieusement, dans sa parfaite paresse, dans son incurie, il avait tout de même acquis une aisance indéfinissable dans les relations humaines, une sorte de rondeur amicale, de facilité enveloppant son vieux fond d'agressivité. En somme, il était prêt à se glisser dans le monde des affaires.

Lorsqu'il arriva à la maison – son père, comme d'habitude, était venu le chercher à l'aéroport, en compagnie de Shoshana, sa copine, les plus beaux seins qu'il ait connus, malgré ses nombreuses tentatives auprès des filles ces dernières années –, tout le monde était rassemblé autour de la piscine, sans façon. Et ils crièrent tous : « surprise », ce qui n'en était évidemment pas une. On l'enlaça, on le congratula, le félicita, lui serra la main, l'embrassa, bref on fit tout ce qu'il fallait pour l'accueillir dignement tandis qu'il se rengorgeait, ricanait, bombant soudain son torse, avec des gloussements de poule, pour se lancer contre la poitrine des camarades qu'il rencontrait.

La main refermée sur une grosse cuisse de poulet qu'il enfonçait à intervalles réguliers dans un pot de mayonnaise, il se promena grassement parmi les invités, l'œil égrillard, avec une sorte de sourire ahuri dont on n'aurait su fixer le sens.

C'est avec ce même sourire qu'il suivit le discours de son père : « brillant parcours universitaire... le premier dans la famille... à la fois par ses qualités sportives et intellectuelles... mais ce que le sport a perdu, les affaires l'ont gagné... même dynamisme... au service des autres... accomplissant pour la société ce que... prendre part à l'entreprise familiale, mettant son intelligence au service de... grimper une par une les marches... et maintenant amusons-nous ! »

Chemin faisant, une bouteille avait remplacé la

cuisse de poulet. Ruffle écouta un vieil ami de son père, hochant la tête aux bons moments et souriant lorsqu'il reçut une tape cordiale sur le bras. Lorsqu'il fut convenablement imbibé, il poussa deux membres de l'équipe de football dans la piscine, comme deux quilles de bowling, et en fut aussitôt puni par un bain forcé, sa grosse face rouge s'écarquillant sous l'eau. La musique était plus forte.

Une heure plus tard, le regard vide, il était assis sur une chaise, silencieux, immobile, absorbant à grandes goulées une bouteille de bière.

Lev entra dans un restaurant de Moscou où le conseiller Litvinov fêtait son anniversaire. Celui-ci avait loué toute la salle, tendue de rouge et illuminée de milliers de bougies. Des hommes, grands et larges, vêtus de costumes noirs, dissuadaient les passants d'entrer. C'était le *krysha* de Litvinov, le plus important conseiller d'Eltsine et le rival de Lev, devenu entre-temps entrepreneur avisé, c'est-à-dire avide, frénétique et dangereux. Et pour protéger ses activités de la concurrence, Litvinov avait fait appel à une protection, un *krysha*, en l'occurrence l'Ordre slave, le gang le plus puissant de Moscou. L'Ordre avait installé cinq hommes à l'entrée du restaurant et trois circulaient dans la salle. La fête se passerait sans encombre.

Ils avaient bien travaillé. Lev, Litvinov, Gaïdar, Tchoubaïs et les autres. L'équipe d'Eltsine, dite « kamikaze », avait libéré les prix, privatisé l'économie, ouvert le pays au capitalisme. Et bien entendu la Russie s'était effondrée d'un coup. Ils savaient que la transition, comme on le disait avec ce sens de l'euphémisme économique qui allait remplacer avec succès les vieilles rengaines communistes, serait difficile mais ils n'avaient pas imaginé la violence de cet immense trou noir qui engloutissait le pays. Ils s'étaient battus, il y avait eu des péripéties, comme l'accident de voiture d'Eltsine, dont Gorbatchev avait profité pour reprendre la main, ou comme le coup d'État des conservateurs, qui avaient voulu interrompre le processus en arrêtant Gorbatchev et en tentant de s'emparer du pouvoir. Le trait de génie d'Eltsine avait été de revenir des morts pour monter sur un tank et haranguer la foule, *en soutenant Gorbatchev*. Le grand braillard était monté sur le tank, il avait sorti son discours de résistance, de sa voix rocailleuse de boxeur ivre, et les gens l'avaient suivi, l'armée avait lâché les conservateurs. La démocratie, soit la capacité, en l'occurrence, de livrer l'Empire aux voleurs et aux criminels, était sauvée. Mais Eltsine n'avait libéré Gorbatchev que pour mieux l'écraser. Il l'avait forcé à reconnaître à la télévision que ses ministres étaient les auteurs du coup d'État, ce qui lui avait permis de mettre en place tous ses hommes, ne laissant plus à Gorbatchev qu'une apparence de pouvoir. Eltsine avait été le plus fort. Il était alcoolique, influençable, mais il avait aussi été le plus fort. Ses conseillers l'avaient souvent agité comme une marionnette mais, de temps en temps, le lutteur s'était réveillé, le bagarreur au nez cassé avait su conduire le peuple.

Oui, il y avait eu des péripéties, mais ils avaient réussi : Eltsine était là et il était le maître du plus grand pays du monde, grand comme un continent, avec des ressources énergétiques immenses.

Eltsine était le maître et les conseillers étaient les petits maîtres. Et il fallait maintenant les récompenser. Alors vint le temps des voleurs. Tous les proches, tous les conseillers, tous ceux qui, par un moyen ou par un autre, pouvaient participer au pillage de l'Empire se lancèrent dans l'entreprise, pour un butin d'une ampleur inédite dans l'Histoire. Quelques centaines d'hommes firent main basse sur un trésor des mille et une nuits, comme aucun sultan de conte merveilleux n'aurait même pu l'imaginer. Pour une bouchée de pain, et en profitant de tarifs subventionnés, trente ou quarante fois inférieurs au cours mondial, ils s'approprièrent le gaz, le pétrole, les diamants et les métaux. On donna à ces hommes le nom d'oligarques, et l'Occident allait s'émerveiller de leur richesse et de leur vulgarité, en les assimilant à de simples nouveaux riches, sans connaître la source criminelle de leur incroyable opulence. Avec ces tarifs, même le pire benêt, même l'idiot du coin de la rue, celui qui tend sa sébile, serait devenu riche comme Crésus : ils achetaient le baril de pétrole pour un dollar et ils le revendaient pour trente !

Mais pour faire partie de ce petit cercle, la lutte fut terrible. Et Litvinov fut un des combattants les plus durs. Il avait déjà beaucoup d'influence sur Eltsine et depuis le début il ne déviait pas de sa ligne : instaurer la souveraineté de la Russie, éliminer tous les opposants, dont Gorbatchev, et installer Eltsine en maître. Il fallait bien lui reconnaître cette constance. Lorsque d'autres pensaient encore à l'Empire, à la cohabitation, à une libéralisation du régime, lui avait déjà fait table rase du passé : la Russie capitaliste allait émerger de l'Empire. Et c'est ce qui s'était passé. Lors du coup d'État conservateur, Litvinov avait été sur tous les fronts et il avait combattu pied à pied l'influence du KGB. Il avait résisté à tout, aux pressions, aux menaces et aux promesses. Il avait joué la carte Eltsine. Sans qu'on sache trop pour quelle raison d'ailleurs, car il était évident qu'aucun motif idéaliste ne l'animait jamais, il s'était obstiné, avec un mélange de patience et de brutalité. Il était toujours là, à toutes les réunions, importantes ou non. Attablé, la phrase rare mais toujours compacte, décidée, le poing farouche, repliant la lourde masse de son corps. Un taureau de combat, respecté de tous. Les rivaux avaient été écartés, ou remisés à une place secondaire, et il était devenu le premier conseiller d'Eltsine. L'homme des manœuvres, des coups bas.

Et Litvinov était devenu le maître du pétrole russe. Eltsine lui avait donné les principales réserves de Sibérie. Il était désormais à la tête de la plus importante compagnie du pays, et il était un des hommes les plus riches de Russie.

Sur Lev, Litvinov avait eu ce commentaire : « Un scribouillard ! » Pourtant, il avait été incapable de l'écarter complètement, alors même qu'il était son plus grand rival. Lev était trop utile. Certes, il n'avait pas la force de décision de Litvinov, l'impact presque incroyable de son assurance et de sa brutalité. Mais il était beaucoup plus intelligent et Eltsine, comme tout le monde d'ailleurs, le savait bien. La répartition des compétences qu'il avait négociée avec l'équipe de Gorbatchev en était une preuve et il avait su également faire élire Eltsine à la présidence, avant le passage au suffrage universel. On avait besoin de lui. On s'en méfiait un peu, sans qu'il le sache, pour des raisons obscures, qui ne tenaient pas à sa loyauté, mais à une sorte de distance imperceptible. L'impression désagréable qu'il n'était pas, comme les autres, entièrement dans l'action et le pouvoir. « Un scribouillard. »

Dans le partage de la Russie, Lev n'avait pourtant pas été si mal loti. Certes, le scribouillard n'avait pu arracher, comme Litvinov, le meilleur morceau. Mais de la carcasse sanglante, il avait tout de même volé une bonne cuisse, avec suffisamment de réserves de pétrole pour créer la dixième compagnie du pays. La compagnie ELK. Comme les autres, il s'était dressé debout sous la pluie d'or et lui aussi s'était acheté son palais moscovite et sa Mercedes 600. Lui aussi pouvait prendre possession d'un restaurant, à la fin du repas, s'il estimait qu'un plat lui avait plu. Lui aussi pouvait réaliser tous ses désirs, en un claquement de doigts, par le miracle de l'argent.

Et lui aussi, comme les autres, avait été convié au triomphe de Litvinov, ce somptueux anniversaire par lequel celui-ci écraserait de son opulence tous les conseillers et ministres d'Eltsine.

Des femmes circulaient dans la salle, d'une beauté miraculeuse. Et à côté de Litvinov se tenait la plus miraculeuse de toutes, asseyant la puissance de celui qui pouvait même acheter la beauté. Lev songea à Elena, qui avait refusé de venir parce qu'elle détestait Litvinov, et d'ailleurs tous les oligarques. Elle était devenue enseignante, alors même que sa paie annuelle équivalait à quelques heures des revenus de son mari, assurant qu'elle tenait à son indépendance et qu'elle était heureuse de travailler et de réfléchir. Lev lui-même, tout en lui proposant d'abandonner son poste, en était fier, comme s'il conservait une partie de son passé grâce à elle. Comme la plupart des Russes, elle tenait les oligarques pour des voleurs mais n'avait jamais clarifié le cas de son mari. Lev semblait échapper à l'opprobre.

Tout en saluant un ancien conseiller, qui n'avait pas eu la même réussite que lui, Lev remarqua que la vaisselle était d'or. « L'esbroufe jusqu'au bout », pensa-t-il. Sur chaque table, des bols recélaient des monceaux de caviar, en collines granulées, d'un noir légèrement transparent, presque mauve, clin d'œil de Litvinov au trafic qu'il menait pour son plaisir en mer Caspienne, achetant le caviar aux pêcheurs pour quelques dollars et le revendant à l'Occident avec un bénéfice de cent mille pour cent, tout en détruisant par ailleurs les réserves d'esturgeons. L'imagination de l'oligarque était sans fin, le pillage universel. La Russie devait être asséchée.

Litvinov s'approcha de Lev.

— Bienvenue parmi nous, conseiller. La fête sera belle.

Il avait encore grossi, ses cheveux étaient encore plus rares.

— Je n'en doute pas, répondit Lev. Tu as toujours su faire les choses en grand.

— Tu peux le dire. En très grand ! s'exclama Litvinov en éclatant d'un énorme rire.

La femme restée en arrière éclata aussi de rire, à tout hasard. Lev sourit poliment. Litvinov continua son chemin pour accueillir deux nouveaux invités.

Des serveuses court vêtues, toujours jeunes et jolies mais systématiquement moins belles que les grandes femmes blondes, luxueusement habillées, qui prenaient peu à peu possession des hommes, proposaient des verres de champagne. Lev saisit une coupe. Il regardait une femme qui ressemblait un peu à Elena, mais avec les cheveux blonds.

Celle-ci, répondant à son regard, se dirigea vers lui.

— Bonjour, conseiller Kravchenko.

— Vous me connaissez ? demanda Lev.

— Qui ne connaît pas Lev Kravchenko, l'un des hommes les plus puissants de Russie ?

Cette pure flatterie lui fit plaisir.

— Comment vous appelez-vous ?

— Oksana.

— Et comment connaissez-vous Litvinov ?

— Mon métier est de connaître tous les hommes les plus puissants du pays.

— Et quel est votre métier ?

— Donner du plaisir aux hommes les plus puissants du pays.

— Noble tâche.

— N'est-ce pas ? N'êtes-vous pas fatigué, conseiller, par vos combats permanents ? Ce n'est pas facile de se battre pour rester le premier, le meilleur de tous. Ne souhaitez-vous pas vous reposer ?

— Si, bien sûr, dit Lev. Mais je suis marié.

— Bien entendu, conseiller Kravchenko. Avec la

belle et brillante Elena, la respectée professeure de littérature. Une intellectuelle remarquable. J'aurais aimé étudier avec elle.

— Vous savez donc tout.

— Je vous l'ai dit. C'est mon métier. Et le fait que vous soyez marié n'est en rien un problème. Tous les hommes les plus puissants du pays le sont mais il faut bien qu'ils se reposent. Ce sont des combattants. Ils ont droit au plaisir eux aussi.

Sa voix était langoureuse et en même temps elle semblait s'amuser.

— Il s'agit donc d'une tentation, dit Lev.

— En bonne et due forme.

— Serai-je assez riche pour contenter une aussi belle femme ?

— Peu de Russes le sont, dit Oksana. Mais vous, vous l'êtes. Et j'ajouterais que pour moi, ce moment avec l'un des hommes les plus brillants et les plus beaux du pays serait à coup sûr inoubliable.

Cette fois-ci, elle semblait pleinement s'amuser. Lev éclata de rire.

— J'y réfléchirai, Oksana. Jamais on ne m'a fait proposition si tentante. Ni si directe, ajouta-t-il.

— N'attendez pas trop, conseiller, dit Oksana en s'éloignant doucement. La fatigue pourrait devenir si grande, si enveloppante…

Et elle fit un signe de la main.

« Voilà ce qu'est devenue la Russie, songea Lev. Un pays de voleurs et de prostituées, où tout s'achète et se monnaie, même les femmes les plus belles et les plus intelligentes. »

Les femmes encerclaient leurs proies. Un par un, les hommes étaient accaparés. Ils buvaient le champagne, engloutissaient le caviar et, les dents noircies, enlaçaient de leurs pattes épaisses les tailles fines. Ils avaient tout gagné.

Lev considéra les gardes du corps. Trois hommes massifs, le cheveu ras, la poche gauche du costume boursouflée par une arme. Le règne des gangs. Même le régime policier avait volé en éclats. Il fallait se constituer ses polices personnelles. L'État et la violence légitime ? Quel État ? Quelle légitimité ? Tout avait explosé. La force s'imposait. Ils n'étaient rien d'autre que les modernes seigneurs de la guerre, des pillards qui s'étaient accaparés l'Empire par la violence et qui ne pourraient survivre que par la violence. Du jour au lendemain, tout pouvait s'écrouler. Il suffisait qu'un plus fort arrive. Plus rusé, plus violent. Aussi, tous n'avaient qu'un seul objectif : voler l'argent et le dépenser par millions, par milliards. Accumuler des fortunes, dépenser des fortunes. Et placer tout l'argent à l'étranger, dans les paradis fiscaux de la finance, aux Caïmans, en Suisse ou dans les îles anglo-normandes, avant qu'un retournement du régime ne remette tout en cause.

Dans la salle, on se dressait. Les mains lâchaient les louches de caviar et les tailles des femmes, on attrapait des coupes pleines. Litvinov, sur une estrade d'où il les dominait tous, avait pris un micro.

— Merci, chers amis, d'être tous venus pour mon anniversaire. Cinquante-trois ans, c'est le début de la vie, l'âge où on commence à profiter des bonnes choses et des résultats de son travail. L'âge de la famille et des amis chers.

Chacun de ses mots était empreint de son habituel cynisme. Les invités, auxquels il avait tous nui un jour ou l'autre, appréciaient en connaisseurs.

— Nous qui avons tant donné pour notre pays, je vous propose d'abord de porter un toast à notre sainte Russie. À la terre de nos ancêtres débarrassée du joug communiste !

Ils levèrent leur coupe.

— À notre sainte Russie ! crièrent-ils.

— Je vous propose également, poursuivit Litvinov, de porter un toast à celui qui a permis tout cela, qui n'est pas là ce soir, parce qu'il est retenu à l'étranger, mais qui nous accompagne de ses vœux. À celui qui a fait notre fortune, Boris Eltsine !

Plusieurs hommes, dans la foule, éclatèrent de rire.

Ils levèrent leur coupe.

— À Boris Eltsine, artisan de notre fortune ! crièrent-ils.

— Et enfin, dit Litvinov en s'avançant au bord de l'estrade, levons notre verre à notre dieu.

Les invités se regardèrent, interloqués. L'oligarque sortit une énorme liasse de billets, qu'il tendit en l'air.

— À notre dieu dollar, cria-t-il.

Il saisit un briquet et mit le feu à la liasse. Celle-ci s'embrasa aussitôt et bientôt Litvinov n'eut plus qu'une flamme dans les mains, qu'il considéra avec une sorte de jubilation sombre. Dans l'assemblée, une dizaine de personnes sortirent des liasses et les enflammèrent également. Litvinov jeta le feu à terre et l'écrasa de sa chaussure.

— Amusons-nous, les amis. L'alcool coulera à flots, les femmes sont belles et tout nous est permis. Aujourd'hui, c'est notre jour !

Lev en avait assez vu. Il sortit dans la nuit. Il pensa marcher un peu. Mais aussitôt, émergeant de l'obscurité, ses deux gardes du corps l'encadrèrent tandis que la voiture s'approchait silencieusement.

Matthieu avait rejoint Simon dans l'appartement aux terrasses. Leurs horaires étaient différents. Simon travaillait chaque jour dans son laboratoire tandis que Matthieu, chargé des relations publiques d'une boîte de nuit appelée le Miroir, commençait à s'animer au retour de son ami. Il était d'ailleurs surprenant de voir cet élégant bourgeois parisien, venu des beaux quartiers et éduqué dans un des meilleurs lycées du pays, se fondre avec autant d'aisance dans le milieu contrasté des boîtes de nuit. Mais outre que son vernis d'élégance et de politesse lui conférait une sorte de supériorité, Matthieu était au fond un être d'instinct, avec des pulsions brutales. En somme, dans le milieu aseptisé d'un laboratoire, lieu froid et incolore, comme dans le tonnerre d'une boîte de nuit, chacun avait trouvé l'environnement le plus propice à son développement. Que ces deux êtres puissent cohabiter tenait en apparence du miracle. En réalité, leurs différences les rapprochaient : Simon l'introverti était fasciné par le séducteur extraverti qu'était Matthieu tandis que celui-ci, par un reste d'innocence, était attiré par ce matheux à la gigantesque mémoire, qui avait de surcroît le bon goût de l'admirer. Il savourait d'autant plus cette admiration

74

que Simon était polytechnicien, chercheur, alors que lui-même n'avait pas fait d'études supérieures, tare indélébile dans sa famille bourgeoise. Il s'était bien inscrit en droit à l'université de Paris II-Assas mais il faisait partie de ces gens qui, sans contrainte, ne voient pas la nécessité de travailler. Il savait lire et écrire, il était bilingue grâce à sa mère anglaise, et sa culture générale était à son avis tout à fait satisfaisante. Il avait donc rapidement abandonné ses études et bifurqué vers les relations publiques, pour lesquelles il manifestait de remarquables dispositions. D'autant que chez lui, le terme de relations publiques était très extensif : sortir en boîte faisait partie des relations publiques puisqu'il y trouvait toujours de nouvelles connaissances à inscrire dans son carnet d'adresses. Lorsqu'il se fit embaucher au Miroir, il invita ses amis, soit ses innombrables compagnons d'un soir, organisa des opérations de communication qui connurent un certain succès, et choya les journalistes et les vedettes. Et il faut bien reconnaître que son talent pour n'avoir pas de métier, c'est-à-dire pour qu'on n'imagine pas un instant que le gars sympa et dynamique qui vous tapait dans le dos faisait en réalité cela par intérêt, touchait à la perfection.

Matthieu désirait fêter son emménagement dans l'appartement aux terrasses. Toujours expert, il songea à un événement *décalé*. À une réception qui ne correspondrait ni à Simon, ni à lui-même. Un couscous géant. Il s'en ouvrit à la femme de ménage, une Marocaine, qui jura qu'il ne trouverait pas meilleur couscous dans toute la ville. Comme il était méfiant et maniaque, il demanda à goûter. Enthousiaste, il lança les invitations, de même que Simon, très inquiet du résultat.

Et c'est ainsi qu'un samedi de juin, très ensoleillé, alors que trois cuisinières marocaines s'étaient emparées de la cuisine et que de chaudes odeurs en émanaient, deux mondes s'affrontèrent : les Matthieusiens et les Simoniens. Des êtres sérieux, austères, un peu ennuyeux, face à une bande énervée, affolée par les apparences.

Malgré quelques efforts de composition, comme un peintre arrangeant ses figures dans un tableau raté, Simon se rendit vite compte que les invités ne se mélangeaient pas, le salon se tapissant de jeans et tee-shirts informes d'un côté et de vives couleurs de l'autre. Surmontant sa grande timidité, il s'efforça de faire la connaissance des Matthieusiens.

— C'est tous des machines à calculer ou quoi ? entendit-il dans son dos. Ils ont des boutons à la place de la gueule.

Il se retourna.

— Voulez-vous un verre de champagne ? demanda-t-il à un gars au crâne rasé qui le regarda d'un air surpris.

Un ravin s'était creusé entre les deux camps, au sein duquel, courageusement, se promenaient Matthieu et Simon.

On sonna à la porte. Simon alla ouvrir. Apparut un membre de son camp, curieusement accompagné d'une élégante jeune femme.

— Bienvenue ! cria Matthieu dans son dos. Les jolies filles sont les reines ici !

76

Le Simonien eut un léger haut-le-corps devant cette intrusion. La fille sourit. Matthieu s'était déjà emparé d'elle, lui faisant les honneurs de la maison.

— C'est ta copine ? demanda Simon à son camarade.

— Non, une amie, mais c'est qui ce gars ? Il a foncé sur elle comme un vautour.

— Matthieu, mon colocataire, répondit Simon d'un air gêné. En fait, il est très gentil.

Le visage rougi, le Simonien entra. Manifestement, Matthieu dérangeait ses plans. Simon lui prit ses vêtements, tâchant de chasser la mauvaise impression initiale.

Au bout de quelques minutes, le couple revint.

— Julie a adoré notre appartement, Simon. Je suis sûr qu'elle aimerait vivre ici, plaisanta Matthieu en posant la main sur l'épaule de la jeune femme.

— Je me contenterai pour l'instant d'une soirée, merci, dit-elle.

Julie et le nouveau venu, Nicolas, entrèrent dans le salon. Et miraculeusement, ils s'installèrent entre les deux camps, dans le ravin, comme s'ils y avaient toujours vécu. Simon était très content d'eux. Non seulement il trouvait Julie très jolie mais même Nicolas, qu'il se contentait de croiser au laboratoire, se révélait beaucoup plus à l'aise qu'il ne l'aurait cru. Il discutait avec des Matthieusiens, racontant qu'il travaillait depuis toujours sur des sujets que personne ne comprenait, ce qui expliquait son malheur et sa solitude dans les soirées où il était invité. D'ailleurs, on l'invitait de plus en plus rarement, plaisanta-t-il.

Compétence et dérision, se dit Simon. Donner le

sentiment de sa force et s'en moquer. Il se dirigea vers Julie, abandonnée un instant par Matthieu.

— Tu as tout ce qu'il te faut ?

— Absolument. L'endroit est vraiment magnifique. Toutes ces terrasses…

— Tu veux que je te les montre ? fit Simon.

Et il s'étonna de le proposer avec tant de facilité.

— Matthieu l'a déjà fait mais je les reverrai avec plaisir.

Simon lui fit traverser sa chambre pour aller jusqu'à la grande terrasse, pleine d'invités. Le crépuscule était tombé mais le ciel restait clair. C'était son heure préférée.

— C'est magnifique, répéta Julie. Matthieu m'a dit que c'est toi qui avais trouvé cet appartement.

— Je suis entré dans une agence. J'ai dit : « Trouvez-moi des terrasses. » Et ils m'ont trouvé des terrasses.

— Il suffisait de le vouloir.

— Exactement.

— Tu travailles dans le même laboratoire que Nicolas ?

— Oui.

Elle hésita.

— Et tu as fait la même école ?

— Oui. Nous sommes de la même promotion de l'X.

Il essaya de le dire sur le ton le plus approprié, le plus factuel, le moins prétentieux possible. Pour une fois, son parcours intéressait une jolie fille.

— Impressionnant, dit-elle en souriant. Moi je suis en licence de maths et j'ai déjà du mal.

— Ah bon ? Je peux t'aider si tu veux. Il faut juste mettre en place certains réflexes.

— J'adorerais. Nicolas me l'a déjà proposé mais deux bonnes volontés valent mieux qu'une. Vous vous lasserez vite. Matthieu est également de votre promotion ?

— Matthieu ? De notre promotion ?

L'idée d'un Matthieu polytechnicien le décontenança.

— Non. Tu sais, Matthieu et les études… continua-t-il, dans un effort sournois pour déconsidérer son trop séduisant camarade.

— Je m'en doutais. Ce n'est pas le genre à s'épuiser la nuit sur ses livres.

Matthieu apparut dans l'embrasure de la porte.

— Vous faites bande à part ? demanda-t-il.

D'un ton railleur, il s'adressa à Simon :

— Arrête de draguer les filles et occupe-toi de tes invités.

Il avait le ton de la plaisanterie mais évidemment ce n'en était pas une. Simon eut un sourire aigre.

— Bavarder avec ses invités est le devoir d'un maître de maison.

La repartie lui sembla correcte. Il était assez content.

— Je te laisse dans les pattes du tigre, dit-il à Julie en s'éloignant. Appelle-moi si tu en as assez. Et s'il attaque, tu cries : j'accourrai.

Très content même. Un ton décontracté qui semblait même étonner Matthieu.

De très bonne humeur, il fit le tour des invités, pénétra dans la cuisine, respira avec bonheur les deux grandes marmites de légumes, souleva le torchon sous lequel reposait la semoule.

— Dans une demi-heure, on pourra servir, dit-il d'un ton qu'il voulait ferme, tout en regrettant aussitôt de passer pour autoritaire.

— C'est vous qui voyez, lui répondit la femme de ménage, radieuse et les pieds nus, campant dans sa cuisine en souveraine et considérant manifestement son patron comme un rigolo.

Dans le salon soufflait un vent frais. Les convives s'étaient dispersés sur les terrasses et le ravin s'était éparpillé en mille indifférences. Le gars au crâne rasé, toutefois, discutait avec une chercheuse, qui le fouillait d'un regard aigu, trop insistant et trop profond. En somme, la soirée avait commencé.

Lorsque les trois femmes apportèrent à bout de bras les plats chargés de semoule, des applaudissements éclatèrent. Autour de la table de la grande terrasse, des gens s'assirent, se serrèrent, tout en se passant les assiettes. Le crâne rasé, chargé de deux bouteilles de vin rouge, se mit à remplir les verres.

Matthieu, qui s'était assis à côté de Julie, souriait au succès.

Simon arriva, courbé sur une énorme marmite qui souleva un hurlement d'approbation. Il la plaça au centre de la table.

— Je commence à servir.

Sa tâche achevée, il vérifia le salon. Une dizaine de personnes y bavardaient.

— Inutile d'aller sur la terrasse, leur lança-t-il. Je m'occupe de vous.

Il attrapa des assiettes, qu'il remplit avec l'aide des trois cuisinières, puis fit de nouveau le service.

Lorsqu'il revint sur la terrasse, les gens mangeaient et plaisantaient. On ne lui avait pas laissé de place. Il observa la tablée. Si les deux camps ne formaient pas une parfaite composition, la nourriture et la boisson avaient tendu des passerelles. Dans l'obscurité qui tombait, les apparences se fondaient. Simon allait se réjouir lorsque son regard tomba sur Julie : les yeux dans le vague, elle souriait à Matthieu, qui parlait doucement – de ce ton dangereux de la séduction, confinant au murmure. Toute sa timidité se rebella.

— Matthieu, dit-il d'une voix légèrement tremblante, tu ne veux pas t'occuper des invités ?

Son ami n'entendit pas. Il répéta d'une voix plus forte :

— Matthieu ! Tu bosses un peu ?

— Je ne fais que ça.

— Et dans le salon ?

— Ils sont grands, ils savent se débrouiller.

— Ah bon ? Je viens de m'occuper d'eux.

— Profite, mon gars ! C'est pas tous les jours la fête.

Puis il ajouta, d'un ton magnanime :

— Rejoins-nous et mange-nous ce bon couscous !

On lui fit une place. Simon se tassa à côté de son ami. Celui-ci, délaissant un moment Julie, anima de nouveau les conversations. Simon se taisait. Il n'avait rien à dire. Il aurait voulu parler de mathématiques à Julie. Il aurait voulu lui demander le nom de ses professeurs, lui exposer ses recherches, discuter des avantages et des inconvénients des universités, revenir sur son programme de licence, sur la façon dont ils pourraient travailler ensemble. Il aurait voulu être intéressant et plaire. Lui plaire.

Mais voilà que toute la tablée éclatait de rire à un propos de Matthieu et lui, le petit, le terne, se sentait si ennuyeux, si médiocrement *rat de laboratoire*… Comment cette jeune et si jolie fille pourrait-elle s'intéresser à des noms de professeurs et des théorèmes de mathématiques ? Comment pourrait-elle ne pas bâiller ?

Il but son verre de vin, espérant un miracle des forces chaudes qui lui gonfleraient le cœur.

— Vous avez assez de couscous ? demanda-t-il pauvrement.

Personne ne lui répondit.

Passant la main derrière le dos de Matthieu, il toucha le bras de Julie.

— Ça va ? Tu veux plus de couscous ?

— C'est parfait, j'ai tout ce qu'il faut, répondit-elle poliment avant de détourner le regard.

Simon regarda le ciel. Des traînées bleues frottaient l'obscurité de teintes claires. La lune s'était levée. Il fixa le cercle translucide, aspirant la paix des étoiles fixes, loin des frustrations et des humiliations. Sombrer dans le ciel.

Mais ce ne fut pas lui qui sombra dans le ciel. Quelques heures plus tard, au-dessus de tous les autres, et tandis que la soirée s'alanguissait dans les dernières notes de musique, les invités étendus sur les poufs ou assis nonchalamment cuvant des ivresses légères, alors que les cuisinières étaient parties en remportant leurs plats, une fois la cuisine lavée, ravies d'avoir été acclamées et très bien payées, Julie, les yeux perdus dans le ciel, nue sur le toit, dans la ferveur des étreintes éphémères, chavirait dans la jouissance d'une soirée sans suite, unique et brève, embrassant dans un même regard la lune, les étoiles, le halo clair des lumières de la ville, et le visage de Matthieu déformé par le plaisir.

Non, ce ne fut pas lui qui sombra dans le ciel.

Sila vivait dans un hangar en banlieue parisienne. Un hangar dans un quartier assez calme non loin du bois de Vincennes. Une dizaine de personnes y habitaient, pour la plupart munies de papiers, de sorte que la police n'y faisait plus que de nonchalantes visites, de loin en loin, pendant lesquelles Sila descendait tranquillement à la cave et se dissimulait dans une ancienne cuve à mazout. Les policiers, placides et ennuyés, tâchaient de se trouver un peu d'agressivité pour l'occasion, afin de montrer qu'eux aussi pouvaient être durs, comme les brigades robotisées qui intervenaient dans les banlieues difficiles. Mais eux n'étaient ni casqués, ni bottés. À la fin de cette visite de courtoisie, il y avait toujours un habitant du hangar pour déclarer : « À bientôt les gars. C'était sympa de nous rendre visite. » Le responsable de la patrouille, alors, hochait la tête avant de répondre : « Faites attention. Ne vous foutez pas de notre gueule. Et je vous ai déjà dit mille fois que l'entrepôt n'est pas conforme. Un de ces jours, il va vous tomber dessus et vous rigolerez moins. »

À la mairie, il était prévu depuis longtemps de

déloger les habitants du 14, rue de Verdun pour démolir cet entrepôt insalubre et dangereux mais deux associations avaient protesté et engagé un procès, si bien que les discussions s'éternisaient d'un conseil municipal à l'autre, malgré de fréquents coups de menton du maire. En somme, le 14 pouvait bien compter, au vu de la célérité habituelle de l'administration et de la justice, sur une dizaine d'années de répit. Et c'était heureux car l'entrepôt était un lieu convivial. Même s'il faut bien admettre que les installations sanitaires n'étaient pas à la hauteur et que l'espèce de douche de gymnase logée dans un coin du bâtiment, pourtant briquée chaque jour, à côté de laquelle se tenaient les toilettes à la turque, ne remplissait pas toutes les attentes de confort qu'un individu moderne est en droit d'espérer, les différentes cloisons montées dans le hangar composaient des chambres tout à fait accueillantes, avec télé, pour lesquelles on pouvait toutefois regretter une isolation insuffisante, qui mettait en commun les ébats des uns et des autres, ainsi que, neuf mois plus tard en cas d'oubli ou de défaillance contraceptive, les vagissements d'un vigoureux nourrisson. Le meilleur appartement se trouvait en fait à l'étage, où s'étaient installés Roger et sa femme, une Camerounaise d'une quarantaine d'années, au visage fin et auguste, très réfléchi. Roger agissait en propriétaire de l'entrepôt – sans que personne sache s'il l'était vraiment – et avait donc évidemment choisi la meilleure place. Et de fait, cet appartement aux parpaings nus mais plutôt agréablement meublé et chauffé, contrairement à l'immense rez-de-chaussée glacé en hiver, offrait une jolie vue sur la ville et sur le moutonnement vert du bois de Vincennes, à travers la vitre de ce qui devait avoir été autrefois un grand bureau. Sila aimait y monter en hiver pour profiter de la chaleur et fouler les épais tapis chamarrés provenant d'on ne sait quel obscur trafic de Roger.

L'autre intérêt de ce hangar – de toute façon préférable aux ponts de Paris – était la proximité du bois de Vincennes, comme n'aurait pas manqué de le souligner un agent immobilier. Dans la continuité de son passage sur le bateau, Sila avait trouvé un travail de plongeur dans un restaurant pour touristes de Montmartre. Fos, qui avait des contacts dans tous les pays, l'avait mis en rapport avec un de ses camarades, en donnant à celui-ci pour mission de lui trouver un logement et un travail. Puis il avait quitté Sila en lui disant :

— De toute façon, tu t'en tireras. J'ai confiance. Tu as la lumière.

De quelle lumière s'agissait-il, voilà qui était plus difficile à augurer. Et au vu du destin de Sila, la prophétie de Fos peut sembler un ricanement ironique. Mais il est vrai que pendant longtemps Sila sembla bénéficier de la lumière. Il ne fallut pas plus d'un mois à l'ami de Fos pour dénicher le hangar et la place dans le restaurant. Sila considéra pendant quelque temps son nouveau patron avec reconnaissance – après tout, il aidait un sans-papiers – jusqu'à ce qu'il comprenne qu'il était seulement exploité et payé la moitié du smic, sans charges patronales de surcroît. Bref, il coûtait quatre fois moins cher qu'un Français.

Cela dit, Sila s'habitua à son métier. Il devint un parfait sans-papiers, recommandable à tous égards.

Toutefois, la nature lui manquait. Dans l'océan de béton qui l'enserrait, il se sentait étouffer. Il respirait fort, tâchait d'avaler de l'air... en vain. Tout était si pollué, c'était un tel fracas de béton, de pierre et de grisaille, qu'on ne pouvait y échapper. Aussi l'artefact du bois de Vincennes n'était-il pas un simple argument d'agent immobilier. Dans ce bois certes humanisé, parcouru de chemins, mais souvent vide en semaine, un peu d'oxygène lui était accordé. Parfois, un membre du hangar voulait l'accompagner pour aller courir, mais comment suivre Sila lorsqu'il courait ? Comment rester à hauteur de cette vitalité essentielle, de cette course sans fin ? Sila était infatigable parce que courir lui était aussi naturel que marcher. Il partait sur les chemins, tranquillement, pour ne pas semer son équipier du jour, puis le temps passait, l'autre se mettait à fatiguer, tentait de ne pas se faire distancer jusqu'à ce que soudain, prenant son envol, Sila parte comme une flèche, pour le seul plaisir de la vitesse, trouant les fourrés, sautant par-dessus les haies. Personne ne pouvait le suivre. Dans le hangar, on disait : « Sila est un champion. Il ne devrait pas être serveur, il devrait être champion olympique. » Mais Sila souriait en secouant la tête. Et il repartait dans les sous-sols du restaurant.

C'est au retour d'une de ces sorties dans le bois de Vincennes qu'on lui annonça que Céline, la femme de Roger, fêtait son anniversaire « en haut ».

— Quel anniversaire ? demanda-t-il.

— On ne sait pas. Mais c'est son anniversaire. Elle prépare un dîner pour tout le hangar depuis ce matin.

— Un dîner ? Avec quoi ?

— On ne sait pas. C'est une surprise. Mais on va bientôt le savoir.

Sila, qui n'était pas dénué de coquetterie, se lava soigneusement, lissa ses cheveux avec une crème qui les faisait paraître plus noirs et plus brillants, s'habilla de ses vêtements les plus élégants et apparut ainsi à l'heure dite dans l'appartement du haut.

— Sila ! l'accueillit la maîtresse de maison. Quelle beauté ! C'est un honneur que tu me fais.

Les autres ricanèrent et se moquèrent de lui mais il s'assit sans s'énerver car il savait qu'on l'aimait bien. Par la fenêtre, il aperçut au loin, par-delà la ville et l'autoroute, les arbres du bois.

— Tu as bien couru ? dit Céline. Il paraît que tu es resté plusieurs heures.

— Oui. J'ai attrapé un lapin.

— Un lapin ?

— Il y en a plein mais ils sont durs à attraper parce qu'ils courent vite, avec des virages à angle droit très difficiles pour un homme. Mais je lui ai coupé le chemin à plusieurs reprises et à la fin j'ai réussi à l'avoir.

— Tu l'as rapporté ? Qu'on le cuise ? intervint quelqu'un.

— C'est juste un jeu. Sitôt attrapé, sitôt relâché.

« Il est rapide, Sila », commentèrent-ils.

On trinqua en l'honneur de Céline. Un crémant un peu aigre mais pas si mauvais.

— Ce n'est pas pour moi mais pour vous. C'est pour prendre du plaisir ensemble.

Dans l'accent presque scandé de la Camerounaise, dans l'impassibilité de ses traits, se logeait une sorte de sérénité philosophique qui conférait une profondeur aux propos les plus banals. Elle avait toujours l'air de parler par sentences, dans une langue châtiée et vieillie, avec des tours classiques, comme si toute la sagesse du monde s'exprimait à travers elle.

Ils bavardèrent. Un peu guindés, tous bien lavés et bien habillés, comme gênés de se trouver « en haut », chez les propriétaires. Roger, d'ailleurs, était moins bien habillé, proclamant sa supériorité de possédant. Il portait un vieux pantalon de costume, une chemise jaune et des bretelles.

Ils passèrent à table dans la cuisine, une grande pièce meublée de bric et de broc, très lumineuse.

— Je vous ai préparé des plats de mon pays, dit Céline. Des plats qui appartiennent peut-être à vos traditions… ou peut-être pas.

Céline apporta un poisson épicé dont l'odeur réveilla chez Sila des souvenirs. Il commença à manger, épiant les sensations qui lui étaient offertes, mâchant avec attention pour soustraire à la chair les images du passé et dégager, dans les intervalles du goût, le souvenir d'un poisson que l'Oncle avait découpé devant lui, dans la Cité de Nulle Part. Une chair ferme, rosée près de l'arête, elle-même fourmillante, non pas nettement dentelée mais foisonnante de poils durs que l'Oncle triait avec une grande patience pour l'enfant. Et comme Sila relevait la tête, l'œil embué, le visage perdu de ce retour dans le passé, il saisit parmi les convives d'autres expressions perdues, comme si, brutalement, ce simple poisson avait réinstallé chacun dans son passé et son pays, au cœur d'une origine rendue à demi irréelle par les splendeurs mémorielles de l'enfance.

— Dans mon pays, dit l'un, rien ne marchait. Tout était toujours pourri. Les choses s'écroulaient et le pays s'écroulait un peu plus chaque année.

Il dit cela avec attendrissement, comme s'il parlait d'un gamin turbulent. Et chacun d'évoquer ses origines.

— Comment es-tu arrivé ici, Sila ? demanda Céline. Tu ne nous as jamais raconté ces événements.

Sila éluda la question. Il raconta seulement qu'il avait embarqué sur un bateau comme passager clandestin.

— Tu as eu de la chance de ne pas être jeté à l'eau, dit quelqu'un.

— Et de pouvoir entrer en France.

— En France, ce n'est pas facile. Ils sont devenus durs.

— Il vaut mieux aller au Canada maintenant.

Et tous de hocher la tête : « Oui, le Canada, c'est mieux. »

Ils parlèrent du Canada, que personne ne connaissait. Ils avaient donc beaucoup à dire.

Céline intervint, d'un ton encore plus chantant :

— Ce n'est pas vrai. La France est bonne. La France est bonne, je vous le dis. Regardez les policiers quand ils viennent ici. Ils sont gentils, ils ne nous veulent pas de mal. Et quand j'ai accouché de mon premier enfant, je n'avais pas de papiers et les médecins de l'hôpital ne m'ont rien demandé. Ils m'ont très bien soignée. Je vous le dis, la France est bonne. Mais il ne faut pas trop que ça se sache, alors ils parlent fort, ils disent qu'on n'accueillera personne. Mais parler fort, ce n'est rien.

Les autres hésitaient. Céline avait de l'autorité. Et puis après tout, le Canada, au fond, ils n'en savaient rien. C'était seulement l'un d'entre eux qui en avait parlé. Ils n'y tenaient plus trop maintenant.

— En tout cas, dit pensivement un Congolais, beaucoup de gens essaient toujours de venir. Vous avez vu celui qui a été refoulé ? Celui avec les bandelettes ?

L'histoire avait circulé dans la communauté.

— Raconte, tout le monde ne connaît pas.

— Le gars, poursuivit le Congolais, il savait qu'on accepte toujours les blessés. Les médecins ne les renvoient jamais, au moins le temps de la guérison. Alors, le gars, il s'était enveloppé de bandelettes, on aurait dit une momie, et il était conduit sur une vieille chaise roulante. Mais les flics ne se sont pas laissé tromper, ils ont déroulé toutes les bandes, et le gars, il courait comme un lapin.

— Comme un lapin, répéta un autre. Il était en slip et il courait pour échapper aux flics.

Et tous de rire devant cette histoire qui leur ressemblait tant.

— Attends, attends. Et celui qui est tombé de l'avion… Il était accroché aux roues, le gars, mais en arrivant à Charles-de-Gaulle, quand les pilotes ont descendu le train d'atterrissage, il s'est accroché à mort, il a essayé de tenir bon, les bras croisés autour

90

des roues, mais il a fini par lâcher, il est tombé de tout là-haut.

— De tout là-haut ?

— Je sais pas d'où mais je t'assure, il est tombé, il a pas pu tenir, tous ses os se sont brisés.

— Non ! Brisés ?

— En mille morceaux !

L'homme était plié de rire.

— Mais le pire, c'est qu'il est en France maintenant, comme vous et moi. Ils l'ont soigné, ils lui ont mis du plâtre jusqu'au cou mais il va bien, il est tout content, il a sa nourriture à l'hôpital.

« Il est tout content », hurlèrent-ils en chœur, hilares, comme s'il n'y avait jamais eu rien de plus drôle que cette abominable histoire.

6.

— Il faut qu'on voie les choses en grand maintenant. Il faut qu'on gagne de l'argent.

Simon, encore engourdi de sommeil, réagit à peine. Ils prenaient leur petit déjeuner sur la grande terrasse. Matthieu se leva, en caleçon, regarda la ville et prit un air impérieux.

— De l'argent ! Beaucoup d'argent. On est des seigneurs.

Lorsqu'il s'exprimait, Matthieu, par son outrance, était souvent à la limite du ridicule. Simon le considéra donc d'un œil interrogatif, en se demandant s'il se parodiait lui-même.

— Moi, je te le dis, je ne resterai pas longtemps dans cette boîte. J'en ai marre de travailler pour ces cons.

— Pour ces cons ?

— Oui, pour ces cons. Je suis mal payé alors que je leur ai tout apporté.

— Tout apporté ?

— Tout. Le carnet d'adresses qu'ils ont grâce à moi, personne d'autre ne l'aurait donné. Et tu as vu ce qu'ils me paient ?

— Ce qu'ils te paient ?

— Des clopinettes. Et toi c'est pas mieux.

— C'est pas mieux ?

— Arrête de tout répéter et écoute-moi. Tu es un grand scientifique, Simon. Sans doute le meilleur dans ton laboratoire. Et je suis sûr que tu auras la médaille Fields.

— Peut-être pas quand même, se rengorgea Simon. C'est le Nobel des maths.

— Je te dis que tu l'auras. Mais à quoi est-ce que cela te servira ? Tu aligneras tes petites formules dans ton coin, tu seras un chercheur à quinze mille francs par mois…

— Tu plaisantes ! Je serai directeur de recherche au CNRS et je gagnerai vingt-cinq mille !

— C'est la même chose, Simon. Je te parle d'une autre vie. Je te parle de l'argent, du bel argent, mon gars. La grosse galette. Celle qui te permet de réaliser tous tes désirs.

— Tous mes désirs sont réalisés. J'aime mon métier, j'habite très agréablement un appartement qui me satisfait pleinement et je ne me réfrène pas. Tout va bien, je te remercie.

— Tu manques d'ambition, Simon. Une autre vie. Plus excitante, plus palpitante. Pas des formules.

— Les mathématiques sont très excitantes. Tu n'y connais rien.

Ces conversations, qui étaient avant tout des monologues de Matthieu, se répétaient à intervalles réguliers depuis quelque temps. Les angles d'attaque pouvaient un peu varier mais à la fin il fallait se résoudre à l'immuable conclusion : l'argent.

Matthieu n'en avait pas assez, Matthieu en voulait beaucoup. Simon devinait confusément chez son ami un désir plus obscur, une insatisfaction et un manque de reconnaissance qui le faisaient se jeter dans cette aspiration protéiforme, d'autant plus étrange que Matthieu n'avait pas vraiment de goûts de luxe. Certes, il s'habillait bien et il aimait l'appartement aux terrasses. Mais c'était tout. Cependant, comme il n'avait pas de désir propre, il désirait ce que les autres désiraient : l'argent. Sous ce mot se cachait une autre vie, un ailleurs indéfinissable mais forcément heureux.

Simon n'écoutait pas. Ou plutôt il tâchait de ne pas écouter. Mais dans son univers très limité, les propos de Matthieu écoulaient leur acide, comme une attente vague et indéterminée d'un autre horizon. La chimère des désirs, monstre mythologique et moderne, balançait sa grande ombre. Simon était tissé de tant de fragilités qu'il devait rester dans son univers simple et abstrait. L'en faire sortir, c'était le perdre. Mais l'acide rongeait les verrous…

— Je n'y connais rien mais j'imagine.

Matthieu, le ventre contre la rambarde, fit saillir ses biceps.

— On t'a déjà dit que tu étais ridicule ? fit Simon.

— Souvent. Des dizaines de filles. Et moins d'une heure plus tard, elles étaient dans mon lit.

Simon songea à Julie et il ressentit un pincement à l'estomac.

— Cette fille, tu vas la revoir ?

— Quelle fille ?

— La fille de l'autre soir. Julie.

94

— Non. C'était un très bon moment mais elle ne tient pas à me revoir. Elle dit qu'elle a du travail. Qu'elle m'aime bien mais qu'elle a du travail. Et elle est sûre qu'avec moi elle ne fera plus jamais rien. Elle n'a pas tort.

Il fit de nouveau saillir ses biceps.

— Tu la regrettes ?

— Oui et non. J'ai beaucoup aimé ce moment sur les toits.

Il minauda.

— Je m'en souviendrai toute ma vie.

Puis revenant à son ton habituel et détaché :

— Mais je crois que c'était bien parce que c'était éphémère.

Matthieu s'allongea sur le sol et ferma les yeux, profitant du soleil. Son corps durci par la salle de gymnastique était bronzé par les nombreuses séances au soleil sur la terrasse. Mais s'il s'allongeait ainsi, c'est parce qu'il était saisi par une de ses humeurs sombres et dépressives. Cet être d'une énergie étrange, à soubresauts, alternait les phases intenses, rayonnantes, et les tristesses profondes, comme s'il s'éteignait brusquement. La même inquiétude qui le poussait à tenir ses discours pontifiants et financiers l'écrasait parfois dans une immobilité léthargique. C'était un être sans fondations, cherchant des appuis dans la séduction des filles et les rêves d'argent.

Ce jour-là, remâchant on ne sait quelles pensées, tourmenté, il resta toute la journée allongé. S'il se leva, ce fut pour boire de l'eau et s'enduire de crème solaire. Pour le déjeuner, il mangea à peine, il semblait nerveux.

Simon connaissait cette humeur. Il ne s'en formalisa pas. Il avait un peu de travail, qu'il poursuivit dans sa chambre, et il regarda le Tour de France à la télé. En fin d'après-midi, il se prépara pour aller courir. Pendant son enfance et son adolescence, il n'avait jamais fait de sport, dont il était le plus souvent dispensé tant il était tenu pour un malade permanent. Mais vers la fin de son adolescence, son corps, sans véritable raison, s'était renforcé et ce n'était plus que par habitude que le vieux médecin de famille signait ses certificats. Simon n'était pas devenu un athlète mais des activités comme la course lui convenaient tout à fait, au point qu'il en prit même l'habitude, une ou deux fois par semaine. Le bois de Vincennes n'était pas loin de l'appartement, il s'y rendait donc régulièrement.

Par l'ascenseur, il descendit son vélo hollandais, puis s'engagea dans l'avenue et roula jusqu'au bois. Là, tranquillement, après quelques consciencieux assouplissements, il se mit à courir, d'une allure lente, sans s'inquiéter des coureurs plus rapides, assez nombreux en ce dimanche, qui le dépassaient. Il courut trente et une minutes, suivant une plaisanterie qui avait cours entre Matthieu et lui : « C'est au bout de trente minutes, disait-il, que le corps commence à brûler ses graisses. Donc je cours trente et une minutes pour brûler pendant une minute. Et de toute façon, je n'ai pas de graisse. »

À un moment, une flèche noire dépassa Simon puis sauta par-dessus un tronc d'arbre et disparut en un instant. Sa vitesse était incroyable et laissa éberlués les quelques coureurs qui se trouvaient là.

« Ce type doit être un champion », pensa Simon. L'INSEP, le centre d'entraînement des sportifs professionnels, se situait à côté du bois de Vincennes. Simon trouva là une explication qui le satisfit pleinement. Et il continua sa course, avant de boucler son circuit dans le temps imposé. Puis il revint à l'appartement en vélo.

Matthieu n'avait pas changé de place. Il bronzait encore, nu sur la terrasse. Lorsque le soleil déclina, il s'ébroua, alla prendre une douche. Il traversa l'appartement, toujours nu.

— Tu pourrais enfiler une serviette, fit remarquer Simon.

— Ça va, on se connaît, marmonna Matthieu.

Ensuite il regarda la télé, ce qu'il faisait peu. Aussi surprenant que cela puisse paraître, Matthieu préférait de loin la lecture à la télévision. Il avait d'ailleurs très bon goût, bien meilleur que Simon, qui n'avait au fond pas progressé depuis la sixième.

Puis il se prépara pour aller travailler. Il n'avait pas l'obligation de se rendre chaque soir au Miroir mais il le faisait tout de même très souvent, sans que Simon en connaisse la raison, puisque Matthieu répétait que cela n'avait aucun intérêt. Il sortit de la salle de bains en lissant ses cheveux mouillés, d'un geste familier qui signifiait son entrée en guerre. Chaque soirée se devait d'être une bataille gagnée. Contre tous.

Il arriva au Miroir avant minuit. Il salua les videurs de l'entrée. Il n'y avait pas encore de queue et de toute façon le dimanche n'était pas un jour d'affluence.

Mais la boîte était suffisamment à la mode pour avoir du monde chaque soir.

Ce fut aussi le cas ce soir-là. Et Matthieu Brunel fut à la hauteur. Il sourit, parada, plaisanta… Il fut tout ce qu'il n'avait pas été pendant le jour. Il accomplit sa bataille quotidienne, sans qu'on sache si l'homme étendu toute la journée sur la terrasse était un mannequin de plomb ou bien si le véritable double était cette poupée brillante et souriante qui passait de l'un à l'autre. Mais il n'y avait pas de double, il n'y avait que cet être d'apparences et de soubresauts à la recherche de son image.

Il descendit aux toilettes. L'escalier était grand et tapissé de rouge. Tous ceux qui voulaient un peu de tranquillité s'y massaient et il y avait toujours beaucoup de monde. Un grand type, jeune et élégant, se tourna vers lui.

— Ça va ? demanda Matthieu.

— Bonne soirée. Tu seras content.

Matthieu hocha la tête. Un très jeune homme sortit des toilettes, l'œil brillant. Il tapa dans la main de Matthieu. Celui-ci sourit. Depuis deux mois, il avait monté, un peu par hasard, en se contentant au début de rendre service, comme il disait, un trafic de cocaïne dans les toilettes de la boîte de nuit et il vérifiait que tout se déroulait au mieux. Au Miroir, comme ailleurs, il y avait des clients et des dealers. Matthieu avait rendu service en les mettant en relation. Il percevait un pourcentage décent. Pour prix du service. Le dealer lui plaisait beaucoup parce qu'il était bien élevé. Cela lui paraissait un critère suffisant. Qui ne rêverait d'un dealer éduqué ?

Il revint à l'étage. Il passa au bar et commanda un jus d'orange. La lumière syncopée avalait les corps et les recrachait. Il se dit qu'il devrait plonger là-dedans pour aller chercher une fille. Mais comme souvent, il ne le fit pas. Comme souvent, il s'aperçut qu'il n'avait pas envie de parler, de plaisanter et de répéter ses tours habituels. Il était mieux seul. Il savait qu'il lui suffirait de boire ou de descendre l'escalier pour s'exciter mais même cela le fatiguait. L'énergie déployée depuis son passage dans la salle de bains de l'appartement s'épuisait déjà. Il lui suffirait d'un verre pourtant. Un seul verre qui ne soit pas du jus d'orange. Juste pour allumer l'étincelle. Et cela irait tout seul.

Mais il conserva son jus d'orange. Il tourna encore, salua, serra quelques mains. Il se dit qu'il devrait aller courir le lendemain. Comme Simon. C'était bon pour le corps. Une grande et jolie fille dansait. Leurs regards se croisèrent. Il eut envie d'y aller. Mais le problème, c'était le premier mot. Il suffisait d'un premier mot. Il disait toujours, avec une sorte de fatuité innocente et infantile, que pour lui, les filles étaient faciles. Il les invitait à prendre un verre, ils s'asseyaient, et voilà, cela commençait. Mais ce soir-là, il lui manquait le premier mot. Une vraie question d'écrivain. Quel premier mot ? Leurs regards se croisèrent de nouveau et il sut qu'il n'avait pas besoin d'être un grand auteur. Juste un écrivaillon, juste un écrivain public même.

Mais il ne dit pas le premier mot. Il rentra assez tôt. Et le lendemain, il ne courut pas.

7.

« Monsieur le président, vous ne faites pas le poids. Nous sommes partout. Donnez-nous le pouvoir et nous remettrons de l'ordre en Russie et dans la CEI. »

Lev songeait à l'affiche qu'il avait lue avec stupéfaction dans les rues de Moscou. Cette démonstration d'arrogance de la mafia russe, quelques années à peine après la chute du régime policier.

Mais le communisme avait volé en éclats et les instruments du pouvoir n'y avaient pas résisté. Les immenses réserves de matériel de l'armée Rouge étaient dispersées dans tous les conflits du monde par les administrations corrompues, les marchands d'armes et les mafieux tandis que les anciens du KGB se vendaient au plus offrant, rejoignant souvent les gangs. Le trou noir. Encore le trou noir, engloutissant des pans toujours plus immenses de l'ancien Empire, brisant les frontières, épuisant les ressources, dévorant les hommes et les âmes dans un délitement universel.

Et voilà que ce gros homme au crâne rasé et à demi chauve se tenait devant lui et incarnait toute la dérive du pouvoir. Voilà qu'il lui faisait cette proposition si dangereuse, dans son propre bureau de Moscou, au beau milieu de son personnel, de toute sa puissance affichée, à l'intérieur de la tour, sans la moindre hésitation.

— Je pourrais vous faire jeter dehors. Je pourrais appeler mes gardes du corps.

— Bien entendu, conseiller Kravchenko. Mais je reviendrais par la fenêtre, dit l'autre en souriant.

Sur ce visage épais, le sourire était un rictus. « Un lutteur, pensa Lev. Il y en a beaucoup parmi eux. » Il se souvenait des tournois de lutte auxquels il se rendait avec son père, fervent connaisseur. Il avait contemplé avec admiration ces hommes massifs, couturés, d'une force lourde et pataude capable de fulgurances. Désormais, on lui envoyait les idoles de son enfance. Et elles n'avaient plus rien d'admirable.

— Et pourquoi ferais-je confiance à un Tchétchène ? demanda Lev.

— J'attendais cette question, conseiller, même si, permettez-moi de vous le dire, elle ne vous fait pas honneur. La première réponse est toute simple : nous sommes d'une grande compétence, reconnue même à l'étranger.

« Ils ont inondé l'Europe de l'Ouest de cocaïne, d'amphétamines et d'ecstasy, se dit Lev. Toutes les boîtes de nuit en regorgent. »

— Nous pouvons vous accorder une protection d'une efficacité totale, poursuivit le lutteur. Les entreprises de sécurité privée ne sont pas toutes très fiables, vous le savez bien. Certaines sont peu organisées, trop petites, avec des individus à la morale trop élastique.

— Alors que vous, votre morale est d'une absolue intégrité ?

— Absolue, répondit l'autre sans plaisanter. Nous assurons la sécurité à nos clients, au péril de nos vies.

Les Tchétchènes, sur ce point, avaient en effet bonne réputation, au point qu'ils vendaient l'appellation « tchétchène » à des groupes slaves, comme on attribue une licence.

— Et j'en viens à la seconde raison, plus subtile, poursuivit l'homme. Mais tout le monde connaît la subtilité du conseiller Kravchenko. Il s'agit de votre ami, le conseiller Litvinov.

— Quel rapport ?

— Tout le monde sait également que votre amitié est fragile.

— Je ne vois toujours pas.

— Mais si, vous voyez, conseiller. Vous voyez très bien. Simplement vous voulez que le gros lourdaud devant vous l'exprime clairement. Vous voulez laisser s'enfoncer le gros lourdaud. Ne connaissez-vous pas le *krysha* de votre ami ?

— L'Ordre slave.

— Des concurrents très sérieux pour nous. Des hommes organisés, durs au mal, avec des chefs intelligents.

— Des Russes, eux ! Pourquoi ne m'adresserais-je pas à eux ?

— Aux protecteurs de votre ami, qui les paie si grassement qu'ils ont levé presque une armée pour lui ? Ne serait-ce pas dangereux, conseiller ? Les moyens de Litvinov sont presque infinis. Et il est l'ami personnel du président Eltsine. Faire confiance aux hommes d'un ami si fragile ? Très dangereux, me semble-t-il. Alors qu'au contraire, si vous faites confiance aux Tchétchènes, aux ennemis de l'Ordre, vous pourrez vous en remettre entièrement à nous. Vos intérêts sont nos intérêts.

Lev le considéra.

— Mes intérêts ? Avec les sommes que vous exigez !

— Nous n'exigeons rien de la part d'un homme tel que vous, conseiller. Tout au plus proposons-nous. Cette somme nous semble la juste rétribution de nos services. Il s'agit tout de même d'assurer votre sécurité mais aussi celle de vos diverses entreprises, y compris dans les développements auxquels vous vous livrez actuellement.

« Ils savent donc tout, pensa Lev. Après tout, l'affiche disait la vérité : ils sont partout. »

— Je vais réfléchir, dit-il.

Le gros homme se leva, salua avec humilité et s'en alla.

« Le racket maintenant. Le déclin de ce pays n'a plus de limites. Ils osent même s'attaquer à moi. Sous des allures serviles mais le résultat est le même. Et que puis-je faire d'autre que nouer cette alliance ? L'État a disparu. Litvinov a fait alliance, tous ont fait alliance. Sans forces de protection, ils me prendront tout. Mais qui me dit que les Tchétchènes ne me prendront pas tout ? »

Près de huit cent mille hommes travaillaient dans les groupes de sécurité. Ils occupaient tous les sec-

teurs du pays, notamment Moscou et Saint-Péters-
bourg. Ils avaient pris la place de la police, incapable
de remplir son rôle. Ils faisaient régner l'ordre – au
prix d'un nombre de meurtres incalculable. De gré
ou de force, ils s'imposaient. Mais très souvent, on
faisait volontairement appel à eux, comme Litvinov,
pour se constituer une milice personnelle, à la fois
dans le but de se protéger et de gagner d'autres territoires.

« Les seigneurs de la guerre. Des bandes armées
pour annexer les domaines des rivaux, devenus
désormais des entreprises. Le Moyen Âge. »

Lev rentra chez lui, dans son palais moscovite.
Dans l'ancien palais du prince Ehria. Les oligarques
avaient remplacé les princes. Deux hommes se
tenaient devant les grilles. Deux gardiens. Ils seraient
bientôt remplacés. Il faudrait mettre des costumes
aux singes tchétchènes, à la place de leurs ignobles
survêtements et battes de base-ball. Un Russe, faire
appel à des Tchétchènes…

Non loin des deux gardes, immobile, se tenait un
vieil homme. Un mendiant vêtu d'un manteau noir,
avec une canne. Lev demanda au chauffeur de s'arrêter devant lui. Par la fenêtre teintée, et tandis que la
voiture ronronnait doucement, il le contempla silencieusement, avec une sorte d'attention rêveuse. Il
contempla sa pâleur, ses traits ravinés, son visage
d'affamé dévoré par la misère. Un être abandonné,
et d'abord abandonné de lui-même.

« Un moujik. Un pur moujik de Tolstoï, pensa
Lev. Le pays est passé du grand roman russe au
roman noir des bandes, des criminels et des milices.

Mais le moujik reste, toujours exploité, asservi, humilié. »

La fenêtre descendit. Le vieil homme leva les yeux – un regard épuisé, voilé d'une taie. D'un mouvement balançant de la tête, il cherchait à mieux distinguer le visage en face de lui. Que voyait-il ? Et que pouvait-on déceler chez Lev Kravchenko qui ne montrait rien d'autre qu'une perfection glacée, même après une journée de travail, comme s'il ne fallait jamais rien dévoiler, comme si le salut se trouvait dans cette impassibilité, dans cette cravate parfaitement nouée, dans cette chemise au col dur, d'une blancheur encore éblouissante ?

Pendant une minute, les deux visages restèrent immobiles en face l'un de l'autre. Puis une main émergea, s'ouvrit, déposa un billet dans une autre main, et la fenêtre teintée remonta, en silence, tandis que la voiture avançait vers le portail qui s'ouvrait.

Lev sortit, monta les marches qui conduisaient vers l'entrée. Une domestique lui prit sa mallette puis il se dirigea vers le salon. Elena s'avançait vers lui, un sourire un peu figé sur les lèvres. Comme souvent, il songea à l'étudiante d'autrefois, et comme souvent il chassa cette image parce que le Lev d'autrefois n'existait plus. Ou plutôt, il n'avait plus le droit d'exister, sinon sous cette forme fantomatique d'un rêve aux allures de remords. Une sorte de ruissellement intérieur, de petite pluie du souvenir, tenace et un peu triste.

Elena l'embrassa. Elle était vêtue d'une robe noire. Lev revit le manteau noir du mendiant. Elena s'habillait toujours avec élégance, se parait pour lui, pour l'accueillir.

— Bonne journée ? demanda-t-il.

Il savait qu'il fallait débuter la conversation. Leur couple avait besoin de cette banalité, de ces mots en apparence inutiles qui ébauchaient un rapprochement, comme un geste de la main avant une danse, d'autant plus nécessaire que leurs journées différaient totalement, surtout lorsqu'il recevait un bandit tchétchène dans son bureau. De quoi avait-elle parlé aujourd'hui ? De quel auteur français, italien ou espagnol ? Stendhal, Rabelais, Cervantès, Dante ? Quelle interprétation savante avait-elle élaborée, au moment où il tâchait de mesurer le danger de l'intrusion dans sa vie, dans leur vie, d'un racket de protection. D'un racket qui, bien entendu, n'adoptait pas du tout la forme appréhendée par un petit commerçant, lorsqu'un voyou lui fait comprendre la dure réalité du commerce, mais qui instaurait une alliance terriblement dangereuse et, en fait, menaçante. Une menace contenue dans une nuque servile mais puissante, un sourire humble mais lourd de sous-entendus. Une alliance pour le meilleur et pour le pire, jusqu'à la mort.

Lev effleura les cheveux d'Elena. Surprise, elle recula. Il la touchait si peu... Il restait si souvent froid, d'une maîtrise qui n'était pas sans charme mais qui n'en était pas moins glaçante. Puis elle avança. Il respira son odeur, embrassa ses cheveux. Et lui-même se recula, avec un sourire gêné. Elle le regarda d'un air intrigué. Il hocha la tête, sourit de nouveau.

— Les enfants sont couchés ?

Toujours ces mots, alors qu'il connaissait la réponse. Bien entendu, ils étaient couchés. Comment ne le seraient-ils pas à cette heure ? Deux enfants maintenant. Deux garçons qu'il ne voyait pas grandir. Deux garçons qui resteraient des étrangers, comme tout le monde à l'exception d'Elena.

Ils allèrent les embrasser. Dans les chambres du palais. Des pièces si grandes qu'elles en étaient absurdes. Lev songea au deux-pièces de son enfance, à l'étrange monde gris, décoloré, dans lequel il avait été élevé, où les *choses* semblaient grimacer, tant elles étaient rares et tristes. Et maintenant, il y avait tant de *choses* pour ses enfants, des accumulations orgiaques de *choses*, emplissant les chambres d'un luxueux désordre que même Elena ne songeait pas à réfréner.

Elena ouvrit la chambre de l'aîné, Evgueni, étendu dans son immense lit rond. Il respirait régulièrement. Grand, élancé, c'était un bel enfant qui ressemblait beaucoup à sa mère.

« Les deux parents veillant l'enfant, pensa Lev. Beau comme un feuilleton de télévision. »

Ils passèrent dans la chambre du cadet. Un petit lit à barreaux. Lev se répéta pour la centième fois qu'il ne connaissait pas cet enfant. Mikhail Kravchenko. Cela sonnait bien. Mais qui était-il ? Lev connaissait un peu Evgueni, né dans une autre époque de sa vie, lorsqu'il était encore conseiller d'Eltsine, et que tout cela avait encore un peu de sens. Mais à présent qu'il se battait chaque jour, à présent que toute son énergie était consacrée à la préservation de ses territoires et à l'annexion des autres, il éprouvait de terribles difficultés en face de l'enfant de sa femme, ce petit être démuni, ridiculement fragile et faible. Qui était-il ? Mikhail Kravchenko. Un bébé puis un petit enfant qu'il prenait parfois dans ses bras, qu'il ne voyait presque jamais éveillé, tant il était souvent absent. Un enfant qu'il lui faudrait connaître pourtant, sauf à voir un nouvel étranger autour de lui, une autre silhouette vaguement familière à qui sourire et adresser de nouvelles banalités avant de lui léguer une partie de sa fortune, pour qu'il mène de nouveaux combats.

Il embrassa l'enfant. La peau était douce. Puis, avec précaution – et il y avait là encore une part de rôle –, ils sortirent de la pièce et revinrent vers le salon.

— Veux-tu dîner ? demanda Elena.

— Avec plaisir.

La table était dressée. Les cuisiniers avaient comme d'habitude préparé le repas mais Lev ne voulait pas être servi par les domestiques. Et Elena, souvent, tenait à lui apporter elle-même les plats. La plupart du temps, elle ne pouvait pas l'attendre pour dîner, mais c'était tout de même un moment qu'ils partageaient. Elle s'asseyait à côté de lui, parfois en prenant un verre de vin, et ils tissaient là le lien de leur couple, ce lien toujours menacé qu'il fallait chaque jour repriser, non parce qu'ils s'entendaient mal ou ne s'aimaient plus mais simplement à cause des fantômes.

Les fantômes de leur rencontre. Le professeur et l'étudiante. Le brillant intellectuel, la jeune et belle étudiante. La jeune femme qui prenait en notes les cours de monsieur Kravchenko et qui, après un verre pris ensemble, tombait amoureuse de son professeur. Elena était toujours belle mais elle n'était plus si jeune. Elle était femme et mère, elle était professeure sur les lieux mêmes où elle avait autrefois étudié. Et elle ne prenait plus en notes monsieur Kravchenko. Au contraire, elle tâchait de ne plus le prendre en notes, de ne surtout pas surprendre la musique désabusée qui sourdait de ses propos dès qu'il évoquait ses affaires.

Le fantôme du professeur. Le fantôme d'un homme qui n'avait jamais été un idéaliste mais dont l'esprit mordant et caustique plaisantait si drôlement de l'Empire qu'Elena avait pu le croire courageux. Il ne l'était pas. Non qu'il fût lâche mais le courage politique n'était pas une notion valable pour lui, parce qu'il ne croyait en rien. Il n'avait pas cru au communisme, il ne croyait pas davantage en la démocratie capitaliste. « C'est le règne de l'argent, disait-il, voilà tout. Après le règne des bureaucrates, nous sommes passés sous la domination de l'argent. Et la masse russe n'est ni plus ni moins malheureuse. »

Mais plus que cela, le fantôme d'un homme plus gai, plus souple, plus *vivant*. Pas le Hun, non, pas le Hun. Comment ne pas regretter le Lev d'autrefois ? Comment ne pas rechercher, toujours, partout, dans la nuance d'une expression, dans les rares sourires, dans une phrase plus leste et mieux tournée, le fantôme ?

Lev mangeait en silence. Elena tournait dans ses mains un verre de vin rouge.

— Sais-tu que je me suis fait racketter aujourd'hui ?

109

Il prononça sa phrase d'un ton badin. Elena en fut aussitôt alertée : il parlait rarement de ses affaires.

— Racketter ? Dans la rue, tu veux dire ?

Avec deux gardes du corps en permanence, l'entreprise paraissait pour le moins improbable.

— Dans mon bureau. C'est plus simple, il y a moins de témoins.

— Qui ?

— Les Tchétchènes. Un de ces groupes de sécurité, tu sais, comme il y en a tant. Ils veulent me protéger. Contre rétribution évidemment.

— Tu les as fait jeter dehors ?

Elle employait les mêmes mots que Lev en face du Tchétchène.

— Non. C'était un homme seul d'ailleurs. Un gros lutteur sur le retour. Un gars très poli. On ne peut plus poli. J'ai dit que j'allais réfléchir.

— Réfléchir ? On veut t'extorquer de l'argent et tu vas réfléchir ?

— Oui. Parce que si je refuse toute protection, d'eux ou d'autres groupes, les ennuis commenceront.

— Quels ennuis ?

— Au mieux, fit Lev d'un ton détaché, ils s'attaqueront aux entreprises de forage ou à la distribution. Ils peuvent aussi mettre une bombe dans la tour ELK de Moscou. Et au pire, ils me tueront.

— Te tuer ? Un homme aussi riche, aussi puissant que toi ?

Lev la regarda avec curiosité. Elle qui était si intelligente, si indépendante, voilà qu'elle se mettait à penser comme les autres, à ne raisonner qu'en fonction de l'argent et du pouvoir.

— Je ne serais pas le premier, répondit-il. Les ennemis de Berezovsky — et tu sais qu'il fait partie des cinq oligarques les plus puissants du pays — ont fait exploser une bombe en plein Moscou, au moment où il passait en voiture. Son chauffeur a été décapité, lui n'a été que légèrement blessé. Personne n'est à l'abri. En tout cas, je n'ai pas vraiment le choix. J'ai besoin d'une alliance, avec les Tchét-chènes ou avec d'autres. Mais je ne peux plus conti-nuer seul.

— On a toujours le choix, protesta Elena. La police existe encore dans ce pays.

« Pauvre Elena ! pensa Lev. Le choix. Voilà qu'elle rebondit sur une question scolaire, une ques-tion de cours : le choix. Tous les philosophes, en chœur, affirment qu'on a toujours le choix. Alors, comme une bonne élève, elle suit : on a toujours le choix. »

— La police est faible, dit-il simplement. Mais tu as raison : je vais prendre mon temps. Évaluer la situation.

Et il se remit à manger.

Mais le soir, dans leur lit, tandis qu'Elena dormait, ces mots tournèrent dans sa tête. Le choix ? Quel choix avait-il ? Oui, il pouvait se démettre, tout aban-donner. C'était cela, son choix. Laisser tomber. Laisser tomber le poids énorme des affaires, des ennuis, des problèmes et des responsabilités. Enfin, responsabi-lités... Que signifiait cette notion ? Avait-on vraiment des responsabilités ? De quoi était-il responsable ? De son entreprise ? Elle serait reprise dès le lendemain. De sa famille ? Bien sûr. Mais ils pourraient émigrer.

Il avait tant d'argent… Il suffirait d'en emporter un peu. Mais était-ce un choix, cela ? Était-ce le vrai choix que d'abandonner ? Lui, il voulait continuer. Il avait mis le doigt dans l'engrenage et, depuis, il n'avait plus le choix. Sinon, c'était la défaite ou la mort. Soit il gagnait, soit il finissait en prison ou la tête éclatée. C'était ainsi. Parce que la situation avait bizarrement tourné. Parce que sa vie était devenue cette étrange violence d'un pays détruit.

Le choix.

Quel choix avait-il ?

8.

Dans la vie, le problème, c'est de se réinventer. De devenir un autre être. D'autant que lorsqu'on cherche à se réinventer, le vrai travail se produit, celui de la perpétuation, la puissante force qui pousse à être toujours soi-même, de sorte que les métamorphoses se nouent et se dénouent pour arriver au terrible constat : nous sommes toujours nous-mêmes mais plus profondément.

Et il est bien possible que le fantôme de Lev n'ait été qu'une illusion, l'oligarque perçant déjà sous le professeur. La causticité, l'ironie comme première mouture du désenchantement, avant le cynisme, l'amertume et la cruauté. La longue chaîne de la dégradation.

Mais Lev était plus âgé que Simon, Matthieu, Ruffle ou bien sûr Sila, d'autant que les affaires l'avaient prématurément vieilli, sinon physiquement, du moins moralement. La fonction de conseiller d'Eltsine juste au moment où le pays explosait – juste au moment où l'équipe kamikaze l'avait volontairement fait exploser, estimant qu'il fallait briser l'antique carcasse figée – ne l'avait pas aidé.

Sila, quant à lui, ne se réinventait pas consciemment, parce qu'il était très jeune. Il se contentait de changer. Il entrait dans le réel, il devenait plus commun.

Toutefois, son aura n'avait pas entièrement disparu : comme Fos l'avait annoncé, Sila fut aidé par la chance. Ce que Fos appelait sa lumière. Et il est vrai qu'il attirait les gens, hommes ou femmes, peut-être par une sorte d'indifférence. Sila n'attendait rien de personne – ni de la vie d'ailleurs. Il n'était jamais dans la projection, l'envie, l'espoir – il vivait. Talent rare. Et cette espèce de pure présence, de matité de l'être, alliée à sa grande beauté, était un aimant pour les gens, surtout pour les Occidentaux dévorés de frustrations et tourmentés par des désirs inextinguibles.

Un soir où Sila remplaçait un serveur malade dans la salle, un homme avec une grande crinière blanche, l'air artiste, qui prenait un verre, l'interpella :

— J'ai un emploi pour toi, si tu veux.

— J'en ai déjà un, dit Sila.

— Je suis le plus grand restaurateur du monde. Tu travailleras dans un lieu unique, tu seras bien payé et tu apprendras vraiment le métier.

Sila le considéra avec amusement. La prétention l'avait toujours fait sourire.

— Essaie, poursuivit l'homme. Tu n'as rien à perdre. Je triple ton salaire, quel qu'il soit.

Sila haussa les épaules.

— De toute façon, je ne peux pas.

L'autre le regarda.

114

— Sans papiers, hein ?

Sila hocha la tête.

— Le président de la République vient souvent dîner chez moi. Je lui parlerai de toi. Alors ?

Sila jeta son torchon blanc vers le comptoir et s'en alla avec son nouveau patron. Tout le monde peut promettre monts et merveilles et affirmer son amitié avec le président de la République. Mais l'homme qui, par on ne sait quel hasard, prenait un verre à Montmartre était en effet un des meilleurs restaurateurs du monde, et comme tout restaurateur, il se plaignait de son personnel. Le physique de Sila et son exceptionnelle tenue étaient des atouts. Bref, la lumière venait d'agir.

Commença alors pour lui une période d'apprentissage, durant laquelle il allait en cours la journée et travaillait le soir. Gérard Lemerre, fidèle à sa réputation de restaurateur artiste et mécène, image composite qui ne peut naître qu'en France, devint le lointain mentor de Sila, comme Fos l'avait été, mais avec infiniment plus de moyens. Il obtint un permis de séjour pour son protégé et l'inscrivit dans une école d'hôtellerie où Sila apprit le métier et acquit les connaissances élémentaires qui lui manquaient. C'est également là qu'il fut initié à l'anglais, une langue qui allait lui devenir indispensable par la suite. Il entrait dans le réel.

Pour Ruffle, se réinventer c'était se trouver. Il racontait toujours l'histoire d'un champion dont le destin avait été brisé par un genou blessé. Un récit à un coup, toujours le même, comme un pauvre pistolet répétitif. C'était son destin et son mensonge. Et toute sa famille était entrée dans son histoire. Sa mère parlait souvent, avec un air apitoyé, de son retour à la maison, après la blessure, lorsqu'il marchait avec des béquilles, désespéré par l'explosion de son destin. Et son père l'appuyait, sur le mode positif : « Il a eu du courage. Il aurait pu être un champion, cela ne s'est pas fait, c'est Dieu qui l'a voulu, mais il est devenu un champion en affaires, parce qu'il a développé la même hargne, la même combativité. Je l'ai toujours dit : la vie, c'est un match de football. Aller vers l'avant et se battre. »

Le problème des mensonges, même quand on y croit, même quand chacun s'y complaît, c'est qu'ils développent toujours une insatisfaction, inconsciente et bizarre, qui vient de la déhiscence entre le masque et la vérité, revenant comme une culpabilité sourde. Chez Ruffle, cet écart se traduisait par le sentiment persistant, inachevé et récurrent de ne pas être à la hauteur. Il était un être sans dimanches. Sans personne pour l'applaudir, l'aimer, le vanter. Sans public, sans admirateurs. Il avait l'impression d'être transparent.

Si seulement les dimanches avaient pu revenir... Il ne pouvait exprimer clairement cette pensée mais c'était bien cela. Pourquoi n'avait-il plus de dimanches ? Shoshana était restée avec lui et il était fier d'avoir près de lui la pom-pom girl de son adolescence, la fille aux gros seins sur le bord du terrain, mais l'admiration qui le fascinait tant chez elle au début, qui lui donnait confiance en lui et le transportait, il ne la retrouvait plus. Elle l'aimait bien sûr, il n'en doutait pas, mais peut-être s'entendaient-ils seulement autour d'une existence agréable où l'argent ne manquait pas, où la maison était agréable, moins grande que celle de son père, mais agréable, avec une piscine aussi, moins grande que celle de son père, mais agréable, et une voiture, une européenne, une BMW, moins grande que celle de son père, mais agréable. Oui, il avait, il possédait mais… C'était ça le problème. Les *mais*. Une existence avec des *mais* était une existence suffisante mais sourdement attaquée. Comme lui. Minée par un mauvais goût dans la bouche.

Le goût des *mais*, c'était peut-être de ne pas exister suffisamment. De ne pas être Mark Ruffle. Lors des dimanches d'autrefois, dans le brouhaha de l'assaut, il était Mark Ruffle et, lorsqu'on le croisait, on lui disait : « Bien joué, Mark. Bien joué. » « T'es le meilleur, Mark. T'es le meilleur, champion. » Le sentiment enivrant de l'existence et du regard d'autrui.

Qui était-il maintenant ? Ruffle fils. Sur le terrain, son père avait été le père de Mark. Dans l'entreprise, il était le fils de son père. Le fils à papa. Il avait gravi les échelons, bien sûr. Il avait lavé les bureaux, il avait fait les photocopies, il avait servi le café. Bien sûr. Faire tous les métiers, gravir un à un les échelons par son mérite. Cela va de soi. Il s'était prêté au petit jeu. Il avait essoré la serpillière dans un bureau que son propriétaire avait déjà lavé de fond en comble pour que le fils du patron ne pense pas qu'il était sale. Il avait joué au garçon de café avec un sérieux admirable. Au moins une journée. Il avait été agent immobilier et le directeur de l'agence l'avait vraiment

mené à la dure. Évidemment. Le patron l'avait dit :
« Pas de favoritisme. Ce n'est pas parce que c'est
mon fils. » Et c'était par pur respect de son mérite
qu'on lui avait donné les meilleures maisons à vendre,
celles où il suffisait d'ouvrir la porte pour que le
client signe un chèque. D'ailleurs, il avait été employé
du mois. Le responsable de l'agence l'avait dit au
patron : « On ne sait pas comment il fait. On a
l'impression que dès qu'il ouvre la porte, le client est
déjà dans sa poche. Il n'y a plus qu'à signer le chèque. » Et Ruffle père de rire avec une telle satisfaction, une telle fierté…

Mark la gagne. Aussi performant sur un terrain que
devant un client. Tous les métiers. Les échelons. Le
mérite. Il était devenu patron de l'agence immobilière.
Tout marchait bien. Les dimanches n'étaient-ils pas
tous revenus ? Le lundi n'était-il pas son jour de gloire
désormais, lorsqu'il entrait dans l'agence, qu'il mettait
l'ambiance, qu'il mettait au travail les employés
fatigués ?

« Allez, les gars, on y va. Les objectifs… Et je botte
le cul de celui qui n'y arrive pas ! »

Et il éclatait de rire. Les autres riaient aussi. Il
était sympa, le fils du patron. Soupe au lait mais
sympa. Pistonné mais sympa. Fils de patron, quoi…

Les lundis, mardis, mercredis, jeudis, vendredis
comme des dimanches. Alors pourquoi le mauvais
goût dans la bouche ? Pourquoi le « *mais* » ? Pourquoi cette sensation d'inachèvement de celui qui
marche à côté de lui-même, qui ne s'est pas trouvé ?

Il est toujours difficile de ne pas avoir de prénom.

C'est peut-être pour cette raison qu'il devint un

jeune père, au ravissement de ses propres parents. L'histoire était si merveilleuse… Tout glissait tellement, dans le scintillement de ces existences idéales : un chef de chantier devient un grand patron dans l'immobilier, il se marie à une femme fidèle et solide avec qui il a un fils, un vrai champion celui-là, du moins s'il n'avait pas eu cette blessure, un champion de la vie en tout cas, qui n'a pas tardé à se montrer à la hauteur dans sa profession, au point qu'il reprendra sans problème l'entreprise familiale pour la développer encore. Et voilà que le champion fait un enfant, avec une belle fille en plus, Shoshana, oui, c'est ça, la copine de son adolescence. Un bel enfant, un gaillard. Quatre kilos trois.

Ne plus être le fils de son père mais le père de son fils. S'entendre appeler « papa ». Retrouver les dimanches pour quelqu'un. Pour un regard au moins. Être un ancien champion, un patron, un mari, un père. Accumuler les certificats de respectabilité. Avoir une maison, une piscine, une BMW. Se promener dans les rues de Clarimont avec sa femme et son enfant.

Les pelouses de Mark Ruffle étaient très bien tondues et le soir, au printemps et en été, des jets d'eau les arrosaient suivant un orbe parfait. L'enfant, qui grandissait, sautait souvent dans les jets d'eau. C'était un de ses jeux favoris. Mark, du haut du perron, l'observait. L'enfant traversait l'éventail liquide, en riant à la fraîcheur de l'eau, tandis que l'orbe brisé jaillissait en gouttelettes qui s'irisaient dans le soleil couchant avant de reprendre son cours naturel.

Et tout glissait dans le scintillement.

Mais cette volonté de réinvention, personne ne la possédait autant que Matthieu. Celui-ci n'en pouvait plus de lui-même. Depuis toujours et peut-être pour toujours. Il avait besoin de changer de peau et de vie, comme un serpent. Il disait que les choses commençaient à sentir autour de lui, à se putréfier comme une existence qui perd sa jeunesse et son allant.

— Ça pue, Simon. Il faut qu'on parte d'ici. Ce pays n'est plus pour nous. Il nous faut d'autres horizons.

Le pays puait d'autant plus que son dealer avait été arrêté par la police. Il l'avait lu dans les journaux. Il prenait tranquillement son déjeuner lorsque dans *Le Parisien* il était tombé sur un petit article, au ton persifleur, manifestement réjoui de la chute de la « bande des bourgeois », comme l'avaient surnommée les policiers. Le patron d'une boîte de nuit, bien connu de Matthieu, avait monté un trafic de drogue, d'abord chez lui, puis dans d'autres boîtes. Parce que les membres de la bande avaient tous comme caractéristique d'être plutôt de bonne famille, comme leurs clients, les policiers, en les enfermant, avaient joui d'une très plaisante revanche sociale. Et ils n'allaient pas sortir avant plusieurs années. L'un d'eux était le dealer de Matthieu.

« Il n'y a plus d'honnêteté, s'amusa-t-il en lisant le journal. Dire qu'il travaillait pour un rival. Quelle immoralité ! »

Tout en plaisantant, Matthieu s'inquiétait. Il savait que lui-même n'était pas loin de les rejoindre. Et

120

pendant deux mois, il tressaillit à chaque coup de sonnette et détesta se rendre au Miroir. Mais le dealer tint sa langue.

Cependant, cet épisode accentua le sentiment de culpabilité qui le minait et qui nourrissait ses désirs de métamorphose. Malgré son arrogance, Matthieu se sentait sans cesse pris en faute, diminué, et c'était aussi pour cela qu'il se vantait en permanence et tâchait si souvent d'impressionner. Les policiers le menaçaient mais au fond toute autorité également. Il ne supportait aucune hiérarchie et haïssait le regard d'un patron. Le moindre pouvoir lui était insupportable parce qu'il se sentait toujours coupable. Arrogant avec les petits, toisant les serveurs et les fouettant de son mépris aussi souvent que possible, frôlant l'insulte sans jamais y tomber, il manifestait une arrogance presque aussi désagréable avec les puissants, plus proche de la prétention, moins agressive, mais qui montrait bien le *no man's land* social dans lequel il errait, rêvant des sommets sans avoir les moyens de les atteindre et vivant dans un malaise permanent de regards et de confrontations.

Mais Matthieu n'était pas dépourvu de caractère. Et lorsqu'il prit sa décision, il la prit vraiment.

— C'est dans la finance qu'il faut bosser. C'est là que se trouve l'argent.

— Qu'est-ce que tu racontes ? répondit Simon. Tu n'y connais rien et moi non plus.

— Et alors ?

— Un métier, il vaut mieux le connaître, non ?

— Arrête de raisonner en fonctionnaire. Tu es intelligent, donc tu t'adaptes.

— Et pourquoi dans la finance plutôt qu'ailleurs ?

— Parce que le monde change. Et parce que si on veut se trouver sous la pluie d'or, c'est là qu'il faut aller maintenant.

Simon leva les yeux au ciel.

— Tu ne comprends pas, Simon. Tu ne comprends pas parce que tu n'observes pas la société. Le monde a changé. Il a changé depuis une dizaine d'années mais depuis la chute du mur, cela s'est accentué. Des flux d'argent incroyables traversent le monde. Des flux licites, illicites, mais en tout cas de l'argent. La Russie a explosé, l'Asie se réveille, tout bouge. Même la France est entrée dans la dérégulation. On libère tous les marchés. Parce qu'on a besoin d'argent. Les gens pensent à l'envers : ils croient qu'il faut profiter des opportunités. C'est le contraire : il faut créer des situations qui nous arrangent. Il fallait de l'argent donc on a trouvé des moyens pour en créer. En ouvrant toutes les portes, on a découvert une occasion de faire du cash. La finance, c'est ça : les gens ont envie de s'enrichir et ils ont trouvé un moyen fantastique, ils font travailler l'argent. Ils font de l'argent à partir de l'argent. Et nous aussi, on va le faire. On va se mettre dans la banque.

Simon ne répondit rien.

— J'ai bien réfléchi, poursuivit Matthieu. Je m'en vais.

— Quoi ? Mais où ça ? dit Simon, interloqué.

— À Londres. Les Anglo-Saxons se sont mis au cœur de l'argent. Je les rejoins.

— Mais tu as un emploi ? Quelque chose ?

— Non. Je verrai sur place. Je vois, je me faufile et je prends d'assaut.

— Et tu vas me laisser ?

Ce cri du cœur de l'enfant abandonné fit sourire Matthieu.

— Non, mais il faut te bouger. Je te le dis depuis toujours. Tu as le cerveau d'Einstein mais le cul d'un diplodocus. Alors je vais bouger pour deux. Et toi, tu me rejoindras.

— En Angleterre ?

— Tu sais prendre le train, non ? Je pars demain.

Il y avait un peu de forfanterie dans ce départ. Matthieu aussi voulait raconter une histoire, celle de l'homme déterminé qui avait su changer sa vie du jour au lendemain. Mais il en était certain, le temps était venu pour le serpent de changer de peau. Tournant en rond depuis des années entre les nuits et les femmes, il avait besoin d'un autre monde et surtout d'un autre être. Dans une ville où personne ne le connaissait et dans une langue différente, il pourrait se réinventer.

Le lendemain, à Londres, lorsque sa logeuse lui demanda comment il s'appelait, il répondit :

— Matt B. Lester.

Et c'est l'homme qu'il devint. L'abréviation de Matthieu, le B. américain, et le nom de sa mère anglaise. Un autre homme.

DEUXIÈME PARTIE

9.

Paris, hôtel Cane, juin 1995

L'homme mangeait. Les plats se succédaient, auréolés de noms rares scandés par les serveurs : murex, thon rouge et gambas obsiblues, ventrèche laquée, courgette serpent, main de bouddha, merinda et herbes insolites, goujonnettes de sole voilées de farine de maïs, truffes blanches d'été… Une poésie précieuse. Et les saveurs, mêlant ces ingrédients délicats dans une diversité cohérente, s'écroulaient dans le palais, en continuelles expansions du goût, libérant toujours de nouvelles nuances.

Mais l'homme, âgé d'une trentaine d'années, le buste épais et les épaules larges, était insensible aux mots comme aux goûts. Il absorbait avec indifférence ce paradis culinaire. Parfois, il échangeait quelques paroles avec sa compagne, une jeune femme au visage las, ou jetait un coup d'œil à son fils, un enfant de six ou sept ans, une casquette sur la tête, qui avait du mal à tenir en place.

— Ce type ne mange pas, il bouffe, dit Sila en revenant dans la cuisine.

— Et c'est le genre à ne pas donner de pourboire, répondit son collègue.

— Le mec est aimable comme une porte de prison. Pas un sourire, pas un merci. Et l'enfant a l'air aussi sympathique que le père, fit Sila.

— Tel père tel fils, lâcha sentencieusement un vieux maître d'hôtel.

— Il ne baise pas, intervint un grand serveur, sec et maigre.

— N'importe quoi.

— Il ne baise pas, je te dis. C'est toujours l'explication.

— Moi, je travaille les Russes, dit un autre qui arrivait. Les Russes paient gros. Et celui-là, c'est du massif.

— C'est Kravchenko, avança gravement le maître d'hôtel. Un oligarque du pétrole. Il est plein aux as.

— Tu le connais d'où ?

— Il vient ici à chaque fois qu'il est de passage en France. Et sa femme parle très bien français. Elle l'enseigne, d'ailleurs.

— Elle enseigne ? ! Avec le fric qu'a son mari ?

— C'est une tête ! Elle est chercheuse ou un truc comme ça... Elle fait des conférences à la Sorbonne, elle m'a dit.

— Moi, je lui chercherais bien son truc... son berlingot... elle est gaulée comme pas une, répliqua le grand maigre.

La porte battit. Sila était déjà parti, avec son grand plateau.

Au même moment, Matt levait son verre de champagne.

— À ton embauche !

Simon sourit d'un air modeste.

— Et chez Kelmann, en plus. On ne pouvait mieux faire.

Il avait fallu un peu de temps mais l'emprise de Matt sur son ami était telle que celui-ci avait fini par sauter le pas. Sa décision avait été facilitée par la stagnation de sa carrière au laboratoire. Il n'avait pas réussi à entrer au CNRS et même s'il lui semblait avoir été le jouet d'une connivence sur les postes de recherche, destinée à favoriser un autre candidat, le résultat avait confirmé son sentiment : il n'était pas un si bon chercheur et il n'aurait jamais la médaille Fields. Il était bon, peut-être même très bon en mathématiques, mais il ne dépassait pas le niveau d'un honnête chercheur. Il se garda de le dire à Matt, préférant à jamais se draper dans l'excellence, mais il en était convaincu.

Le jour où on lui apprit son échec au CNRS, il contacta l'association des anciens de Polytechnique.

— J'aimerais travailler dans la banque, dit-il.

— Comme c'est original ! soupira la voix au téléphone. Où ça ?

— À Londres.

— Banque française ?

— Peu importe.

— Tu es de quelle promo ?

— 1986.

— Tu faisais quoi avant ?

— Chercheur en maths.

— Ah ouais… Ingénieur financier alors ?

— Oui, dit Simon qui n'y connaissait rien.

— Je te donne trois numéros d'anciens de ta promotion. J. P. Morgan, Kelmann et la Socgen. Vois s'ils peuvent t'aider.

Simon nota avec application les noms, fonctions et numéros de téléphone.

— Bonne chance, gars, salua la voix traînante au téléphone. L'X vaincra.

Simon appela J. P. Morgan. On le reçut fraîchement et l'ancien lui affirma, d'un ton désagréable et suffisant, qu'il avait un profil trop local, pas assez international.

— Tu n'as jamais bossé sur les marchés, tu vis dans ton laboratoire, t'es jamais parti de France. Oublie J. P. Morgan.

Qu'il contacte plutôt la Socgen : le nom de Polytechnique les intéressait toujours. Il appela la Société Générale mais son interlocutrice se souvenait manifestement de lui comme d'un imbécile tout juste bon à marmonner des formules.

— Ce n'est pas pour toi à mon avis. Les mathématiques perdraient un excellent chercheur et toi tu n'y gagnerais rien. Je ne pense pas que cela marcherait. Tu sais, ce que tu fais est très noble. Les meilleurs d'entre nous se consacrent à la recherche, pas à faire de l'argent.

Chez Kelmann, un ancien l'accueillit chaleureusement.

— Salut Rimbaud. Tu veux travailler dans la banque ? Cela te changera des *Illuminations* mais si je peux t'aider, ce sera avec plaisir.

Une nouvelle fois, Rimbaud le sauvait. À Polytechnique, de temps en temps, et particulièrement lorsqu'il se sentait isolé et démuni, incapable de correspondre avec les autres, inapte à entrer dans ces conversations désinvoltes et ironiques qui lui semblaient si parisiennes, il s'était lancé dans la récitation de Rimbaud. Ce numéro d'idiot savant l'avait rangé tantôt chez les idiots, tantôt chez les savants. Son camarade en avait conservé, semble-t-il, un bon souvenir.

Il lui confia qu'il y avait de la place chez Kelmann, que la finance était en train d'attirer les meilleurs cerveaux de la planète et que cela ne faisait que commencer.

— Ils achètent tout le monde. Personne ne résiste aux banques parce qu'elles ont l'argent, elles sont prêtes à payer cher. Tous ceux qui mettent la main dans l'engrenage aiment l'argent et les banques comptent là-dessus. Ils vont happer tout le monde, sauf les saints et les imbéciles. Mais le ticket d'entrée a un prix élevé.

— Lequel ?

— D'abord, Kelmann est une banque très particulière, qui va t'analyser comme jamais tu ne l'as été. Tu passeras des entretiens exigeants et, crois-moi, tu n'es pas encore pris. Par ailleurs, avant de passer senior, tu vas travailler comme jamais tu ne l'as fait, même en prépa. Abandonne toute idée de vie privée.

— Cela tombe bien, je n'en ai pas.

— Parfait. Et enfin, et ce n'est pas le moindre prix pour un Rimbaud, tu vas devoir accepter la règle du jeu, l'unique règle.

— Qui est ?

— L'argent, l'argent, l'argent. En gagner pour la banque, en gagner pour l'équipe, en gagner pour toi.

— Je ne suis pas Rimbaud. Cela dit, je ne suis effectivement pas obsédé par l'argent.

— D'abord, ça, tu le gardes pour nous. Ne l'avoue jamais en entretien. Et ensuite, tu dis cela maintenant. Mais dans deux ans, tu seras comme nous tous. Tu n'auras que ce mot à la bouche. Tu parleras sans cesse du montant des positions, tu penseras tout le temps à tes bonus et tu seras devenu une machine à gagner de l'argent. Ou tu seras dehors, conclut le mentor.

Simon avait travaillé son anglais pour les entretiens. La banque avait fait une recherche sur lui, avait interrogé son camarade de promotion, avait disséqué son parcours, l'avait interrogé sur des cas pratiques. Bizarrement, il s'en était assez bien tiré. Étaient-ce les années passées avec Matt, l'effort de caméléon qu'il poursuivait pour ressembler à son ami, pour capter cette rapidité, cette aisance ? Il ne se reconnaissait pas lui-même. Sans être brillant, il parvenait à répondre de façon satisfaisante, sans rougir, et en anglais, à des questions qui, autrefois, l'auraient laissé silencieux. Une seule intervention l'avait déstabilisé : un vieil homme à lunettes lui avait demandé, d'un ton sentencieux, s'il faisait du sport. Il avait balbutié qu'il aimait beaucoup le sport.

— Pratiquez-vous l'aviron ?

Il avait bégayé qu'il en avait peu fait mais que ce sport l'intéressait beaucoup. Le vieil homme avait continué à le fixer, comme s'il en attendait une révélation.

Le dernier entretien fut assuré par un homme et une femme à peine plus âgés que lui. La femme, une Anglaise, l'interrogea sur ses recherches en mathématiques. Surpris, il constata qu'elle comprenait parfaitement ses propos et qu'elle le relançait par des questions toujours plus techniques et ambitieuses. L'entretien devenait un examen.

Après vingt minutes, elle dit :

— Bienvenue parmi nous. Tu travailleras dans mon équipe. Nous allons faire de grandes choses.

Et c'est ainsi qu'avec Matt, revenu avec lui à Paris pour le week-end, Simon put fêter au restaurant son embauche. Il but une gorgée de son champagne, en songeant qu'à ce prix-là, il fallait le savourer. Il se sentait heureux d'avoir rempli les attentes de son ami mais, de façon plus surprenante, une certaine fierté l'animait. On l'avait choisi. Il en éprouvait plus de plaisir que pour sa réussite aux concours. Les examens avaient sanctionné un niveau de mathématiques mais l'X ne l'avait pas choisi, *lui*. Et d'ailleurs, pendant ses années d'École, il était clair que tout le monde le prenait pour un aimable benêt, comme au collège et au lycée. Et les filles le regardaient à peine plus. Mais c'était une fille – et de plus une jolie Anglaise – qui avait pris la décision. Et c'était sa personnalité, pensait-il, qui lui avait permis de passer les différents entretiens. Il avait su répondre, convaincre, en un mot séduire. Lui, Simon Judal. Le gars acnéique du premier rang, devant le tableau, avec ses lunettes. Le transparent neveu de sa tante – il songea, dans une honte fugitive, qu'il n'était pas descendu la voir depuis longtemps. Et voilà que vêtu d'un magnifique costume

Armani, riche de ses revenus à venir, il pouvait inviter son meilleur ami, celui qui le fascinait tant, dans un restaurant aux tarifs indécents. La ronde des serveurs traçait sa courbe sinueuse autour de lui pour satisfaire ses désirs.

Devant lui, un couple étranger. Il était à peu près certain que le maître d'hôtel s'adressait à eux en russe. Un homme de petite taille avec une femme plus grande que lui, qui répondait aimablement.

En effet, Elena, qui mettait un point d'honneur à s'exprimer en français, expliquait au maître d'hôtel qu'ils adoraient revenir à Paris et qu'à la minute où le métier de l'un ou l'autre l'appelait en France, ils en profitaient pour passer un ou deux jours dans la capitale, sans oublier de dîner dans ce restaurant qu'ils aimaient par-dessus tout. Et le maître d'hôtel, ravi et sentencieux, ne sachant comment manifester son contentement, s'éloignait avec un rictus qu'il estimait être un sourire et qui semblait une extase douloureuse, comme un Saint-Sébastien percé de flèches heureuses.

Elena avait été invitée à un colloque international à la Sorbonne, au titre évocateur : « Heurs et malheurs du personnage balzacien dans la littérature européenne. » Bien qu'elle ne soit pas du niveau des Tomachevski, Bakhtine et autres critiques littéraires russes du passé, Elena était tout de même une bonne chercheuse et surtout possédait une aura exceptionnelle qui faisait qu'on la convoitait dans toutes les réunions universitaires. Tout le monde la savait richissime et ce seul fait remplissait de stupeur les chercheurs qui, sans très bien comprendre ce qu'elle faisait parmi eux, rivalisaient d'attentions pour être placés à côté d'elle. Il y avait chez cette Russe à la vie forcément mystérieuse, puisqu'elle était la femme d'un de ces êtres à la fortune obscure, surgie des décombres de l'Empire, une dimension romanesque. On supposait des crimes, des règlements de comptes, et ceux qui, une fois ou deux, avaient été présentés à l'impassible et très poli Lev Kravchenko en faisaient des narrations épouvantées. Ainsi, passant avec aisance du russe au français, la langue étrangère qu'elle maîtrisait le mieux, et de l'italien à l'espagnol ou à l'anglais, la belle critique emportait avec elle, dans son sillage, les servants de la Reine. Et en l'occurrence, durant ce colloque à la Sorbonne qui ne cessait de revenir sur le plus grand écrivain du capitalisme, le premier à avoir saisi, dans une vision écrasante, la puissance de l'argent et de la société sur l'individu, réduit à s'adapter ou mourir, Elena était probablement la seule à comprendre dans sa chair les œuvres de Balzac.

Tandis que le serveur présentait un plat, le buste droit et la phrase élégante, à la façon d'un poème sonore, incompréhensible mais plaisant pour Lev, Elena contemplait le petit homme devant elle en repensant à ce propos éminemment balzacien : Lev devait-il vraiment s'adapter ou mourir ? À l'évidence, la Russie présentait les caractéristiques du capitalisme naissant, dans sa plus grande brutalité, et Lev, pour s'imposer, avait à la fois témoigné de sa force et de son intelligence. Mais en même temps, était-il vraiment obligé de s'adapter ? Il était allé au-devant des choses, il avait voulu travailler avec Tchoubaïs,

Gaïdar et Eltsine, il avait pris sa part des richesses russes. Bien entendu, l'accord avec les Tchétchènes, cet accord qui lui semblait si dangereux et contre lequel elle n'avait cessé de le mettre en garde, était peut-être balzacien, tant Lev affirmait ne pas avoir eu le choix, mais n'avait-il pas mis le doigt dans l'engrenage des années auparavant ? N'auraient-ils pu rester modestement dans leur coin, en enseignant, en réfléchissant, sans participer au dépeçage ? Sans doute auraient-ils été pauvres mais ils n'auraient pas eu besoin de s'adapter. Peut-être de petites compromissions universitaires, pensa-t-elle, pas grand-chose, tout de même pas le destin du pays le plus étendu au monde.

Elle s'aperçut qu'un jeune homme l'observait. Elle croisa son regard, il baissa la tête en rougissant de confusion. Un visage mat, une fragilité impalpable. Une adolescence prolongée, maigre et vite poussée. À ses côtés se trouvait un homme du même âge, aux traits plus brutaux mais plaisants. Celui-ci, se sentant observé, leva la tête et soutint son regard avec aplomb. « Un séducteur, pensa-t-elle. Un coq comme les Français en ont tant. Le séducteur et le faire-valoir. »

« Une Russe, pensait Matt. Pourtant, elle n'a pas la tête de l'emploi. Lui, en revanche… L'homme d'affaires russe dans toute sa splendeur. Mais elle n'a pas l'air d'une pute. Bizarre. La grande classe. »

Sa réflexion, un de ces clichés qu'il affectionnait parce qu'ils lui semblaient vrais, fut détournée par un mouvement vif dans la salle. Un enfant s'était jeté de sa chaise et avait couru au milieu de la salle, où

136

il se tenait immobile. Puis, du même élan, et comme une farce, il retourna à table où sa mère, une femme avec des gros seins, lui tint le bras d'un air sévère et, s'adressant à lui en anglais, lui fit manifestement la leçon.

— Laisse-le, dit l'homme en face d'elle. Il s'amuse un peu. C'est vrai que c'est long.

L'enfant vainqueur ricana.

— Cela ne se fait pas, répondit Shoshana.

— Bah, il ne gêne personne, dit Ruffle en haussant les épaules. C'est de son âge. Tu as fait la même chose.

— Non.

— Moi si, j'en suis sûr. Il tient de son père, voilà tout.

Matt, du menton, désigna la table.

— Tu as vu ces ploucs ? dit-il à Simon. Incapables d'éduquer correctement leur enfant.

Simon, que ces questions dépassaient et qui n'avait jamais été éduqué, d'autant qu'il n'avait jamais bougé un cil après la mort de ses parents, ne répondit pas. Matt, qui avait subi une éducation sévère, se sentait personnellement insulté par ce laisser-aller.

— Et ses habits ! Un jean qui lui tombe sur les fesses. À son âge ! On devrait pas autoriser des ploucs pareils dans un restaurant comme celui-là !

Sila fit un écart. L'enfant venait encore de sauter de sa chaise et le serveur avait été sur le point de le heurter. Lev observa la scène avec un vague intérêt. L'enfant toisa le serveur puis il retourna à sa place avec la même célérité. Sila songea qu'il aurait pu renverser son plateau. Le cauchemar ! Il imagina les plats répandus par terre, la honte, les remarques de Lemerre et du maître d'hôtel. Il aurait même pu perdre sa place. On n'emmenait pas un enfant au restaurant s'il ne savait pas se tenir !

Ruffle, Shoshana et leur fils Christopher visitaient Paris depuis trois jours. Ils avaient *fait* la tour Eiffel, le Louvre, le musée d'Orsay, Notre-Dame et Versailles, et malgré l'intérêt de Shoshana pour ces visites, ils n'en étaient pas moins fatigués. Cette lassitude se traduisait chez elle par une vague mélancolie, chez Christopher par de l'excitation et chez Ruffle par une certaine agressivité. Aussi, de crainte d'un conflit, ne dit-elle rien à son fils lorsque celui-ci revint à table. Elle préféra songer aux gargouilles de Notre-Dame. La beauté dressée de la cathédrale l'avait fascinée et, au sein de cet ensemble majestueux, les gargouilles l'avaient choquée comme une faute de goût, comme une sorte de brutalité et de maléfice moyenâgeux, réinstallant l'édifice éternel dans cette période précise et presque inconnue pour elle de l'histoire européenne. Le diabolique au sein de la beauté.

Elle voulut s'ouvrir de cette pensée à son mari mais l'attention de celui-ci était fixée sur un jeune homme qui contemplait Christopher avec mépris. Elle se sentit elle-même blessée. Son regard palpitant erra dans la salle, effleura celui d'un petit homme au teint mat et aux yeux bridés, chercha fugitivement l'aide de la grande femme brune en face de lui, une autre mère sans doute, qui pouvait la comprendre, puis se posa de nouveau sur son mari. Celui-ci avait rougi de colère et cette réaction l'inquiéta, même si elle savait qu'un regard n'était pas un motif suffisant pour qu'il se lève. Mais si le jeune homme lançait une remarque…

Christopher émiettait son pain sur la table, qui se couvrait de boulettes blanches et brunes. Elle saisit la main de son fils, qui, avec une parfaite indifférence, continua de l'autre main. Elle le lâcha. Aussitôt, comme s'il avait été libéré, il bondit de sa chaise et recommença son manège, directement dans les jambes de Sila.

Celui-ci, cette fois, ne fut pas surpris. Il saisit l'enfant par le bras et lui dit de retourner à sa place. Mais à ce moment, une large face hurlante se dressa devant lui, et l'instant d'après, une terrible douleur lui fracassait le nez, tandis que tout s'écroulait à terre dans un vacarme épouvantable.

Le maître d'hôtel se précipita vers Sila. Celui-ci se releva, titubant, prit un mouchoir et se le colla sur le nez. Du coin de l'œil, il vit l'homme se rasseoir, plein de colère rentrée, comme si sa fureur n'était pas terminée. Il se sentait humilié mais dénué de toute rage, abasourdi par cette incompréhensible violence et hébété par la douleur. Des flots de sang coulaient par pulsations dans le mouchoir.

Lev considérait la scène sans réagir. Il était pressé que tout reprenne son cours. Que l'ordre revienne, et avec lui le silence. Ces démonstrations de force lui semblaient toujours vaguement ridicules, surtout dans une telle situation. Ce pauvre type au torse surdéveloppé… Il se demanda s'ils avaient eu raison de sortir sans garde du corps. Elena, surtout à l'étranger, ne les supportait pas.

Ruffle, lui, était encore rouge de colère, rempli d'un mélange de satisfaction et de honte. Il aurait voulu parler, murmurer des mots comme « Eh ! Qu'est-ce qu'il se permet ce gars ! » mais le visage effaré de Shoshana le suppliait de se taire. Muré, il restait donc silencieux, tâchant de se replier dans sa pose de gorille, tout en étant conscient que l'autre connard, là-bas, sans doute un connard de Français, élégant et bien habillé, probablement un pédé avec son copain, le toisait d'un regard étincelant de mépris, ce même regard qui l'avait rendu fou d'humiliation. On devait le respecter, c'était clair, mais c'était à ce connard qu'il aurait dû casser la gueule, avec son petit air d'aristocrate pédé. Quant à l'autre pédé, à côté de lui, qu'il se lève pour aller aider son Nègre au lieu de tortiller comme il le faisait, j'irai, j'irai pas. Et la Russe, pourquoi regardait-elle son mari en attendant on ne savait quoi ? Pourquoi le fixait-elle ainsi comme s'il devait agir ? Il s'en foutait totalement, c'était clair, de toute façon c'est bien connu les Russes détestent les Noirs, ils les tuent dans les rues de Moscou.

Pendant ce temps, Sila, chancelant, avait marché jusqu'aux cuisines, dont les portes s'étaient refermées sur lui.

— Je t'avais dit que c'était un vrai connard, dit un serveur.

— Pas de scandale, intervint le maître d'hôtel. Il ne s'est rien passé. Tout continue.

— Quoi ! On ne va rien faire ? Vous avez vu dans quel état se trouve Sila ?

— Si Sila veut porter plainte, libre à lui. En attendant, il ne s'est rien passé.

Un employé de l'hôtel prit sa voiture pour conduire Sila aux urgences. Celui-ci, durant tout le trajet, ne dit pas un mot.

Dans le restaurant, le service se poursuivait. Les serveurs recommencèrent leur ballet, sans plus être dérangés par l'enfant, qui se tenait coi. Seule Shoshana restait pétrifiée. Elle ne parlait pas, ne mangeait plus, ne pensait plus. Anéantie, elle contemplait la gargouille installée en face d'elle, engloutissant comme une bête de pierre les assiettes auxquelles elle ne touchait plus. Dans l'édifice éternel du mariage, la faille béante de la violence venait de s'ouvrir.

10.

Les lumières de la ville gonflaient les rideaux d'un éclat sourd. Un mince rayon, insistant, perçait la jointure des lourdes étoffes. Elena, du fond de son lit, alors que Lev dormait, était hypnotisée par la vie qui enflait derrière la vitre, la palpitation lente d'une capitale qui ne dormait jamais vraiment mais dont l'excitation s'espaçait considérablement, dilatée par des obscurités latentes en certains quartiers, devenus de paisibles bourgades aux avenues désertées, et se concentrant en quelques points vivaces et lumineux. Elle ne parvenait pas à dormir. Ils avaient marché, silencieusement. Puis ils étaient rentrés dans cette suite qu'ils avaient pris l'habitude d'occuper dans Paris, alors qu'ils auraient pu varier chaque fois, ce qu'elle aurait préféré d'ailleurs, pour connaître d'autres lieux. D'autres hôtels, plus petits, plus anonymes, plus charmants que ce *grand hôtel*, certes élégant, mais froid, canon d'une esthétique française pour étrangers, monumentale et passéiste. Mais Lev, elle en était persuadée, n'aimait pas autant la France qu'il le proclamait, parce qu'il n'aimait rien d'autre que la Russie. Des autres pays, il connaissait les tours, quelques monuments et musées, et les *grands hôtels*. En Chine, au Brésil, au Venezuela, aux États-Unis, en Arabie Saoudite, dans toute l'Europe, partout dans le monde, il connaissait les *grands hôtels*. Et sans elle, il n'aurait rien connu d'autre, d'autant qu'avec les années, il était devenu de plus en plus indifférent à tout.

Elle tourna la tête vers lui. Son visage contracté, même dans le sommeil, son buste *démusclé*. Ce n'était pas un poème de Ronsard, ça ? *Démusclé, dénervé, décharné, dépoulpé...* Ronsard à la fin de sa vie. Mais Lev n'avait rien de décharné, au contraire son corps s'était arrondi. Oui, il avait un corps rond, avec des pieds ronds, des mollets ronds, un ventre rond... une rotondité si différente de la maigreur nerveuse d'autrefois...

Ce soir avait été une grande défaite. Pourquoi n'était-il pas intervenu ? Pourquoi n'était-elle pas intervenue ? Elle sentait obscurément, et sans bien se l'expliquer, que cette indifférence face à un homme battu annonçait de grands malheurs. Elle avait soupçonné, au fil de ces années où Lev s'était imposé, de tristes événements, parce qu'elle détestait les oligarques, et ne parvenait pas pleinement à détacher son mari de cet environnement de mensonges et de violence, mais cet infime incident lui révélait la corruption intime de Lev. Un jeune serveur qui faisait son travail et qu'un abruti avait frappé sans raison, parce qu'il avait voulu écarter son gamin : non seulement Lev n'était pas intervenu mais il n'en avait même pas ressenti le besoin. Cela lui était indifférent. Et il était évident qu'il ne serait pas non plus intervenu si on avait mis un homme à mort, dans la rue. Il aurait simplement eu cet air un peu dégoûté, dérangé. Certes, personne ne s'était interposé, parce que tout le monde est lâche, bien entendu, chacun vaque toujours à ses affaires et on n'aime pas se battre pour les autres, mais personne n'avait eu cette indifférence totale. Elle-même avait été indignée, comme le jeune, l'autre, à l'allure adolescente, comme plusieurs d'ailleurs dans la salle. Seul Lev était resté placide. Lev l'intellectuel, Lev le professeur, Lev le démocrate. Un homme qui attend que son dîner reprenne.

Ce n'était pas de la peur, ce n'était même pas cette hésitation naturelle à intervenir. Elle devait bien convenir que Lev n'avait peur de rien. Il n'était pas écervelé, pas téméraire, et souvent il évaluait les dangers d'une situation, mais il n'avait pas peur. Non, c'était plus simple : il s'en fichait.

À la lumière de cet événement, toutes les caractéristiques de son mari se trouvaient reconsidérées. Cette grande politesse qu'elle pensait être une forme d'élégance, comme ses costumes impeccables, elle y lisait maintenant la ciselure de son indifférence, comme une muraille opposée aux autres et au monde, un discours convenu pour signifier son retrait. Je ne suis pas parmi vous. Je ne suis que des mots d'indifférence, un moule tout fait pour répondre à toute situation. Même son sens de l'organisation, qui ordonnait les journées, voilà qu'il était aussi la manifestation de cette mécanique huilée et au fond inhumaine puisque étrangère aux autres hommes.

Lev respira plus fort et se retourna. Sur son dos,

144

sa tache de naissance. Elena la fixait. Une tache sombre. Cette chair frottée, un peu granuleuse, l'hypnotisait. C'était peut-être cela sa corruption. Une tache sombre, petite au départ puis de plus en plus large, comme un nénuphar doublant toujours sa taille, jusqu'à envahir le lac, l'étouffer. Un enveloppement, une asphyxie qui allait le détruire peu à peu, ou du moins détruire tout ce qu'il avait été et qu'elle avait aimé. Et si elle s'avouait vraiment les choses, peut-être le nénuphar était-il déjà là, peut-être se déployait-il déjà sur le cœur de cet homme, noyant sa pitié, sa tendresse, son humanité. Et dans ce cas, que faisait-elle avec lui ? Que faisait-elle avec le nénuphar empoisonné ?

Non loin de là, dans une chambre de l'hôtel Cane, au-dessus du restaurant où elle avait dîné, une femme ne dormait pas non plus. Dans l'ombre, elle contemplait elle aussi le corps en sommeil de son mari, un corps qui n'était pas rond comme celui de Lev mais au contraire enflé de muscles et bodybuildé, au moins dans sa partie supérieure. Ce n'était pas une tache qu'elle fixait, c'était juste sa gargouille à elle, l'homme qu'elle applaudissait autrefois sur le bord du terrain, cet être infantile qu'elle ne pouvait alors s'empêcher d'aimer et même d'admirer, pom-pom girl sautillante, sans comprendre qu'il n'était déjà qu'une gargouille en devenir, un imbécile infatué de lui-même, traversé de frustrations sans espoir, irrémédiablement infantile, soumis au pathétique démon de l'apparence et tournoyant sans fin dans ses illusions défaites de force et de grandeur.

Ainsi, par-delà la ville aux lentes pulsations, une ancienne fan à chaussettes tire-bouchonnées reculait dans la nuit de ses sentiments, au même rythme qu'une femme un peu plus âgée et venant de l'autre côté du monde, toutes deux fixant l'ombre d'un dos masculin, abandonné au sommeil de la bêtise et de la cruauté.

11.

Simon aimait Londres parce qu'une nouvelle vie y avait commencé pour lui. Tout à fait par hasard, puisqu'il se satisfaisait très bien de la précédente, Simon Judal, dit le Djude, s'était lui aussi réinventé, endossant comme une marionnette un nouvel habit de banquier dans une banque américaine. Il s'en émerveillait. Il y pensait tout le temps. Le gars à lunettes au premier rang. Celui dont on se moquait. Le polar. Il était *banquier*. Et c'était avec la joie d'un enfant enfilant son déguisement de Noël qu'il avait acheté dans une boutique marbrée, froide et élégante des costumes sombres à rayures qui lui semblaient du meilleur effet, dans la poche desquels il glissait ses cartes de visite d'un blanc crémeux, souples et comme ouatées. Dans le magasin de chaussures où Matthieu l'avait conduit, un vendeur lui avait demandé avec une élégance tout à fait bouleversante :

— C'est la première fois que vous êtes client chez John Lobb ?

Et ce dépucelage de cuir, enveloppé d'un discours très instructif sur le respect qu'on devait aux chaussures, nécessairement mises au repos pendant trois jours après une journée d'utilisation, de sorte qu'un véritable John Lobber se devait d'en posséder quatre paires, l'avait fasciné, parce qu'il se sentait appartenir à une confrérie d'initiés, comme les rivaux sans doute, les propriétaires de Berluti. Une confrérie capable de dépenser un, deux ou trois salaires d'ouvriers pour une paire de chaussures. Et s'il avait eu du remords, il l'aurait noyé dans l'achat de quinze chemises éclatantes, bleues et blanches, de cette douceur suave qui constituait désormais son univers matériel.

Bien sûr, il avait estimé curieux qu'on lui change son nom et qu'il s'appelle désormais Djude, comme son surnom, parce que sa chef d'équipe affirmait qu'un homme nommé Judal – syllabes dangereusement proches du Judas biblique – ne pouvait exister dans une banque, activité fondée sur la confiance et la loyauté. Mais après tout, cela revenait à suivre l'exemple de Matthieu, les implications familiales et psychanalytiques en moins.

Chaque matin, comme on se brosse les dents, Simon utilisait sa mémoire maladive pour réciter un lointain texte étudié durant ses années de classes prépas proclamant que tout homme rêve d'être un gangster. Parce que c'était exactement ce qu'il éprouvait en mettant son costume et en nouant sa cravate. Il roulait un peu des épaules, souhaitait une bonne journée à Matt, qui prenait encore son petit déjeuner, s'il faisait beau, sur la terrasse – même à Londres, Simon en avait trouvé une, certes moins grande et moins haute qu'à Paris mais donnant sur un joli jardin vert. Puis il descendait les marches de l'escalier recouvert d'une moquette soyeuse, comme si l'immeuble était un gigantesque appartement dont les parties communes étaient aussi essentielles que le plus beau salon, prenait un journal sur le perron, descendait encore les marches de l'entrée, devant lesquelles s'avançaient deux lions rugissants, et se retrouvait sur une grande place carrée de Chelsea, très calme, entourée de petits immeubles semblables au sien. Dans cette extase matérielle, qui ne prétendait qu'à enfouir chaque banquier de la place – tous travaillaient plus ou moins pour la City – dans une bienveillante volupté, Simon se sentait *compris*, choyé dans ses désirs de luxe, et il n'avait pas du tout le sentiment de se trouver dans la capitale européenne de l'argent, vivant pour et par la City, saisie d'une frénésie financière permanente, attirant tous les jeunes gens du continent dans le Grand Casino, mais au contraire dans une petite ville de province, coquette et charmante, enveloppant ses habitants d'un tendre sourire de grand-mère. Et au milieu de cet environnement paisible – et hors de prix – où ils habitaient, tandis qu'il se pressait vers la bouche de métro qui allait l'engloutir dans les entrailles de la terre avec d'autres hommes en costume, il se sentait bien comme le gangster du livre. Il gagnait de l'argent, il allait en gagner beaucoup puis énormément si tout se passait bien, il était dans une position enviée et il faisait partie d'une équipe qui se qualifiait elle-même de « mafia Kelmann », comme on parlait de la « mafia Morgan », le tout dans une banque à la fois admirée et crainte, exactement comme un gangster de cinéma.

— Kelmann, lui avait dit la jeune Anglaise Zadie Zale, dite ZZ, n'est pas une banque, c'est *la* banque.

C'est ainsi qu'elle avait commencé son discours, avant de lui expliquer que Kelmann était crainte parce que puissante, parce qu'elle réclamait une fidélité totale, parce que la tour de Manhattan, emblème du pouvoir, renfermait les trois cents associés tout-puissants, invisibles, sélectionnés à l'issue d'une impitoyable compétition, qui ne quittaient leur poste que pour rejoindre le gouvernement américain, où ils susurraient les meilleurs conseils. Les meilleurs pour le pays et les meilleurs pour Kelmann, car on ne quittait jamais vraiment la firme.

— Au sein de Kelmann, du moins en Europe, nous sommes l'équipe de choc, avait-elle enchaîné. Nous sommes nouveaux, nous sommes jeunes et nous sommes les meilleurs. Nous sommes embauchés pour créer les produits financiers du futur, ceux qui enrichiront la banque, qui nous enrichiront et que tout le monde nous copiera. Nous sommes l'avenir. Nous allons imaginer les produits dérivés du deuxième millénaire et je crois vraiment qu'après nous, rien ne sera plus comme avant.

Ce discours à la fois mégalomane et inspiré pendant lequel la jeune Zadie aux boucles blondes haletait presque, comme emportée par un délire divin, inquiéta beaucoup Simon mais l'Anglaise était vraiment une chef d'équipe hors pair, à la fois autoritaire, charismatique et séductrice. Sa position comme ses compétences étaient incontestées. Le plus important trader de l'équipe était un Américain d'une trentaine d'années nommé Samuel Corr, agréable et souriant, toujours habillé avec une recherche fabuleuse, comme un marquis sous Louis XIV, parant son corps entier, de la tête aux pieds, des marques les plus luxueuses et les plus chères. Mais après tout, dans le monde moderne, n'étaient-ils pas les courtisans d'un autre Roi-Soleil, diffracté dans la virtualité des comptes en banque, des billets, des chèques, des cartes bleues ? Le Roi-Argent, adorable et superbe, dont ils n'étaient pour l'instant que de vulgaires écuyers, tout au plus, mais dont ils deviendraient plus tard des vassaux d'importance.

Corr avait étudié à Harvard, Zadie Zale à Cambridge et Simon à Polytechnique. Chacun considérait qu'il venait de la meilleure école au monde, Corr parce que Harvard était l'université la plus connue et la plus riche, Zadie parce que Cambridge bénéficiait d'une tradition sans égale et Simon parce qu'il était le produit d'une sélection effrayante. Tous trois issus des systèmes les plus élitistes de leurs pays respectifs, ils n'étaient pas de même valeur. Samuel était un banquier d'avenir, à la fois avenant et âpre au gain, doté d'une forte assurance. Il était le chouchou des brokers, qui l'invitaient en permanence dans les meilleurs restaurants. Simon, lui, restait malgré tout une sorte d'idiot savant et ses capacités étaient presque uniquement mathématiques. C'était aussi pour cela que Zadie l'avait embauché : elle n'avait rien à craindre de lui. Simon était incapable d'autorité et avait assez de mal à se gérer lui-même. Les vraies responsabilités lui étaient interdites. Mais il pouvait rendre de grands services dans un poste subalterne parce que dans le domaine réduit qui était le sien – les mathématiques appliquées –, il était très brillant. La vraie puissance, dans l'équipe, était Zadie. Cette fille au regard parfois fiévreux, à l'ambition dévorante, était exceptionnelle. Célibataire, parce qu'elle effrayait tous les hommes, incapables de rivaliser avec elle, à la fois séduisante et décourageante par sa rapidité et son énergie, elle était d'une ampleur de conception qui manquait totalement à Samuel. L'homme qui l'avait fait entrer chez Kelmann, à la fin de l'entretien décisif, avait songé : « Elle nous écrasera tous. » Mais il l'avait tout de même embauchée, de crainte qu'elle ne rallie la concurrence et dans le secret espoir qu'elle se souvienne un jour de lui.

À la fin de son discours, dans un élan de metteur en scène, Zadie s'était levée, elle avait arpenté le couloir d'un pas vif et elle avait ouvert la double porte de la salle des marchés avant d'affirmer :

— C'est là qu'est le monde !

Oui, là était le monde. Le condensé du monde, dans la ruche aux ordinateurs, quadrillant l'univers et le chiffrant. La meilleure voie d'accès au monde moderne, celle de l'argent. Les chiffres immatériels, circulant de Londres à New York, Hong Kong, Singapour ou Shanghai, Paris, Francfort ou Tokyo, entraînant dans leurs nuées les capitaux, comme des essaims d'abeilles se fixant sur tel ou tel lieu, tel ou tel engouement passager. Et les hommes, jeunes, agressifs et riches, avides de se faire, eux aussi, une vraie fortune, suivaient le vent du monde et de l'argent sur les différentes places financières.

Simon, sur le pas de la porte, hésitant à franchir la limite, s'était laissé emplir par le bruit de la salle, les ordres prononcés pour la vente ou l'achat, l'espèce de furie concentrée des centaines de traders qui se pressaient là, comblant les vides, cherchant le moindre décalage sur les différents lieux de la planète pour lancer une offre et prendre des positions.

— Avance, Simon, lui avait doucement dit Zadie, comme on parlerait à un enfant. C'est le monde et ce sera ton monde désormais. Entre.

Et il était entré. Il avait avancé avec précaution, humant les odeurs, percevant les bruits, aspirant l'énergie de la salle. Il s'était arrêté et, dans une illumination il avait compris ce qu'il allait faire. Il le savait, bien entendu, mais il l'avait brusquement senti à l'intérieur de lui-même. Cette diversité des instincts, des voix, des bruits, des produits et des lieux, il allait l'unir, comme il l'avait toujours fait dans son enfance effrayée. De même qu'après la mort de ses parents il avait englouti l'effroi du monde dans le silence, projetant sa peur dans les nombres, il allait modéliser le divers dans le rassurant pacte des statistiques et des prévisions. Il allait édifier des modèles parfaits, calculant les baisses, les hausses, la volatilité et les corrélations et livrant à sa banque et à ses clients la martingale infaillible qui les protégerait de tout aléa, contre paiement bien entendu. Au fond, il allait faire ce pour quoi il était fait : traquer la sécurité dans un monde abandonné au risque. Convertir les craintes en chiffres, ce qui avait été l'essence de sa vie. Contrairement à ce qu'il avait cru au début, la finance n'était pas pour lui un changement d'existence après la recherche, c'était en réalité la signification profonde de sa vie. Il était fait pour ça.

Bien qu'elle ne puisse deviner ses pensées, Zadie avait surpris l'illumination de son visage, ce qui l'avait confortée dans son choix. Personne n'avait voulu de Simon. « Laisse-le dans son labo, avait-elle entendu, il est incapable de travailler dans une banque. C'est un loser de première. » Samuel avait asséné : « Sympathique. On dirait un lavabo. Très blanc. » Mais elle avait senti des possibilités et notamment une capacité de synthèse qu'elle trouvait rarement, même parmi les ingénieurs quantitatifs, les *quants*, embauchés sous sa direction. Ce lavabo lui plaisait, par une sorte d'innocence mathématisée, une virginité presque infantile dans laquelle s'imprimait, de façon à son avis impressionnante, la surface pleine du chiffre. Pour le reste, il était évident que Simon ne dirigerait jamais d'équipe.

« Reste à savoir si on va lui pisser dessus », avait ajouté Samuel après son commentaire sur le lavabo. Ce même Samuel qui s'avançait chaque matin en souriant pour serrer la main de Simon, sans hypocrisie d'ailleurs : il n'aurait jamais choisi pareil *geek* mais puisque Zadie l'avait embauché, il fallait bien travailler avec lui.

En réalité, Simon s'intégra dans l'équipe. Au fond, l'esprit potache de ses collègues lui rappelait Polytechnique. Des gens rapides ne discutant que de stupidités. Moitié moqueries, moitié sexe. Et puis au fil des semaines, il découvrit quelques profils différents, derrière les plaisanteries et les sandwichs du midi. Au fond, ils venaient de partout, de tous milieux, de tous pays, certes rassemblés sous la bannière de l'argent mais conservant une part d'altérité. Un Danois archéologue criait frénétiquement ses offres, comme misant pour un jeu d'argent, un spécialiste russe de l'hébreu les chuchotait avec une énergie concentrée, comme s'il risquait son âme pour ses clients, tandis qu'un élégant ingénieur français, féru du nouveau roman, avait la réputation d'être un des meilleurs traders de la banque. Bien sûr, il y avait surtout des êtres totalement dépourvus d'intérêt, de jeunes gestionnaires prévoyant depuis l'âge de dix ans de travailler dans la finance pour gagner le plus vite le plus d'argent possible. Mais il existait aussi des employés du hasard, convergeant vers le cœur du monde parce qu'un mouvement de foule les y conduisait, sans vraiment savoir pourquoi. Et ceux-là n'étaient pas les plus mauvais, à l'image de Simon qui se découvrait par hasard une vocation essentielle.

Essentielle et assez plaisante. Simon n'appartenait pas à la horde d'excités qui palpitait devant cinq écrans et deux téléphones, la voix métallique, comme densifiée jusqu'à l'acier par le stress. À son rythme, il composait ses modèles, étudiait les produits dérivés que lui proposait l'équipe, agrégeant les statistiques et calculant les possibilités. Il estimait le risque sur tous les produits, sans doute bien loin du client d'agroalimentaire indien voulant se protéger contre une moisson trop destructrice, mais avec une certitude naïve et confiante de faire du bon travail devant son ordinateur. Il traduisait les incertitudes, évaluait l'avenir, examinait les variables pour les ramener à des courbes statistiquement rationnelles.

— Tu bosses bien, lui dit rapidement Samuel, qui avait changé d'avis. Tu devrais gagner davantage d'argent.

— J'en gagne déjà beaucoup, répondit Simon.

Samuel éclata de rire, croyant qu'il plaisantait. Il en parla à Zadie.

— Tu devrais l'augmenter, sinon il va partir.

— Il te l'a dit ? demanda Zadie, étonnée.

— Oui, il a plaisanté sur ce qu'il gagnait.

— En même temps, c'est un *quant* qui débute. On ne peut pas non plus lui donner des millions.

— Il doit gagner vingt fois moins que moi !

— Tu gagnes trop.

— Si tu lui donnes cinq mille livres par mois, je crois qu'il sera content. Avec les bonus, ce sera correct et ça le calmera quelque temps.

— Il t'en a vraiment parlé ?

— Carrément. Et je l'ai senti très mal.

Simon fut augmenté de mille livres. Il rentra à la maison en secouant la tête.

— Ils m'ont augmenté ! Je gagnais déjà en trois mois mon salaire annuel au laboratoire et ils m'augmentent. Tout ça pour calculer des risques sur mon ordinateur !

— Et tu ne gagnes rien par rapport à ta chef, répondit Matt. Qui elle-même ne gagne rien par rapport à certains traders. Qui eux-mêmes ne gagnent rien par rapport aux gérants de fonds.

— C'est indécent.

— Non, ça n'a pas de sens. Bienvenue au royaume de l'absurde. Et qu'on actionne la douche d'or ! fit Matt en tendant les bras.

Ce soir-là, ils dînèrent au *Fat Duck*, le meilleur restaurant d'Angleterre, à quelques kilomètres de Londres.

12.

Mark Ruffle ne serait sans doute jamais devenu père sans Dario Fesali. Père d'un petit enfant, il l'était, mais père au sens où il l'entendait, soit un homme à l'identité complète, prénom compris, il ne l'aurait pas été sans le concours de la télévision et de Fesali.

Chez les Ruffle, la télévision était allumée en permanence. Elle était à la fois un bruit de fond et une présence familière, voire familiale. Christopher, l'enfant de Mark et Shoshana, en était un consommateur effréné – il en avait bien entendu une dans sa chambre – et devant l'écran, son visage, avec cet air profondément vulgaire des enfants gâtés, s'épanouissait. Cette habitude sauva – ou, au choix, condamna – son père.

Tandis que celui-ci rentrait d'une journée de travail, il aperçut sur l'écran un homme au visage trop bronzé et aux cheveux blancs qu'il prit pour Hugh Hefner, le fondateur de *Playboy*, revue qu'il aimait consulter. Sans doute possédaient-ils tous deux cette même énergie vieillie, recuite au soleil de l'avidité et des chirurgies esthétiques, mais ce n'était pas Hugh Hefner : c'était Dario Fesali.

Ce nom, qui ne dit rien à personne en Europe, commençait à se répandre en ce milieu des années 1990 aux États-Unis, avant d'y devenir tristement célèbre une dizaine d'années plus tard. Dario Fesali était un homme d'une soixantaine d'années, d'origine italienne, fils d'épicier et enfant du Bronx, comme il aimait le rappeler, désormais président de D. F. Investment. Mais surtout, il était « le constructeur du rêve américain ». Et c'est par cette formule que Mark devint père et géniteur de son propre nom. Au moment même où il l'entendit, il trouva sa religion et par là même son identité.

D'après le reportage, Fesali avait commencé à la fin des années 1960 à New York le crédit immobilier à risque. Le principe en était simple. Cet admirable philanthrope avait pour ambition de donner aux pauvres et aux minorités les moyens d'accéder à un logement lorsque ceux-ci ne bénéficiaient d'aucun apport personnel. Pour cela, le prêt était accordé par la banque en échange d'une hypothèque sur le bien. Et comme la valeur des logements grimpait sans cesse, les emprunteurs s'enrichissaient. Au pire, s'ils ne pouvaient plus rembourser, la banque vendait l'habitation et, comme la valeur de celle-ci avait entre-temps augmenté, les emprunteurs restaient bénéficiaires. Bien entendu, comme le risque était important pour l'établissement prêteur, il convenait de faire payer des taux d'intérêt très élevés, d'autant que ceux-ci ne sont pas plafonnés aux États-Unis, où le taux d'usure n'existe pas.

Le succès de D. F. Investment était total. Un chiffre d'affaires de six milliards de dollars, des dizaines de milliers d'employés, des centaines de succursales qui effectuaient des prêts sur tout le territoire américain et réalisaient des bénéfices florissants. Le portrait de Fesali avait d'ailleurs été tourné chez lui, en Californie, sur son extraordinaire domaine, dans un salon qui faisait passer la belle maison de Ruffle père pour un débarras de jardin. La caméra, épousant amoureusement les signes de la réussite financière, le suivait dans ses trajets, à l'intérieur de son immense limousine aux sièges de couleur crème, dans ses jets privés.

Ruffle, fasciné, le regardait évoquer la table de cuisine sur laquelle, dans les années 1960, dans le Bronx, il avait commencé son entreprise, lorsque soudain la phrase-clef de Fesali, l'insistant leitmotiv qui fit sa célébrité, comme la petite phrase à l'intérieur de la sonate de Vinteuil pour Swann dans *À la recherche du temps perdu*, s'éleva dans le ciel brillant de la télévision : « Donnez-moi vos pauvres et vos errants, je veux partager ma chance avec eux. » Et de même que Swann se renversait avec volupté dans son fauteuil, palpitant, à l'écoute de la fameuse petite phrase, goûtant le corps subtil et odorant de la musique, ce lointain héritier à la massue qu'était Ruffle découvrit le sens de sa vie en entendant ces propos de son maître à penser. Cet être vulgaire et bas, dont l'intérêt spirituel n'avait jamais dépassé l'en-but du football américain, éprouva un saisissement aussi intense que le dandy le plus raffiné de la littérature. Et tout cela non pas grâce à un grand musicien dont l'art apparaît chez Proust, lui le grand tourmenté, comme la quintessence de ses souffrances, mais grâce à la pacotille rusée d'un vieux renard.

Ruffle comprit enfin ce qu'il devait réaliser. Sa mission dans la vie n'était pas d'être le fils de son père, reprenant l'entreprise familiale lorsque celui-ci le voudrait bien, soit le plus tard possible, mais de se lancer lui-même dans le crédit immobilier à risque. Les maisons, les appartements que son père bâtissait, il allait en faire des sources de rendement fabuleux. Comme D. F. Investment, il allait prêter aux plus pauvres et devenir lui aussi le prêtre de la prospérité américaine pour tous.

Au fond, il s'agissait bien de cela. Le *running back* de Clarimont n'était pas tant à la recherche d'argent que d'un rôle et d'un discours. Il n'en pouvait plus, il avait besoin de raconter de nouveau ses matchs de football et l'interview de Fesali venait de lui dicter les mots nouveaux. Il avait tant besoin de raconter et de se raconter, en trouvant l'écoute et l'attention. Des autres et de lui-même. S'il menait à bien ce projet, il deviendrait riche sans l'aide de qui que ce soit, et il pourrait affirmer lui aussi qu'il était le constructeur du rêve américain et qu'il accueillerait les pauvres et les errants. Lui aussi se poserait, comme Fesali, la main sur le cœur et les mots se loveraient autour de lui comme autant d'aimables guirlandes.

À partir de cet instant, tout alla très vite pour Ruffle, qui connut sans doute la période la plus heureuse de son existence. Les sociétés de prêt ne nécessitaient aucune garantie ni aucune autorisation particulière pour se monter et il aurait pu se contenter d'une cahute dans un terrain vague, s'il avait trouvé des emprunteurs pour lui faire confiance. Il n'en eut pas besoin. Les banques lui ouvraient grand leurs portes et il trouva plusieurs investisseurs de Wall Street, rencontrés durant ses années de travail dans l'entreprise de son père, pour l'aider à monter son affaire.

En 1996, il déménagea avec femme et enfant à Miami. Il songea un moment à New York mais la ville mondiale, avec son attraction universelle, happant les talents et les désirs de toute la planète, l'inquiétait trop. Son armure fesalesque n'était pas encore assez solide et derrière les armatures d'acier, aussi larges et fortes que les protections de football de son adolescence, se tapissaient encore les inquiétudes du provincial inculte de Clarimont, craignant la faconde et l'intelligence des grands financiers et entrepreneurs new-yorkais, qu'ils soient américains ou européens. Miami était une halte propice entre Clarimont et le monde. Une ville grande et cosmopolite, mais sans commune mesure avec le gigantisme des plus grandes métropoles américaines. Une ville traversée d'eau et de soleil, dans l'ambiance tropicale de son enfance, en marge des marais. Et une région où son nom n'était pas totalement dilué dans l'immensité, grâce à la richesse et aux réseaux de son père. Par ailleurs, et pour la première fois de sa vie, Ruffle manifesta une vraie lucidité. Miami se trouvait à mi-chemin de son histoire récente, entre les ravages de l'ouragan de 1992 et le boom immobilier du début des années 2000. Tout était à faire, et avant que les grues ne s'installent dans le paysage, avant que les tours ne s'élèvent toujours plus haut dans le ciel de Downtown Miami, de grandes fortunes allaient se bâtir.

Ruffle s'installa dans des locaux à la taille inquiétante, qui indiquèrent aussitôt son ambition. Il embaucha des courtiers pour aller faire la tournée des quartiers pauvres et à partir de ce moment, tout ce que n'obtint pas D. F. Investment devint client de Ruffle Universal Building, la société qu'il fonda.

Au fil des années, il avait appris à connaître les meilleurs agents immobiliers de son père, à l'apparence la plus sympathique, les plus enjoués et les plus rassurants. Les grands professionnels qui parvenaient à vendre les logements les plus obscurs et les plus malsains. Il les paya comme jamais son père ne les avait payés et il les fit venir à Miami. Et dans une grande réunion qui resta dans les annales de l'entreprise comme le *White Thursday*, le « Jeudi Blanc », il promit des primes colossales pour les meilleurs courtiers. Et parce que Ruffle était un nouveau Fesali, il leur confia la mission d'entrer chez les gens, dans tous les immeubles insalubres, dans tous les taudis, et de les sauver malgré eux.

« Les gens ne veulent pas du rêve, ils restent assis sur leur cul parce qu'ils n'ont pas assez de courage pour changer de vie. Alors vous allez pousser la porte de leur cauchemar et vous allez le transformer en rêve. Vous allez vous installer chez eux et vous resterez dans leur cuisine pourrie jusqu'à ce qu'ils vous signent leur putain de contrat. Vous êtes les artisans du rêve américain. Grâce à vous, grâce à nous, l'existence de ces gens va se transformer et lorsque vous

162

conduirez votre voiture le long de la mer pour aller chez eux, vous saurez que vous partez pour une mission, qui est de faire le bien. »

Et parce que l'argent flamba devant les yeux des courtiers, ils défoncèrent les portes, et lorsqu'on les renvoyait, ils revenaient le lendemain. Comme des vautours, ils attendaient en bas de l'escalier, avec leurs yeux rusés, et ils demandaient aux gamins qui jouaient dans la rue quand revenaient leurs parents. Ils avaient tout leur temps puisqu'ils travaillaient sans cesse. Ils sentaient que leur moment était venu, et que le jeune Ruffle allait leur payer leurs maisons en front de mer et leurs Mercedes décapotables. Ils sentaient que désormais la vie dont ils rêvaient leur appartenait, si seulement ils réussissaient à placer tous leurs contrats. Ils allaient chez les pauvres, chez tous les Hispaniques et les Noirs des quartiers délaissés, ils épuisaient tous leurs contacts cubains pour trouver les familles immigrées de fraîche date. Puis ils s'installaient dans les cuisines et ils faisaient mieux que Fesali dans le Bronx. Ils faisaient signer les séniles, les faibles d'esprit et les ivrognes mais aussi les jeunes couples et les naïfs. Ils parlaient comme ils n'avaient jamais parlé et leur sourire était plus enjoué que jamais et ils étaient plus rassurants qu'ils ne l'avaient jamais été. Ils plaçaient des contrats à trente ans, à taux variable, et les deux premières années le taux d'intérêt était de *zéro*. Les yeux vacillaient devant ces deux années merveilleuses de gratuité, les appétits des plus lucides s'ouvraient et ils signaient, ils signaient même lorsqu'ils s'étaient méfiés au début, songeant que de toute façon ils revendraient, que les prix de l'immobilier montaient sans cesse et qu'ils n'avaient rien à perdre. Ils revendraient parce que les arbres montaient au ciel, parce que le monde avait découvert la martingale universelle, celle qui permet à chacun de s'enrichir et aux taux de croissance de se multiplier. La vie était un écran de cinéma. Ils ne gagnaient rien ? Ce n'était pas grave. Il fallait signer un petit contrat : dans deux ans, ils gagneraient suffisamment. Deux ans, aux États-Unis, c'était une nouvelle vie. Ils gagnaient quinze mille dollars ? Ils méritaient bien deux cent mille dollars de prêt. Ce n'était plus seulement le taux qui était de zéro, c'étaient aussi les remboursements s'il le fallait. Cet argent, on allait le leur donner mais il fallait qu'ils signent. Il fallait que sur la table de la cuisine, tout d'un coup, épuisés, ils se laissent aller, apposant leur signature au bas de la page. Et là c'était fait, il n'y avait plus qu'à sourire, à dire : « Vous avez bien fait. C'est pour votre bien. » Et ensuite ils prenaient un verre, buvaient à la prospérité à venir, aux belles maisons. Puis les courtiers saluaient, refermaient la porte derrière eux et descendaient l'escalier branlant. Ils se retournaient dans les rues éventrées, avec les jeunes qui traînaient, et ils pensaient qu'il valait mieux partir avant de se faire voler les pneus de leur voiture. La journée était réussie, parce que les contrats s'accumulaient, et parce que du rêve américain, ils en avaient vendu à la pelle. Et tout cela était bel et bon.

L'essentiel, pour Ruffle, était de tenir sa métamorphose : il voulait l'incarner dans la pierre et l'argent. La maison de Clarimont n'était qu'un doublet médiocre de la richesse paternelle. Celle de Miami fit éclater les comparaisons et désormais plus personne ne put songer que le fils se contenterait de prendre la suite du père. En lieu et place d'une grande maison de banlieue américaine, la famille Ruffle choisit un rêve blanc en bord de mer, assez loin du centre de Miami, avec une immense piscine bleue. C'est ainsi que la présentait Ruffle, qui n'avait plus que ce mot à la bouche : « Voici mon rêve. »

Le rêve désigné était une sorte de soucoupe volante, large et basse, avec un toit en avancée, porté par des colonnes qui faisaient comme des pattes animales. À l'intérieur, tout était blanc et éblouissant, éclaboussé de soleil, et tous les aménagements étaient en bois, d'un luxe ahurissant. Ruffle avait préféré cette maison au choix de Shoshana, une demeure de type colonial, d'inspiration européenne. Il avait pourtant hésité, à la fois parce que Shoshana, depuis le voyage à Paris, avait développé une passion pour l'Europe, et parce qu'il songeait que cet édifice classique lui conférerait une élégance dont il était à l'évidence démuni. Mais il avait fini par abandonner l'idée d'une maison qui lui ressemblait si peu. À l'inverse, ce vaisseau circulaire, à la fois moderne et luxueux, entouré d'eau, convenait parfaitement à l'esprit de Miami : une ville neuve, en élaboration permanente, au croisement des mondes, toutes les nationalités se fondant dans une modernité immaculée.

Une qualité pouvait être portée à l'actif de Ruffle : il n'avait pas eu peur. Sa confiance dans l'avenir était telle qu'il avait accumulé des dettes pour plusieurs générations. Il ne doutait de rien : il vendait du crédit et il vivait à crédit. Son entreprise était sous perfusion bancaire permanente. Les dépenses étaient colossales mais il croyait en sa réussite.

Lorsque son père était venu chez lui, dans une Chrysler louée à l'aéroport, il était resté bouche bée devant cette maison. Puis, ricanant, son gros ventre tressautant, comme si on venait de lui raconter une plaisanterie très grasse, avec un air égrillard, il avait déclaré :

— Là, mon fils, c'est du lourd, du très lourd !

Et on ne savait s'il se réjouissait vraiment de ce spectacle, qui le diminuait et qui faisait de la maison de Clarimont un pavillon grotesque. Mais peut-être était-ce seulement son gros bon sens de contremaître, même enrichi, qui protestait contre ces dépenses pharaoniques. La maison qui se dressait devant lui, dans l'étincelant éclat des apparences, n'était ni robuste ni cossue, comme il l'aurait imaginée, mais au contraire ouverte, arachnéenne et lumineuse, et toute sa morale d'Américain de province, forgée dans le travail obstiné et patient d'un bœuf de labour, éprouvait un malaise diffus, comme si tout cela était entaché du péché de démesure. Cette maison si blanche, si moderne, comme *soufflée* sur le bord de l'océan... Cette entreprise au nom si prétentieux... Ruffle Universal Building. Le père Ruffle était un ouvrier, rusé et vicieux, très riche, mais toujours ancré dans la glaise du premier bâtiment qu'il avait monté de ses mains, acharné à la préservation de son entreprise immobilière, de sa famille, et voilà que s'élevait devant lui la nouvelle Amérique, une terre mondiale où personne ne parlait plus américain, où des baragouins l'accueillaient à l'aéroport, traversé de langages multiples, d'espagnol bien sûr mais aussi de russe, de français, de chinois, une terre délirante et outrée, déséquilibrée en somme, sur laquelle son propre fils emménageait dans une sorte de vanité, une *chose* couchée sur l'océan, comme si tout cela devait fatalement être englouti, avec tous les délires de la modernité.

Peut-être, dans les méandres de son inquiétude, éprouvait-il un peu de fierté, puisque le père comme le fils s'accordaient sur les mêmes valeurs d'entreprise et d'argent, le mot sacré d'entrepreneur circulant entre eux comme un code de confiance, mais tout de même, quand ils se retrouvèrent dans la salle à manger, avec ces plats prétentieux et exotiques que des Cubains cuivrés leur apportèrent, le vieux contremaître, ses coudes énormes repliés sur la table, échangeant de fréquents regards avec sa femme, ne put s'empêcher d'éprouver un vague pressentiment de ruine, qui n'était que l'annonce qu'un monde nouveau, étranger au sien, émergeait, dans lequel les hommes comme lui, de l'ancienne génération, ne seraient plus que des dinosaures.

Et le lendemain, quel ne fut pas son étonnement de découvrir, au déjeuner, un ancien du lycée de Clarimont, un garçon inconnu, qui n'avait autrefois aucune proximité avec Mark mais que les seules circonvolutions de la ville de Miami, comme un serpent aux anneaux multiples, avaient rapproché de son ancien camarade de classe. Il ne savait pas que Mark l'avait invité dans le seul but de l'écraser de son opulence, en agitant de flamboyants signaux d'amitié, parce que le patron de RUB ne voyait en lui que l'adolescent d'autrefois, un des pires moqueurs de la classe, un de ces rires narquois qui faisaient mal. Et il était assez bon de l'inviter chez lui, en camarade, pour évoquer le bon vieux temps, dans le vaisseau spatial prêt à s'envoler, et de le voir se débattre pour exister, pour vendre lui aussi son histoire, son projet, son rêve, juste au bord de l'immense piscine, lui le reconverti de la mode, dirigeant la franchise locale d'un fabricant de jeans français et tâchant vainement d'inventer des modèles de tee-shirts vintage déstructurés. Étranger à ce secret règlement de comptes, le père Ruffle, ahuri, contemplait devant lui ce grand gars dégingandé, vêtu de jeans déchirés et de tee-shirts peinturlurés, qui parlait comme un adolescent, en n'évoquant que les soirées où il s'était rendu et dans lesquelles se mêlaient les stars qu'il admirait. Il expliquait que son patron français, le propriétaire de la marque, avait une vraie politique de *stars*, qu'il connaissait beaucoup de *stars* et qu'il les payait pour venir dans les soirées qu'il organisait, afin qu'on parle de lui, qu'on parle de ses jeans, parce que les *stars* étaient tout. Et comme les gens voulaient ressembler aux *stars*, ils se mettaient à porter les jeans et la marque commençait à vraiment casser la baraque. Mark et lui se tapaient dans les mains et le père Ruffle, qui n'avait jamais vu une *star* de sa vie et qui n'avait jamais eu l'ombre d'un intérêt pour cet univers, ouvrait des yeux ahuris de stupéfaction.

— Je te répète ma question, fit-il plus tard à sa femme. Ce gars était-il vraiment un homme ? Il était peint de partout, il parlait comme un ado, avec ses stars, ses boîtes de nuit, ses soirées, il portait des habits insortables. Ce n'était peut-être pas un homme, peut-être autre chose… Une sorte de mutant, tu vois, avec des tatouages et des histoires de mode. En tout cas pas un homme comme moi je les connais. Tout ça n'est pas bon et je te dirai même une chose : cela ne rend pas Shoshana heureuse. Et tu me connais, j'ai du flair pour ça, je flaire quand quelque chose ne tourne pas rond dans la famille.

Quelque chose ne tournait-il pas rond pour Shoshana ? Celle-ci, égarée dans le vaisseau blanc, regrettait-elle à longueur de journée sa haute demeure européenne ? Disons plus simplement que Miami lui avait fait perdre les repères de Clarimont. Elle n'avait plus rien à quoi se raccrocher. Les jardins monotones de la petite ville lui offraient au moins les repères de l'enfance et, même peu à peu estompés par les habitudes, ils n'en étaient pas moins un décor familier, paré des prestiges du souvenir. L'ennui de son existence se fondait dans des répétitions immémoriales, de l'enfance à l'adolescence et des premières sorties à sa vie de femme. Elle avait grandi là. Mais à Miami, entre un enfant qui n'en était plus vraiment un, tant il semblait happé par la télévision et les caprices, ne lui obéissant plus jamais et d'ailleurs ne l'écoutant même pas, et un mari qu'elle avait appris, durant ce dîner dans un restaurant parisien, à mépriser, gargouille bouffie de rage, les repères lui manquaient. Bien sûr, il y avait cette maison à tenir mais les aides étaient nombreuses, de la cuisinière aux femmes de ménage, et quel besoin avait-on d'elle ? Quelle était son utilité en ce monde, sans métier, à côté d'un mari dont toute la vie était absorbée par la quête de recon- naissance ? Sa vie de champion de foot dans les affaires, jouant tous les jours une nouvelle partie. Parfois, sans doute, il lui portait un regard attentif, mais uniquement pour qu'elle soit jolie, pour qu'elle s'apprête, pour qu'il ait du plaisir à la regarder et à la montrer, seins en avant, comme un chameau qu'on promène devant les badauds. Cette fixation sur ses seins depuis le premier jour, ces commentaires sur leur beauté, leur fermeté, ces incitations à porter des pulls serrés, qui les mettraient en valeur, elle les com- parait avec le léger vacillement du regard de Ruffle, désormais, lorsqu'elle était nue, devant leur languis- sante mollesse, sa légère gêne, comme pour le déclin d'une idole. Le temps et la maternité... Certes, elle retrouvait son regard lorsqu'elle mettait un soutien- gorge et que sous le pull l'ensemble reprenait sa fer- meté passée. Mais lorsqu'elle voulait de l'amour, lorsqu'elle voulait trouver enfin un lien intime avec une personne qu'elle aimait, elle ne pouvait se retour- ner vers Mark, parce que ce sentiment elle ne l'éprou- vait plus vraiment, plutôt une affection vague, empoisonnée d'irritation et de mépris. Non, c'est son fils, c'est cet enfant blanchâtre, blond et pâle, qu'elle voulait embrasser, toucher.

« Chris ! Bébé ! Mon amour. »

Elle souriait désespérément, dans le souvenir inconscient des premiers temps de l'enfance où cette union entre eux était naturelle et presque organique, mais le robot blanc qui tournait vers elle son regard vide et indifférent, déjà lassé, comme gavé d'amour, n'était pas l'enfant d'autrefois.

Que pouvait-elle faire ? Comment même occuper ses journées ? À part entretenir son corps bien sûr, en nageant dans la piscine et en suivant des cours de gymnastique, en ville, qui lui permettaient de rencontrer d'autres femmes. Pendant une demi-heure, au son de la musique, Shoshana suait et haletait, bougeant de tous côtés, avant de parfaire les exercices par de longs étirements au sol, en bavardant avec ses voisines. Elle appréciait de rencontrer des femmes aussi oisives qu'elle, préférant éviter les cours du midi, où se présentaient trop de femmes affairées, sautant le repas pour s'entraîner avant de revenir au bureau. Trop de femmes occupées, déterminées, qu'elle imaginait beaucoup plus intelligentes qu'elle et surtout beaucoup moins égarées.

Et au sortir de ces séances, elle se promenait dans le centre-ville, regardant les vitrines, achetant souvent et revenant avec des sacs pleins de vêtements dont elle remplissait les immenses placards de la maison.

Un midi, alors qu'elle quittait le club de sport, en se dépêchant pour ne pas croiser ses ennemies affairées, elle s'était promenée sur Lincoln Road. Elle avait mis des lunettes noires et se laissait doucement aller à la chaleur du soleil. Elle marchait lentement. Elle passa devant un restaurant français. Elle pensa qu'ils pourraient peut-être l'essayer un soir. Elle ôta ses lunettes et, à travers la vitrine, tâcha de distinguer le décor. Et soudain, elle s'immobilisa.

L'homme en costume qui se déplaçait à l'intérieur du restaurant, c'était le serveur que son mari avait frappé.

13.

Sur la grande plaine, les énormes insectes métalliques piochaient leur butin dans les tréfonds de la terre. D'un mouvement invariable, les balanciers plongeaient dans le sol et on ne voyait plus que ces monstres d'acier déchiquetant la surface pour remonter le pétrole.

En cette fin d'année 1997, Lev était venu en visite d'inspection. Subjugué par le spectacle, il ne bougeait plus, contemplant la plaine mécanisée, comme si la terre même était saisie de cette étrange et constante convulsion, fouillée par les tuyaux de forage, dont les têtes découpaient les roches et les mâchaient, aspirant le précieux liquide. Il n'y avait plus que les insectes, l'horizon entier en était couvert, dans une gigantesque invasion de sauterelles prédatrices. À des centaines de mètres de profondeur, elles mangeaient, buvaient, absorbaient le pétrole et le faisaient remonter pour le conduire jusqu'aux raffineries d'ELK, la compagnie de Lev.

Il fallait surveiller régulièrement les champs de pétrole. Lev examinait sans cesse les résultats de son entreprise et notamment la productivité des puits.

Mais les chiffres n'étaient pas assez incarnés. Il savait qu'il fallait en permanence affirmer sa présence et son autorité devant les directeurs des gisements, les contremaîtres et les ouvriers. Le pétrole s'écoulait de tous côtés. Une fuite permanente. Tout le monde en volait et en l'absence d'un contrôle strict, on viendrait se servir par camions entiers. Particulièrement sur ce gisement de Garsk, le plus important de tous, qui était la source principale de sa fortune. Mais le danger s'étendait en fait à toute la chaîne de production, que la compagnie contrôlait dans son intégralité, de la prospection à la distribution. C'est pourquoi les Tchétchènes veillaient. Lev n'avait pas eu le choix. Des gardes armés surveillaient les champs de pétrole. À intervalles réguliers, la silhouette d'un homme, la pointe sombre de sa mitraillette se détachant sur l'épaule, surgissait du crépuscule. Sur tous les sites d'ELK, devant le palais du prince, et dans la voiture même de Lev, les Tchétchènes s'étaient imposés. Une milice personnelle, dont il était à la fois le maître et l'otage. Gusinsky, l'un des principaux oligarques, qui avait fait fortune dans l'immobilier puis la télévision grâce à ses liens avec le maire de Moscou, Luzhkov, possédait une milice d'un millier d'hommes. Une armée personnelle commandée par un ancien général du KGB. Mais Lev avait trop tardé à lever des troupes, les bandes s'étaient constituées et étaient devenues trop puissantes : elles ne l'auraient jamais laissé organiser une armée. Et si riche qu'il soit, Lev n'avait pas autant d'argent que Gusinsky.

Pour l'instant, tout se passait parfaitement. Les Tchétchènes étaient obéissants et efficaces. Et les gardes qui l'environnaient, silencieux et polis, ne portaient pas de survêtements mais des costumes sombres bien coupés, à peine renflés à la hauteur de la poitrine. Le gros lutteur ne s'adressait à lui qu'avec le plus grand respect. Et pourtant derrière cette humilité, derrière la ronde huilée et si bien réglée des gardes du corps, dans la correction même du Tchétchène aux lunettes noires qui lui servait de chauffeur, Lev ne pouvait s'empêcher de percevoir une menace. Lev Kravchenko n'était ni seul ni libre. Il n'était plus vraiment un homme mais une coalition d'intérêts. Et si la situation se dégradait, que ferait-il en face de tous ces hommes ?

Derrière lui, le directeur du gisement restait droit et immobile, attendant la fin de ces réflexions.

— Avez-vous fait la proposition de rachat ? demanda Lev.

À une cinquantaine de kilomètres s'étendait un autre gisement, tenu par une entreprise familiale. Un paysan qui avait découvert du pétrole sur son terrain. Un puits d'exploitation primaire d'où le pétrole sous pression jaillissait encore en surface, sans qu'il soit même nécessaire de le pomper dans les profondeurs du sol. L'homme avait installé trois derricks et l'argent affluait. ELK s'occupait du raffinage et de la distribution. Mais Lev pensait, comme tout le monde, que le pétrole s'étendait par nappes entières et qu'il serait possible d'en extraire de bonnes quantités. Il voulait acheter le gisement au paysan. Celui-ci refusait, ou bien parce qu'il espérait des offres plus importantes, ou bien parce qu'il souhaitait se développer lui-même.

174

— Oui. Nous avons fait une nouvelle offre, encore rejetée.

— Vous croyez qu'il a d'autres propositions ?

— Peut-être mais je n'ai pas l'impression que ce soit la raison. Il veut garder son terrain, tout simplement.

— C'est que l'offre n'est pas suffisante. Vous attendez et vous faites une autre proposition, plus élevée de quinze pour cent. Vous lui dites bien que c'est la dernière. Insistez sur ce point. Il faut qu'il sache qu'il ne peut plus faire monter les enchères.

— Il est obstiné. Très obstiné. Je ne sais pas s'il cédera.

— Il cédera.

Lev se retourna. Il envisagea l'immense plaine. Il faisait plus froid, le soleil allait se coucher. Des rougeoiements glissaient sur les armatures d'acier, déjà emplies d'ombre.

— Je vais lui parler, ajouta-t-il.

Il rentra dans la voiture, qui démarra aussitôt. La route jusqu'au domaine du paysan n'était pas longue. Comment s'appelait-il déjà ? Riabine ? Il saurait le convaincre. C'était dans son intérêt. Ce paysan n'était pas capable de développer une compagnie. C'était encore possible lors de la transition mais il n'y avait plus de place désormais pour de nouvelles sociétés. Une concentration s'était produite, toutes les grandes compagnies rachetaient les entreprises régionales. Elles n'étaient plus très nombreuses, une dizaine seulement, et le mouvement irait en s'accélérant, jusqu'à ce qu'elles ne soient plus que trois ou quatre. Ou peut-être même deux. Par rachat, par fusion. À l'évidence, ELK n'était pas la mieux placée, d'une taille intermédiaire entre les entreprises régionales et les plus grosses, dont Liekom, la compagnie de Litvinov. La force d'ELK résidait dans sa souplesse et sa parfaite organisation, sur laquelle Lev veillait personnellement. Mais l'entreprise n'avait pas la puissance de Liekom, qui visait désormais le rachat de compagnies pétrolières étrangères, jusqu'aux États-Unis. Dans sa course à la taille critique, ELK rachetait toutes les petites entreprises, même les embryons comme le champ de patates miraculeux de Riabine. Grossir ou périr.

Ne rien négliger. Même Riabine.

Par la vitre, Lev contemplait la plaine de Sibérie. Une désolation à la fois triste et fascinante. La voiture, phares allumés, progressait dans le vide et malgré sa vitesse elle ne semblait pas avancer dans cet espace sans repères. Comme d'habitude lorsqu'il se retrouvait seul, la fatigue tombait sur les épaules de Lev, une forme de lassitude insistante. Un vague dégoût des autres et de lui-même, qui n'avait rien à voir avec le cynisme triomphant de Litvinov. Juste la lassitude devant les mots qu'il faudrait prononcer, devant l'énergie qu'il faudrait encore déployer pour convaincre le paysan, entre menaces et promesses, dans l'inévitable ressassement des arguments.

Ne rien négliger. Même Riabine.

Lorsque les autres l'entouraient, il pouvait prendre des décisions rapides, s'engager dans l'action, se montrer un meneur d'hommes remarquable, mais dès qu'ils refluaient, comme des crabes sur la plage, à la marée, le laissant seul face au travail à faire, il se sentait soudain accablé. À quoi bon ? Cette question lui revenait depuis l'époque Eltsine. À quoi bon ? Pourquoi ce travail, ces efforts, cette obstination, cet acharnement malgré les difficultés ? Pour l'argent ? Il était riche pour plusieurs générations. Pour le pouvoir ? Cela ne l'intéressait pas. Tout s'était mis en route sans qu'il en comprenne parfaitement les raisons. Il avait fait partie du cercle d'économistes de Gaïdar, ils avaient des conversations passionnantes et purement hypothétiques sur l'avenir de la Russie, et puis soudain, les conversations, par une bifurcation de l'Histoire, étaient devenues des décisions, la parole un pouvoir. Lorsque le gouvernement Gaïdar avait implosé, il avait profité des privatisations, comme beaucoup d'autres. Et depuis il dirigeait son entreprise du mieux qu'il pouvait, en tâchant de ne pas être absorbé par les autres, en tâchant de ne pas mourir. Mais il n'avait rien désiré de tout cela, rien prévu, rien planifié. Tout s'était mis en route, voilà tout. Des dominos tombant les uns après les autres. Les pièces de sa vie, le temps courant aux côtés des dominos qui s'écroulaient, et lui-même courant d'une course sans fin, en tâchant de ne pas trébucher. Mais il s'essoufflait et chaque fois qu'il se retrouvait ainsi, dans le silence et la solitude, derrière les deux hommes en noir qui l'accompagnaient et dont il ne voyait que les larges nuques et les épaules dépassant des sièges de cuir, le long et muet halètement de sa fuite en avant s'élevait de sa poitrine.

Ne rien négliger. Même Riabine.

La nuit était tombée sur la steppe. La voiture avalait la distance, ils allaient bientôt arriver, même si l'obscurité s'épaississait par nappes sombres, en larges bouffées de nuit. Les phares butaient contre les nappes. Et Lev s'engloutissait toujours davantage dans ses pensées sans but. Ce n'était pas qu'il ne se sentait pas à sa place dans ce jeu de dominos. Personne ne s'apercevait de cette fuite en avant. Et de toute façon, la société tout entière fuyait, dans une accumulation de capitaux virtuels et de dettes. Les oligarques eux-mêmes, malgré l'énormité des réserves d'énergie, malgré les immenses besoins du pays, accumulaient des dettes colossales en se lançant dans de gigantesques projets, toujours tendus vers l'avenir, vers les bénéfices à venir. Et il y avait dans cette fuite une ivresse du jeu et de la démesure qui l'hypnotisait lui-même. Lorsqu'il n'était pas seul. Lorsqu'on ne le laissait pas à l'intérieur d'une voiture rouler vers un paysan aussi chanceux qu'insensé. Oui, il était bien à sa place. Il avait arraché une situation enviable dans le jeu. Il était riche, puissant, respecté. Et il le méritait, pensait-il, non par son travail, mais par sa supériorité naturelle. Car il y avait aussi cette dimension chez Lev. Cette certitude intime du seigneur. Un seigneur paradoxal, tout à la fois conscient des hasards de sa position et néanmoins persuadé d'une supériorité de naissance. Il avait acquis sa valeur en héritage. Et il fallait bien se montrer à la hauteur, malgré la lassitude, malgré le sentiment d'inutilité. Et à présent que la voiture ralentissait et qu'elle allait se garer devant une ignoble bâtisse aux parpaings nus, il lui fallait s'imposer devant ce Riabine. Parler et convaincre. Se remettre en ordre de marche.

178

Ses pieds se perdirent dans une boue nauséa-
bonde, une terre sans doute mélangée de pétrole. Le
jaillissement liquide et noir, invisible dans l'obscurité, assommait d'un bruit permanent, comme des
ailes géantes tournant dans un froissement d'acier.
Un carré de lumière se découpa sur le seuil de la
maison. Riabine, un fusil à la main, les accueillait.
Les deux gardes s'avancèrent, érigeant un rempart
devant leur patron.

— Kravchenko ! se présenta celui-ci.

— Qu'est-ce que vous voulez à cette heure ? maugréa le paysan, un homme d'une cinquantaine
d'années au visage émacié, avec des traits jaunâtres,
vêtu d'une salopette de jean tachée et d'un maillot
informe.

— Vous parler.

Riabine haussa les épaules.

— Rien à dire.

Lev le considéra. L'homme gardait son fusil
devant lui, comme une protection. Il savait ce qu'on
voulait de lui et il refusait de le donner.

— Discutons au calme, proposa Lev. Cela ne vous
engage pas.

L'homme haussa de nouveau les épaules.

— Comme vous voudrez.

Il précéda Lev. Dans la salle principale, des silhouettes féminines s'enfuirent. Brefs éclats blancs et
roses de chemises de nuit et de cheveux filasse. Une
pièce à l'ameublement typique de l'URSS, combinant
pauvreté et mauvais goût, tandis que trônait une
énorme télévision, preuve de la nouvelle richesse pro-
curée par le pétrole. Il faisait très chaud, avec un

radiateur poussé à fond. Les deux hommes s'assirent autour de la table couverte d'une toile cirée, devant deux verres et une bouteille de vodka. Le paysan remplit les verres, d'un air maussade et renfermé.

— Belle télé, commenta Lev.

Le paysan souffla. Lev savait ce que cela voulait dire. « Je sais que tu me méprises, je sais que tu es un putain d'oligarque, que tu habites des palais, que tu possèdes des Rolls et des avions, je sais que ma maison est un taudis mais je t'emmerde, parce que ce taudis est à moi, parce que ce pétrole est à moi. » Oui, Lev le savait très bien. Et peu importait. L'hostilité du paysan était celle d'un mur. Mais il allait briser le mur avec son éloquence et son argent.

Il expliqua la raison de sa visite, il dit que le moment était venu de penser sainement, raisonnablement, que des offres magnifiques avaient déjà été faites pour ce terrain mais que Riabine les avait refusées. Certes, il était de bonne guerre de faire monter les enchères mais il y avait un terme à tout, les arbres ne montaient pas jusqu'au ciel, il était temps de trouver un arrangement, pour leur intérêt à tous deux, un arrangement qui le rendrait riche et le délivrerait de tout souci. Il pourrait profiter de la vie et sa famille avec lui, après tout il avait eu beaucoup de chance, du pétrole sur son terrain, c'était une vraie chance, un vrai cadeau de la vie, à son âge il méritait d'en profiter, au lieu de se fatiguer avec ce travail, au milieu d'une terre difficile.

Le paysan le regardait sans mot dire. Lev continua. Il sourit, plaisanta, puis d'un grand geste de la main, comme un homme qui donne tout, proposa une somme. Et il attendit.

Les deux hommes restaient figés. Le paysan dit :

— Y'a d'autres propositions.

Lev ressentit un léger choc mais il n'en montra rien.

— Tant mieux pour vous. Mais je vous rappelle que vous travaillez déjà avec nous, qu'ELK vous achète déjà votre pétrole. Mieux vaut continuer avec des partenaires. Vous savez que vous pouvez avoir confiance. D'autant que je ne pense pas que l'offre de nos concurrents soit aussi intéressante que la nôtre.

— Ils ont de l'argent. Beaucoup d'argent.

Liekom ? C'était possible. Curieux, vu leur taille, de s'intéresser à ce petit domaine mais c'est qu'ils estimaient eux aussi le champ prometteur.

— De toute façon, ajouta Riabine, je veux rester indépendant.

Tout d'un coup, Lev comprit Riabine. Il n'était pas retors, il ne voulait pas faire monter les enchères, il n'avait rien de cette ruse ancestrale qu'on attribuait aux paysans, il était seulement obstiné, muré dans sa volonté de garder son lopin de terre, qu'il soit riche de pétrole ou de patates. Farouchement attaché à sa terre, s'agrippant comme une bête à son territoire. Ses mains tordues par le travail, ses dents sales, son corps maigre et noueux, son expression à la fois sauvage et apeurée, tout indiquait l'animal dans son terrier.

Lev voulut recommencer à parler. Son corps se tendit vers l'avant et puis soudain quelque chose en lui se désagrégea. À quoi bon ? L'insistante question revenait au beau milieu d'une négociation. C'était la première fois. Une chaleur monta en Lev. Il n'avait pas le droit. Pas maintenant. Pas la fatigue. Et pourtant, il savait aussi que ce n'était pas si grave. De toute façon, Riabine ne céderait pas. On ne commande pas aux instincts animaux. Lev tenta de rassembler ses esprits. Il ouvrit la bouche. La main presque griffue du paysan l'hypnotisait. Un homme sauvage et primitif qui ne céderait pas.

— Je vous comprends, Riabine. Je vous comprends très bien.

Il se leva.

— Peut-être aurais-je pris la même décision que vous, poursuivit-il. Être son propre maître, pour le meilleur et pour le pire.

À mesure qu'il parlait, la sensation de malaise se dissipait. Non, il n'avait pas été mauvais, il n'avait pas perdu la négociation. Il était seulement tombé sur un animal, un vrai animal de paysan. Il n'y avait rien d'injurieux à cela.

Il sortit. Le froid de la nuit tomba sur lui. Il se redressa. La fatigue disparaissait. Cela devait être la chaleur. Il n'avait pas échoué. Juste un peu trop de chaleur et un paysan obstiné. Le vrai moujik celui-là. Un échantillon magnifique.

La porte de la voiture s'ouvrit. Il s'engouffra à l'intérieur. L'homme maigre se tenait sur le perron, un peu hébété par la rapidité du dénouement, encore méfiant.

Riabine regarda la voiture s'en aller. Le bloc noir s'éloignait, les lumières rouges et jaunes trouant la nuit. Dans le silence des solitudes, le fracas du pétrole faisait entendre son vacarme rassurant.

14.

Sila se retourna. Une jeune femme, à travers la vitre du restaurant, le fixait. Il se demanda s'il s'agissait d'une cliente. Comme elle restait immobile, le dévisageant, il se dirigea vers elle. Il passa la porte du restaurant.

— Puis-je vous aider ? demanda-t-il en anglais.

La femme ne répondit pas. Au lieu de cela, elle rajusta ses lunettes de soleil.

— Souhaitez-vous réserver une table, madame ? demanda-t-il encore.

Elle hocha péniblement la tête.

— Pour quelle date ?

— Je ne sais pas encore, dit-elle faiblement.

Sila sourit.

— Prenez le temps de réfléchir. Nous sommes à votre disposition.

Shoshana, soudain, n'était plus si sûre. Et s'il s'agissait d'un autre… Après tout, cet homme ne semblait pas avoir le nez cassé. Et cet air affable, disponible, n'avait rien de commun avec l'expression stupéfaite et brisée du serveur à terre.

Sila regagnait le restaurant. À petits pas, Shoshana

s'éloigna. Mais toute la journée, elle songea à cette rencontre. Et si c'était vraiment lui ? Mais que faisait-il à Miami ? Les aurait-il suivis ? Dans quel but ?

La vérité était qu'en effet Sila les avait suivis, sans raison précise, par le seul et hasardeux mouvement d'une feuille qui vole au vent. Sans volonté ni propos, par l'incompréhensible curiosité d'un errant venu d'Afrique, passé par l'Europe, et choisissant pour un temps les États-Unis. Une semaine après être rentré de l'hôpital où son nez avait subi une opération, il avait annoncé qu'il voulait partir aux États-Unis.

— Pour quelle raison ? lui avait demandé le maître d'hôtel. Tu n'es pas bien ici ?

— Si, mais je veux connaître autre chose.

— Et pourquoi les États-Unis ?

— Parce que l'homme qui m'a frappé est américain. Je veux connaître ce pays.

— Les connards sont de tous les pays. Il aurait aussi bien pu être français, belge ou vénézuélien.

— Peut-être. Mais il est américain. Cela m'intéresse. Je veux connaître ce pays.

Lemerre l'avait fait venir dans son bureau, lui avait demandé s'il était certain de sa décision. Comme Sila avait persisté, il lui avait dit qu'il continuerait à l'aider. Il possédait une vingtaine de restaurants dans le monde et trois aux États-Unis, à New York, Miami et Los Angeles. Il pourrait le nommer maître d'hôtel. Sila avait vu sur sa fiche d'hôtel que l'Américain venait de Floride.

— Je voudrais aller à Miami.

— C'est pour cela que tu apprenais l'anglais ?

— Non, mais je vais m'en servir.

184

Tout avait été très simple, comme toujours pour Sila. Il avait juste fallu attendre plusieurs mois son autorisation de travail. Lorsqu'il avait quitté le restaurant, un serveur avait dit :

— C'est un idiot.

— Non, c'est un prince, avait répondu Lemerre. Et on ne savait trop ce qu'il entendait par là.

Sila s'installa à Miami. Il prit un studio en centre-ville, s'adapta au restaurant qui, sans avoir l'excellence du navire amiral parisien, avait développé avec talent un concept d'assortiment de saveurs d'inspiration mondiale, qui avait au début dérouté la clientèle puis qui s'était imposé, d'autant que le nom de Lemerre et les critiques gastronomiques de la ville avaient vite rassuré. Il fallait désormais gérer le succès, notamment le midi, où les repas d'affaires amenaient une clientèle pressée détestant les files d'attente.

Le personnel, dans les cuisines et dans la salle, venait du monde entier. À plusieurs Maghrébins, Sila parlait français. Mais ils préféraient l'anglais, même s'ils le parlaient mal, abandonnant l'ancienne identité et se fondant dans la langue nouvelle de leur nouvelle vie. Et Sila lui-même avait fini par se sentir tout à fait à l'aise en anglais.

Un jour, il avait demandé à un de ses collègues :

— On est vraiment aux États-Unis ?

L'autre n'avait pas compris.

— Évidemment.

— Je n'imaginais pas ça. Il fait toujours beau, on se croirait à la plage. Non, vraiment, je n'imaginais pas ça. Il y a trop de blancheur, de luxe, cela manque de vérité.

— De vérité ? Je ne sais pas ce que ça veut dire mais en tout cas, Miami, j'adore. C'est un aspect des États-Unis, un des visages. Tu pourras en trouver d'autres si tu voyages.

Et puis le temps avait passé. Sila s'était habitué à vivre dans la coquille blanche, aux volutes nappées, comme un gros gâteau, de la ville de Miami. Et il y prenait plaisir, même s'il avait déjà prévu de partir ailleurs, pour entrevoir d'autres visages de ce pays. Mais si l'étrange et absurde mot de destin, le saisissant depuis son adolescence lointaine, avait le moindre sens, voilà qu'il revenait dans sa vie, puisque par une de ces belles matinées anodines et monotones, Shoshana s'était immobilisée devant la vitre de son restaurant.

Le lendemain de cette rencontre devant l'établissement, elle n'avait cessé de songer au serveur parisien. Et le doute la rongeait. Hypnotisée par ce souvenir, elle tournait autour de lui sans pouvoir s'en dégager. Il fallait qu'elle sache. Elle retourna au restaurant.

Dès qu'il l'aperçut, Sila s'approcha.

— Vous avez décidé de venir, apparemment.

Elle sourit d'un air gêné.

— Voulez-vous une table ? demanda-t-il.

— S'il vous plaît. Une personne. Je déjeunerai seule.

Il était très tôt. La foule n'était pas encore arrivée. Sila la conduisit à une petite table près de la fenêtre.

— Un serveur va s'occuper de vous.

La jeune femme hocha la tête, puis se lança :

186

— Excusez-moi. Pourriez-vous vous charger de cette table ?

Sila eut un air étonné.

— C'est que, voyez-vous, j'aime beaucoup votre accent français. Il est ravissant, fit Shoshana avec un sourire de comédie qu'elle trouva parfaitement faux mais qui ne passa pas si mal. Et j'aime beaucoup ce pays. J'y suis déjà allée, d'ailleurs, ajouta-t-elle en se redressant, pleine de fierté, sur le ton d'une écolière scrupuleuse. Et je voudrais vraiment, vraiment, dans ce restaurant français, être servie par un homme à l'accent français.

— Je ne sais pas si mon accent est si français que cela, madame, et je crois que les Français ne seraient pas d'accord avec vous mais si je puis vous être agréable, c'est évidemment avec plaisir.

« Il n'est pas français. Ce n'est donc pas lui », songea-t-elle avec soulagement.

Sila apporta une carte.

— Choisissez ce que vous voulez, dit-elle. Vos spécialités. Je vous fais confiance. Vous savez, je suis allée dans le restaurant parisien de Lemerre. Le grand chef. Celui qui possède aussi ce restaurant. C'était vraiment une expérience inoubliable. Et on ne choisissait pas. Si on prenait le menu, tout vous était apporté. C'était délicieux, enfin plus que ça, je m'exprime mal, vous savez, c'était une sorte… d'expérience, comme si on faisait de l'art ou un voyage mystérieux, avec des saveurs incomparables. Qu'y avait-il dans mon assiette, je l'ignorais, c'était une sorte de magie, avec des jeux de saveurs qui s'accordaient ou se désaccordaient, suivant l'idée du chef. Enfin bon, je suis incapable de l'expliquer…

— Vous en parlez très bien, madame, dit Sila qui l'observait avec une certaine fixité.

— Ah oui, vous me faites plaisir… Est-ce que vous-même, poursuivit Shoshana avec une nervosité croissante, vous connaissez ce restaurant ?

— J'y ai travaillé avant de venir ici.

Le visage de la jeune femme se décomposa.

— Ah vraiment ? Travaillé ?

Puis elle s'arrêta, et balbutia :

— Quelle merveilleuse, merveilleuse expérience !

« C'est lui. Il n'y a plus de doute. Je ne me trompais pas. Et en plus, il m'a reconnue. Son regard a vraiment changé. C'est sûr, il m'a reconnue. J'ai tellement honte. Pourquoi suis-je venue ici ? Il doit me détester. »

Elle répéta encore une fois :

— Quelle merveilleuse expérience !

— Je vous apporte un choix de spécialités, fit Sila. Ce ne sera peut-être pas aussi bon qu'à Paris mais cela pourrait tout de même vous surprendre.

Il s'éloigna un peu abruptement. Les remarques de la cliente lui avaient rappelé l'autre imbécile, le furieux qui s'était excité. Pourquoi ? La jeune femme était au contraire très agréable mais, sans qu'il puisse en deviner la raison, ce souvenir lui revenait, avec une impression de malaise.

La gêne de Shoshana se mêlait de soulagement. Elle se sentait terriblement coupable, comme si elle avait elle-même frappé Sila, mais en même temps elle était heureuse de ne pas s'être trompée, parce

188

que l'occasion lui était peut-être donnée de réparer son tort, de connaître cet homme et de tâcher de lui expliquer, de s'excuser, de faire quelque chose enfin à la place de son mari. Après tout, c'était cette brutalité dans le restaurant parisien qui avait fêlé l'équilibre de son couple, qui avait métamorphosé Mark en gargouille, au point qu'elle ne pouvait plus le considérer normalement. C'était cette brutalité qui avait enclenché le mécanisme de dégradation de son mariage, qui l'avait éloignée des simagrées infantiles de Mark, alors même qu'ils n'étaient pas un si mauvais couple avant cela, ils ne se disputaient presque pas, d'ailleurs ils ne se disputaient pas non plus maintenant mais ce n'était pas le pire, les disputes, le pire c'était ce malaise qui pesait, qui faisait que tout sonnait faux et comme assourdi par le silence et l'incompréhension. Et il était peut-être possible par un geste magique, un geste un peu inventif, de restituer l'harmonie, comme un nez brisé se refait. Et même s'il était bizarre de retrouver cet homme à Miami, comme s'il les avait suivis, c'était tout de même l'occasion de réparer. Évidemment, il ne faudrait pas en parler à Mark, qui avait autre chose à faire et qui avait tout oublié de cette histoire, mais par-derrière, par des gestes magiques et incandescents, peut-être pourrait-elle comme par un rite vaudou restaurer l'unité. Certes, rien ne rapprochait jamais les morceaux d'un vase brisé par la violence. Rien sinon le geste de l'apaisement, la supplication à l'homme tombé à terre, qui avait l'air bon et gentil, qui promenait son air d'innocence et qui ne refuserait sûrement pas ces gestes de paix. Non, il ne pourrait pas refuser, il suffirait de lui parler franchement, avec la sincérité d'un cœur vrai, et tout pourrait s'arranger. Entre Mark et elle, entre Chris et elle, entre eux et ce serveur, et peut-être même, songeait-elle obscurément, à sa façon naïve et intuitive, dans le monde lui-même. Il fallait seulement rétablir cette pièce, certes minime mais cruciale, de l'équilibre du monde, que la violence avait délogée.

Elle attendit. Elle était à la fois nerveuse et impatiente, parce que cet homme ne pourrait refuser de l'entendre, parce que la bonne foi, la sincérité devaient forcément être respectées. Un rayon de lumière illuminait ses cheveux et sa main gauche. Elle en était un peu gênée. Il faisait assez chaud. Sila en personne lui apporta une assiette de viandes confites et caramélisées, en bouchées sucrées. Elle le remercia.

— Cela a l'air délicieux, dit-elle.

Et elle ne put en dire davantage. Sila repartit tandis qu'elle tentait d'apprécier le plat apporté, alors même qu'elle n'avait pas faim. Elle imagina des phrases et se tint prête à les prononcer. Mais lorsque Sila revint, elle en fut incapable.

Elle voulait dire : « Je tiens absolument à vous parler. » Elle voulait dire : « Mon avenir repose sur vous. » Elle voulait dire : « Pourrions-nous discuter d'une chose très importante pour moi ? » Mais elle ne dit rien. La bonne foi et la sincérité restaient muettes. Shoshana demanda avec un sourire absurde d'enthousiasme :

— Aimez-vous Paris ? J'aime tellement cette ville ! Je l'adore !

Sila eut un sourire poli. Que pouvait-il répondre ?

Et tout le déjeuner s'écoula ainsi, entre silences et débordements décalés, ridicules. Sila arrivait et tout d'un coup Shoshana s'exaltait sans raison, rongeant à l'intérieur d'elle-même les aveux qu'elle dissimulait.

Il fallut payer. Elle se voyait déjà partir, quitter le restaurant, s'engager dans la rue et recommencer la sarabande des pensées et des regrets. Elle rentrerait chez elle et referait dix ou cent fois la scène, imaginerait pour d'autres rencontres des scénarios idéaux. Alors, désespérée et rassemblant tout son courage, dans un aveu murmuré qui sonnait comme une fuite, elle déclara :

— Je suis la femme de l'homme qui vous a frappé.

Sila s'immobilisa.

— Je suis la femme de l'homme qui vous a frappé, à Paris. Je suis désolée. Je suis venue vous demander pardon.

Sila ne dit rien. Il était étonné et en même temps il comprenait pourquoi cette femme était venue, pourquoi elle tenait tant à lui parler. Il ne l'avait pas reconnue. D'ailleurs, l'avait-il même vue ? À peine avait-il perçu une face babouinesque et sauvage, qu'il ne reconnaîtrait peut-être pas. Alors cette femme assise à sa table…

Il tendit son bras et ouvrit la main. La raison de ce geste, il l'ignorait. En soi, cette main dressée ne signifiait pas grand-chose. Peut-être un geste pour arrêter une voiture. Ou un hypnotiseur qui pose sa paume sur le front de son patient. Une main noire largement déployée, les cinq doigts écartés, avec la paume rose, comme offerte et dénudée, fragile. Mais Shoshana, par ce seul geste, se sentit apaisée. Elle ne le prit pas pour un refus ou une mise à l'écart, mais au contraire comme un geste de paix. Sans doute parce qu'elle n'espérait rien d'autre qu'une réconciliation muette et parfaite, à l'image de cette main ouverte.

— Merci, merci, balbutia la jeune femme en s'enfuyant.

Et dans sa fuite, elle emportait l'image hiératique de l'homme à la main dressée, comme un saint ou un guérisseur.

15.

Lev contemplait son interlocuteur avec méfiance. Voilà longtemps qu'il ne l'avait pas rencontré. Il savait que les Tchétchènes étaient occupés ailleurs. Ils avaient des difficultés avec l'Ordre slave qui combattait depuis plusieurs années pour la suprématie sur Moscou. On arrivait à un tournant dans la grande bataille des gangs. La structure décentralisée de l'Ordre, laissant une large autonomie aux bandes locales, libres de leurs rackets et de leurs trafics en échange d'un lien de vassalité, pour fournir gratuitement des hommes en cas de conflit armé, se révélait plus puissante que la centralisation autoritaire des Tchétchènes. Les bandes prêtes à s'agréger à l'Ordre étaient toujours plus nombreuses tandis que la franchise tchétchène, malgré sa bonne réputation, attirait moins. Et le déséquilibre numérique devenait flagrant, même si, depuis le combat de 1993, durant lequel, à l'intérieur d'un cinéma, les deux bandes s'étaient affrontées à la mitraillette, laissant un des principaux chefs de l'Ordre à terre, tout le monde avait préféré les escarmouches à un affrontement d'ensemble.

Mais l'homme au cou de lutteur qui se tenait devant lui, ce même Tchétchène qui lui avait fait la proposition initiale, dans son bureau, avait de bonnes raisons de venir.

— Riabine a reçu des propositions de Liekom. Nous en sommes certains. Et c'est le signe que Liekom a autant d'espérances que nous sur le gisement.

— *Nous* ? releva Lev.

— *Nous* ou *vous*, comme vous préférez. Mais les Tchétchènes partagent vos intérêts. Nous sommes désormais liés.

— Comme Litvinov avec l'Ordre ? demanda Lev.

— Bien sûr, maugréa le lutteur. Mais ça, c'est une évidence. La situation a changé. Les bandes ont fait alliance avec les oligarques. Nous ne sommes plus des mafieux, nous sommes des hommes d'affaires nous aussi.

« Ou bien nous sommes devenus nous-mêmes des mafieux », pensa Lev.

— Tout ce qui nuit à Liekom, poursuivit le lutteur, nuit à l'Ordre. Et tout ce qui est bon pour ELK est bon pour les Tchétchènes. Nous ne pouvons pas perdre ce gisement. Liekom absorbe tout et il nous absorbera bientôt aussi.

— Aucune chance, l'interrompit Lev. Je ne laisserai jamais faire ça.

Le lutteur se tut. Et dans ce silence, Lev comprit. Oui, la situation avait changé. Si nécessaire, l'Ordre l'éliminerait. Et la guerre totale commencerait pour exterminer les Tchétchènes.

La voix de Lev faiblit. Il tenta de se raccrocher à l'affaire précise de Riabine.

— Je lui ai fait une très belle proposition. Il l'a refusée. Tant pis pour lui. Il ne s'agit pas d'un gisement si important. Ce ne sont que trois puits après tout.

— Vous savez bien que non ! répliqua le Tchétchène, d'un ton qui n'avait plus du tout l'humilité des débuts, lorsqu'il entrait avec sa feinte modestie.

Désormais, il savait que la vie de Lev n'était sauvée que par les Tchétchènes.

— Ce gisement a de vraies ressources, insista-t-il. Il s'agit vraiment d'un apport intéressant. Et il n'est pas bon que Riabine ait pu refuser. C'est un précédent gênant. Vous avez accepté la défaite. Et ce n'est pas bon dans notre monde.

Lev se dressa, furieux.

— Il n'y a aucune défaite en cela ! Je suis le patron d'ELK et le maître des Tchétchènes puisque c'est moi qui vous paie. Sans mon argent, les Tchétchènes ne sont plus rien et ce ne sont pas vos trafics en baisse, vos humiliations devant l'Ordre qui pourront vous sauver. Votre argent, votre réputation, c'est moi ! Sans mon argent, les Tchétchènes ne seront plus rien. Et l'Ordre vous poursuivra dans Moscou pour vous égorger !

Le Tchétchène baissa la tête.

— Je suis désolé de vous avoir offensé, dit-il d'un ton humble et doux. Ce n'était pas mon intention. Vous êtes en effet le patron. Mais j'aimerais tout de même que vous considériez la situation. Le contexte devient très tendu, la concentration des entreprises pétrolières s'accroît en permanence. Tout se sait, y compris les refus de Riabine.

— Et alors ? Fallait-il le tuer parce qu'il refusait de me vendre ses puits ?

L'homme ne répondit pas.

— C'est donc ça ? Vous vouliez que je le tue ?

— Non, sans doute. Mais vous pouviez nous laisser faire. Il y avait deux hommes avec vous. Il suffisait de les appeler. Ils sont très persuasifs.

— Très persuasifs ? Je n'en doute pas. Mais ce n'est pas mon genre. Je ne veux pas de ces méthodes.

L'homme prit son chapeau.

— Si je puis me permettre, conseiller, réfléchissez-y. Encore une semaine et Liekom convaincra Riabine, de gré ou de force. Il vaudrait mieux pour nous, mais aussi pour lui, qu'il accepte notre proposition.

La porte se referma. Lev avait mal à la tête et se sentait fatigué. Mentir, tricher, menacer, corrompre, il avait pu le faire. Il ne comprenait pas bien comment mais il avait été cet homme-là, sans plaisir mais avec détermination. Quant à torturer un homme pour une signature, il en était incapable. Il savait bien comment cela se passait : les hommes entraient, une valise de billets dans une main, un pistolet dans l'autre. Ils ouvraient la valise, ils braquaient le pistolet sur la tempe et la négociation s'opérait avec une merveilleuse rapidité. Mais Riabine refuserait, Lev en était certain. Alors, ils commenceraient à le battre. Jusqu'à ce qu'il cède ou meure sous leurs coups.

Et il ne voulait pas donner l'ordre. Litvinov déciderait ce qu'il voulait mais lui il ne pouvait pas. Non, ces méthodes n'étaient pas pour lui. Pas le meurtre. S'il donnait cet ordre, il était perdu. Tout ce en quoi il avait cru, même faiblement, même en le mêlant de cynisme, il le perdrait. Il ne pourrait plus croire une seconde qu'il était un simple homme d'affaires que la situation de la Russie contraignait à prendre des décisions difficiles, de même que dans une tempête il faut faire face, coûte que coûte. Il deviendrait un criminel, tout simplement. Aussi sûrement que s'il avait battu lui-même Riabine.

Lev traversa son bureau, prit son manteau et descendit dans la rue. Il avait besoin de marcher. Il réfléchissait toujours mieux en se promenant. Autrefois, à l'Institut d'économie, les idées lui venaient ainsi.

Le grondement des marteaux-piqueurs l'assaillit. Il marcha plus vite. Les Tchétchènes derrière lui couraient presque. Ils devaient l'injurier. Il était sûr qu'ils le détestaient. Ils lui mettraient avec plaisir une balle dans la tête. Ils n'attendaient que cela. Il suffirait d'une discorde avec le lutteur. Pas sur une saute d'humeur bien sûr. Cela, il fallait le reconnaître : le lutteur ne s'énervait pas. Les affaires étaient les affaires. C'était un professionnel. Mais si une vraie dissension sur la stratégie contre Liekom et l'Ordre apparaissait…

Qu'aurait fait Litvinov pour Riabine ?

La réponse était évidente. Et si lui, Lev, ne se décidait pas, Litvinov l'emporterait dans quelques jours. De toute façon, Riabine était perdu.

Et puis pourquoi se soucier autant d'un moujik ? Staline s'était-il gêné lui ? Des millions de paysans étaient morts pendant les différentes restructurations. Sans parler de la guerre. Jamais aucun dirigeant de l'Histoire, même ceux dont on célèbre les noms bienveillants, n'avait hésité à tuer.

C'était sûr, il fallait se débarrasser de Riabine. Après tout, s'il était raisonnable, tout se passerait bien. Il prendrait l'argent. Il comprendrait tout de suite. Les hommes entreraient dans la maison. Combien ? Peut-être trois ou quatre. Des gros bras. Peut-être le lutteur lui-même. Il ne dédaignait pas payer de sa personne pour ce genre d'affaire.

Lev releva la tête. Il ne reconnaissait plus le quartier où il se trouvait. Un énorme édifice se dressait à côté de lui, une tour en construction. D'immenses grues se balançaient, oiseaux ivres, noirs dans le ciel gris.

Même si le pays avait changé en quelques années, les vagues de la déflagration originelle s'étouffaient progressivement en s'éloignant des grandes villes et les campagnes reculées demeuraient ce qu'elles avaient été depuis toujours, les fracas de l'époque mourant sur l'ancien empire des steppes. Mais Moscou avait été au centre du bouleversement. La ville morne, étouffée de torpeur, pétrifiée, avait explosé, pour le meilleur et pour le pire. Une ville moderne et lumineuse vibrait désormais, parfois rattrapée par le silence et l'immobilité des grandes avenues monumentales, avec une sorte de froideur glacée qui rappelait la grisaille soviétique. D'énormes fortunes immobilières s'étaient constituées, grâce aux accords avec l'État et la municipalité, dont le résultat était cette métropole moderne, à la fois dérangeante, parce qu'elle secouait les vies et les mémoires des habitants de l'ancienne Moscou, et excitante, parce qu'elle était la ville de l'argent et des plaisirs.

Il héla un taxi. Sans même regarder le chauffeur, il donna son adresse. Il avait besoin de discuter avec Elena. Mais de nouveaux arguments se présentaient à son esprit.

Oui, Riabine était perdu. Mais en quoi était-ce une raison ? Litvinov agissait comme bon lui semblait. Pourquoi devrait-il se montrer aussi brutal que lui ? Si Litvinov était corrompu et violent, au point d'imiter les méthodes les plus féroces de l'Ordre, lui refusait cette corruption. Ce serait son honneur que de *préserver son âme*. L'expression lui parut presque comique. *Préserver son âme.*

Lorsqu'il arriva à la maison, Elena était dans la bibliothèque. Elle lisait. Elle fut surprise de son arrivée.

— Je ne t'attendais pas si tôt, lui dit-elle.

— Le bureau me fatiguait.

Il s'assit dans un fauteuil, contemplant les livres qui recouvraient les quatre murs de la pièce. Ce décor le calmait toujours. Il était né au milieu des livres puisque dans le petit appartement où ses parents vivaient, il fallait ranger les nombreux ouvrages de la famille dans les moindres recoins. Son lit d'enfant en était cerné. Au fond, même s'il lisait beaucoup moins qu'avant, cette pièce était son lieu favori, d'autant qu'Elena avait acheté tous les auteurs interdits par les Soviétiques, ce qui avait ajouté de nombreux titres à ceux qu'il connaissait par cœur.

— J'étais fait pour rester professeur, dit-il en se renfonçant dans le fauteuil.

Elena le contempla avec curiosité. Elle ne croyait pas une seconde à ce mythe que Lev répétait à intervalles réguliers. S'il avait voulu être professeur, il le serait, voilà tout. Lev avait besoin d'argent et de pouvoir, et c'était un homme d'action. Peut-être mâtiné d'intellectuel, comme plusieurs oligarques de la première génération. Cependant, cette phrase annonçait une explication. Elle l'attendit.

— On a trouvé un gisement, dit-il avec négligence.

— De pétrole ?

— Oui.

— Où ça ?

— En Sibérie, à côté de Garsk.

Elle ne répondit rien.

— Ce gisement appartient à un paysan, poursuivit Lev. Un certain Riabine. C'est un paysan obstiné. Sa famille travaille sur cette terre depuis des générations et lui-même veut y travailler jusqu'à sa mort. Nous lui avons fait des offres mais il les refuse.

Il espérait une question, un commentaire. Rien. Il fallait poursuivre mais les mots étaient lourds.

— Il faudrait vraiment qu'il accepte notre offre, dit-il encore, pesamment. Parce que sinon Litvinov s'emparera de sa terre.

— Et s'il ne veut pas ! objecta Elena. S'il ne veut pas te vendre son gisement, il ne le vendra pas non plus à Litvinov.

— On ne refuse pas une offre de Litvinov.

— Tu veux dire…

Elena hésitait à comprendre.

— Bien sûr, marmonna Lev. Il le décidera, de gré ou de force.

Elena posa son livre sur une table basse.

— Dire que nous l'avons invité chez nous… et qu'il est devenu *ça* ! fit-elle avec une grimace de dégoût.

— Ils sont tous devenus ça ! Ils ont perdu toute morale. Par une lente corruption, au fil des jours. Tu sais, il suffit d'un premier acte, d'un premier abandon de la moralité, c'est le pas qui coûte le plus. Et puis un deuxième, un troisième… de plus en plus graves.

Elena le fixait.

— De qui parles-tu, là ? Pourquoi dis-tu *tous* ? De qui parles-tu, Lev ?

Lev, gêné, se passa la main sur le visage.

— Tous, oui, plus ou moins. Parce que les affaires sont dures. Parce que le pays a subi une révolution qui a détruit les cadres anciens, déjà corrompus, et les a remplacés par une autre forme de corruption. Parce que nous n'avons pas le choix.

Elena resta silencieuse.

— *Nous* n'avons pas le choix ? demanda-t-elle.

— Oui, répéta Lev d'un ton plus ferme. Nous n'avons pas le choix.

Elena se leva.

— Tu as donc pris ta décision. Ce Riabine, tu vas lui faire une offre… définitive.

— Je n'aurais pas dû t'en parler.

— Au contraire, murmura Elena. Tu as très bien fait de m'en parler.

— Je n'ai pris aucune décision, Elena, dit Lev, alarmé par le visage de sa femme. C'est bien pourquoi je t'en parle. J'étais même décidé à laisser Riabine à Litvinov. Qu'ils agissent tous comme bon leur semble, je ne serai pas comme eux.

Elena le dévisagea, comme si elle tâchait de déceler la vérité en lui.

— Tu es tenté, n'est-ce pas, Lev ? Tenté d'obtenir ce gisement par la force, parce que Litvinov agirait ainsi, parce que tu as peur que Liekom l'emporte et que le nom de Lev Kravchenko ne soit plus qu'un symbole de faiblesse. Parce que tu as peur que tous te marchent dessus ?

Lev ne répondait pas.

— Tu as peur, Lev. Je peux te le dire. C'est la peur qui te fait hésiter, qui te fait m'en parler. Tu as peur d'être courageux. Toi qui n'as jamais eu peur, tu es effrayé. Tu es tenté par la violence mais c'est la peur qui te ronge.

— Quelle peur ? dit Lev, méprisant. Je n'ai jamais peur.

— Physiquement, peut-être, bien que même cela ait évolué. Oui, autrefois, même dans un combat de rue, tu n'aurais pas eu peur. Mais tu as vieilli, tu as grossi et surtout tu as beaucoup changé moralement. Mais de toute façon, peu importe. La peur dont je te parle est plus profonde. Tu crains qu'on te prenne toute ta vie. Ton entreprise, ta richesse, ta réputation. Tu as peur de devenir si faible, aux yeux de tous, qu'on t'écrase. Mais moi, Lev, je te demande d'être courageux. Je te demande de résister à la peur et d'agir suivant ta conscience. Réfléchis, Lev, je t'en prie. Nous n'avons jamais connu de moment plus important dans toute notre vie. Je t'assure, c'est le moment le plus important, le moment du choix.

202

Et soudain, des larmes coulèrent sur son visage.

— Sois courageux, Lev. Pour nous, je t'en prie, je t'en supplie.

Elle cacha son visage dans ses mains et éclata en sanglots. Lev alla vers elle, la prit dans ses bras, serra ses larmes et sa douleur. Il serra cette femme qu'il avait toujours admirée, depuis le premier moment où ils avaient discuté, pour son intelligence étincelante. Cette dague de son esprit à l'affreuse lucidité. Peut-être même l'avait-il épousée pour cela, pour ce sentiment d'infériorité intellectuelle qu'il éprouvait devant elle. Il l'embrassa.

— Je serai courageux, Elena.

D'un pas lourd, Lev sortit de la pièce. Il se réfugia dans son bureau. Il demeura longtemps immobile, assis, le visage impassible. Puis il se leva, il se considéra dans la grande glace en pied, une glace mouchetée, et à travers les mouches noires, les taches du temps, devant cette même glace où le prince devait s'être contemplé, il vit un homme au visage empâté, bouffi de fatigue, de nourriture et d'alcool. L'esprit éclairé par les propos de sa femme, il déchiffra la corruption et la peur.

Cet homme, il le contempla avec une sorte de mépris détaché.

La corruption et la peur.

Il saisit son téléphone. Il appela le Tchétchène.

— Allez trouver Riabine. Et décidez-le.

16.

Désormais les choses étaient claires : l'argent était leur maître. Simon avait mis du temps à le comprendre mais le malaise qui le saisissait en face des traders avait fini par éclaircir la situation. On ne le considérait pas parce qu'il ne gagnait rien – ou pas assez –, même s'il estimait beaucoup gagner.

La question était la suivante : à partir de quelle somme d'argent annuelle existe-t-on ? Cinq cent mille dollars, un million, cinq millions, dix millions ? Simon, au début, n'avait pas très bien saisi la relative indifférence des autres à son égard, mais il avait beau se retrancher derrière son ordinateur pour assimiler, trier et exploiter les statistiques de tous les biens, options et options d'options de ce bas monde, l'intelligence de sa position sociale lui parvenait inéluctablement, à force de coups d'œil, de tons de voix, de signes multiples. Et il comprit bientôt que dans la hiérarchie de Kelmann, il n'occupait pas une place élevée. Il était un ingénieur quantitatif, un *quant*, c'est-à-dire pas grand-chose. Il était, comme on disait, « un centre de coûts » et non « un centre de profits ». Un rouage nécessaire, essentiel même, mais peu rémunéré par rapport aux traders parce qu'il ne prenait pas de *risques*. Il calculait les risques, il ne les prenait pas. Il n'adoptait pas des positions de plusieurs dizaines ou centaines de millions afin de faire gagner à la banque, en cas d'évolution positive des cours, une fortune, dont une partie était reversée sous forme de bonus. Un bon trader prenait des risques, un bon *quant* les lissait. Un trader était un homme, il était viril et d'ailleurs il s'exprimait très virilement, avec une récurrence remarquable du mot « couilles » : « J'ai des couilles, je vais lui faire bouffer ses couilles, je vais lui en mettre profond jusqu'aux couilles, je le tiens par les couilles, etc. »

À partir de quelle somme d'argent annuelle existe-t-on ? Simon se souvenait très bien d'une conversation avec un chauffeur de taxi parisien lui affirmant qu'il fallait vingt mille francs pour gagner correctement sa vie. Dans la vie normale, la plupart des gens s'accordaient sur cette somme. Dès qu'un homme gagnait trente ou quarante mille francs, il était riche et on l'enviait ou le méprisait pour cela. Dès qu'on travaillait dans la finance, ces mêmes salaires devenaient des indices d'échec. Et au fur et à mesure qu'on évoluait dans l'échelle sociale de l'argent, le niveau d'échec montait : cent mille, deux cent mille, trois cent mille. Il fallait passer en dollars, sinon les sommes devenaient trop longues à prononcer. Et il fallait également quitter la banque pour rejoindre les fonds d'investissement, avec des gérants qui, se saisissant arbitrairement de vingt pour cent des profits générés, gagnaient des sommes défiant l'entendement : cinquante, cent, deux cents millions de dollars par an ! Jusqu'à un milliard ! Un milliard de dollars pour placer l'argent des clients sur des actions montantes !

Heureusement, personne ne le savait. Les milieux de la finance restaient discrets sur leurs émoluments, alors même que de plus en plus de jeunes diplômés affluaient sur les marchés. Le chauffeur de taxi conduisait tranquillement, le professeur tentait de transmettre des connaissances, le médecin de soigner et le chercheur… en fait, le chercheur en mathématiques commençait à hésiter. Les jeunes thésards de la théorie des jeux se rendaient compte qu'ils pourraient gagner dix fois, cent fois ou mille fois plus sur les marchés. Et ils avaient beau aimer les mathématiques, vanter la liberté absolue de la recherche, l'énorme et sombre vitalité qui émanait des marchés de Londres ou de New York exerçait sa terrible séduction. Avant tout celle de l'argent mais aussi de ses corollaires plus avouables : le jeu grandeur nature, avec toute l'intensité du plus grand casino du monde, la compétition, l'exigence de résultats, l'action, le stress… une sorte de défi lancé à leur jeunesse. Et comme le flux commençait à grossir, comme ils entendaient parler d'autres ingénieurs, d'autres chercheurs, d'amis, de connaissances qui frappaient à la porte des banques, l'idée cheminait peu à peu, souterrainement, se répandait comme une onde et en emportait de plus en plus. L'argent les prenait, par mimétisme, et ils se détachaient de leurs pays d'origine, ils partaient à Londres ou à Tokyo, plus rarement aux États-Unis, menant une vie d'expatriés, vivant dans une bulle d'argent, ignorant tout du chauffeur de taxi parisien. Oui, c'était bien ce qu'on avait dit à

Simon : les banques avalaient les cerveaux de toute la planète. Mais elles les transformaient, parce qu'elles les faisaient évoluer dans une bulle inédite, indépendante de la vie du pays, dans laquelle tous parlaient anglais, se déplaçant avec une facilité ahurissante, presque aussi vite que les fonds s'attachaient à une zone régionale avant de fuir au moindre problème. Ils étaient ivres de cette existence de stress, d'objectifs et de bonus, par ailleurs tout entière vouée au divertissement. Simon le voyait bien. Avec Matt, ils sortaient souvent : à partir d'une certaine catégorie, les restaurants étaient très bons à Londres, bien meilleurs que dans les années 1980, parce qu'ils avaient dû s'adapter aux exigences des jeunes nababs, en particulier les Français aux palais exercés qui étaient déjà plus de trois cent mille dans la ville, avec les métiers les plus divers. Ces lieux élégants étaient aussi devenus très chers, à mesure que les prix de l'immobilier explosaient – les salaires des banquiers ayant engendré une inflation qui reléguait les Anglais des autres professions dans les banlieues lointaines, pour des trajets épuisants dans des trains aux tarifs prohibitifs et toujours en retard. Simon et Matt réservaient par tablées de huit ou dix, tous banquiers, tous âgés de moins de trente ans, et ils dépensaient le plus possible. Ils arrivaient en Ferrari, Porsche ou Mercedes, qu'ils abandonnaient nonchalamment au voiturier, ils entraient comme des seigneurs, payaient comme des porcs et allaient ensuite dans les boîtes de nuit où ils buvaient au-delà de toute mesure. Tendus par le stress de la journée, emplis d'eux-mêmes et de leur image, qui s'alimentait d'argent et de résultats, les détruisant lorsqu'ils n'en avaient pas, ce qui était assez souvent le cas en cette année 1998 où les crises asiatiques puis russes faisaient chuter les marchés, ils avaient besoin de dépenses extrêmes, financières et physiques. Ils avaient besoin d'exprimer l'ivresse.

Le monde tournait ainsi. Il fallait des capitaux énormes pour tous les pays en développement et, quant aux pays déjà développés, ils étaient pris d'une outrance de consommation qui s'alimentait à la dette. Les salaires étaient faibles, l'offre immense : tout le monde achetait à crédit. Le monde entier était sous perfusion de crédit, sans rien pour payer d'ailleurs, mais cela ne changeait rien, il fallait que la roue tourne et tourne encore, jusqu'à ce que tout explose. Et les gens qui étaient au cœur du crédit vibraient du mouvement de la roue, saisis d'une frénésie d'autant plus ivre que dans l'univers des courtes vues et des grosses fortunes tout pouvait s'écrouler du jour au lendemain.

Combien ? À partir de quelle somme pouvait-on se sentir indestructible ? À partir de quand l'orgueil de la démesure pouvait-il vous saisir ?

Lorsqu'il rentrait en France, Simon était un polytechnicien qui travaillait chez Kelmann. Son parcours semblait formidable. On le considérait avec respect, peut-être en se demandant comment cet idiot avait bien pu faire, mais en tout cas sans le paternalisme ou l'humiliant mépris qu'il avait connu toute sa vie. Dans la profession, il était un jeune *quant*, ce qui était nettement moins admirable. Mais en même temps, lors des dîners avec Matt, il ne se sentait pas aussi décalé qu'avant. Bénéficiant du léger relâchement des hiérarchies perceptible dans les soirées, il avait l'impression d'appartenir à ce monde, bien que d'une essence plus diaphane et fragile que les autres, double fantomatique de leur appétit d'être et d'argent. Les réflexes, les conversations, les vêtements lui étaient familiers. Il faisait partie de ces gens-là. Certes, il venait en métro ou en taxi et ne possédait pas de Ferrari mais il était bien des leurs. Il était passé de l'autre côté.

Sans doute ne serait-il jamais sorti autant sans Matt. Celui-ci était un merveilleux trader – le sourire éclatant, l'agressivité, l'affirmation virile. Il connaissait tout le monde à Londres. Ses amis venaient de Merrill Lynch, Kelmann, Lehman, Socgen, Deutsche Bank, de quelques fonds aussi, et aucune grande soirée ne se faisait sans lui. Il avait fait son trou, c'était clair. Son énergie était inépuisable. Il pouvait sortir toute la nuit, intimidant les plus résistants. Son succès avec les filles était presque aussi impressionnant qu'à Paris : les jeunes blondes, souriantes, anonymes et uniformes se pressaient dans ses bras. *Presque* aussi impressionnant ? C'était seulement parce que Londres était une ville sans femmes. Les banquiers étaient en majorité des hommes et les femmes intelligentes et dures qui faisaient carrière à Londres effrayaient trop Matt pour qu'il tente de les séduire. Mais les serveuses, les stagiaires, les amies des banquières, les étudiantes étrangères venues parfaire leur anglais à la London School of Economics étaient des proies idéales pour le trader à la langue pendante. Il ne lui manquait que la Ferrari.

Pourquoi ne l'achetait-il pas ? Pour un simple détail. Matt ne gagnait pas un sou. C'était un trader sans trading. Il connaissait tout le monde, épousait idéalement le milieu, dont il possédait le langage, les réflexes financiers ou les vêtements, mais il ne faisait rien. D'où son énergie inépuisable. Il disait qu'il travaillait pour un petit fonds, Saniak, qui existait effectivement et qui s'adressait à des investisseurs russes, un fonds tout à fait opaque dont personne ne connaissait les gérants, ce qui offrait une couverture idéale à Matt. Celui-ci n'avait aucune peine à mentir, le mensonge lui était aussi naturel que la vérité. Quelle était la différence entre les deux ? Un effet de langage tout au plus. Matt n'avait sans doute même pas le sentiment de mentir : il enfilait son emploi comme un pull neuf. Il avait besoin de ce fonds pour exister aux yeux des autres, donc ce fonds l'employait. Et de toute façon, il ne trouverait un emploi que s'il en avait déjà un. On ne prête qu'aux riches. Cette merveilleuse fluidité de la mythomanie, Matt la possédait parfaitement, traversant les poreuses frontières du vrai et du faux. Dans les boîtes de nuit, il expliquait qu'il travaillait dur et qu'il gagnait beaucoup d'argent, avec un air franc et sympathique qui lui attirait tous les suffrages. Il n'était pas prétentieux, juste sûr de lui. Simon n'y faisait plus attention, alors même qu'il payait le loyer, le reste des dépenses de son ami étant couvert par ses économies parisiennes et des subventions parentales.

Cette inactivité restait mystérieuse. Certes, Matt n'avait pas fait d'études et il n'avait aucune expérience, ce qui pouvait sembler gênant. Mais pour des raisons culturelles propres à l'Angleterre, plus souple que la France, le milieu bancaire possédait une certaine ouverture aux profils différents et très motivés, de sorte que beaucoup de littéraires travaillaient à la City. On rencontrait aussi des exemples de secrétaires ou de serveurs qui avaient fini par trouver de bons emplois et on rappelait souvent qu'à l'origine, les traders n'étaient jamais que les gars de la criée, à la Bourse. Et il était vrai que juste avant les années 1980, des stewards, des acteurs au chômage, des fils de famille sans diplôme mais avec de bonnes manières avaient investi la banque et avaient fait de l'argent, à une époque où la finance, avant la déréglementation, était seulement une activité ennuyeuse. Cette période était révolue mais une mince ouverture subsistait. Et Matt n'en profitait pas. Son bagout, ses mensonges, ses amitiés d'un soir lui permettaient d'obtenir des entretiens mais il n'était jamais rappelé. Il affirmait toujours avoir été très bon mais quelque chose gênait en lui, quelque chose qu'il ne parvenait pas à expliquer et qui commençait à le miner, une intime et essentielle différence dont il ignorait le sens et qui faisait qu'il n'était jamais pris, quand d'autres, qu'il jugeait mornes, plats et stupides, étaient engagés. Il arrivait plus tendu aux entretiens et donc plus arrogant. Arc-bouté contre l'humiliation à venir, il bombait le torse, devenait raide et cassant, perdant son plus grand atout : la séduction. Mais de toute façon, même son sourire et son allant des premiers entretiens ne l'avaient pas aidé. Il ne plaisait pas. Affreuse découverte pour un séducteur.

Pourquoi échouait-il ? Parce que son profil était

atypique, parce que ses connaissances en finance étaient limitées, même s'il pouvait faire illusion dans les conversations, et surtout parce qu'il y avait ce *quelque chose*. Cet élément sans nom.

— Je ne comprends pas, dit-il un jour à Simon. Je suis bon, je suis un trader-né. Je sens le marché et j'ai le sang-froid d'un tueur. Je suis capable de faire des performances comme ils n'en ont jamais connu. Je le sais, j'en suis sûr. Et ils ne me prennent pas. Ce sont des cons. D'énormes cons. Parce qu'il y a un truc qui ne leur revient pas.

— Quel truc ?

— Je ne sais pas ce que c'est. C'est ça le problème. Et évidemment ils ne le disent jamais. Hypocrites comme pas un. Sinon, ce serait trop facile. Là, je me coltine le problème, le *quelque chose*, d'entretien en entretien, sans jamais pouvoir le résoudre. Il faudrait que j'aille les voir, et que je leur souffle dans la gueule : « Qu'est-ce que j'ai ? Pourquoi tu ne me prends pas, connard ? Qu'est-ce qui ne va pas chez moi ? »

— Il ne vaudrait mieux pas. C'est un petit milieu. Tu te ferais ficher.

— C'est pathétique ! déclara Matt en se levant et en se prenant la tête dans les mains. Soupirer après l'avis de ces minables qui me refusent parce que je ne suis pas un minable comme eux !

Simon rentra un week-end à Paris pour l'anniversaire d'un ancien collègue du laboratoire, Nicolas. Depuis la soirée dans l'appartement aux terrasses, ils étaient devenus assez amis. L'anniversaire était une occasion de se revoir. Simon débarqua de l'Eurostar et prit un taxi pour se rendre chez Nicolas, qui habitait un petit appartement de deux pièces dans le 19ᵉ arrondissement. L'escalier étroit, vétuste, le gêna. L'éclatante et moelleuse blancheur de son appartement londonien lui revint en mémoire. Il sonna et se retrouva face à… Julie, la fille qui était sortie avec Matthieu sur les toits de l'appartement. Elle lui sourit, il demeura interloqué.

— Surpris ? dit-elle. Eh oui, j'habite ici, avec Nicolas.

Gênée par cette rencontre, rappel d'une escapade amoureuse, elle remuait nerveusement la tête. Mais Nicolas arrivait, le sourire large, en baskets et en jean.

— Oulah ! Encore habillé en trader ! dit-il en détaillant le costume de Simon. Attention, ce n'est pas le genre de la maison, ajouta-t-il en souriant, il va falloir tomber la veste.

— Pas de problème, dit Simon en se dévêtant.

— Tu connais Julie, non ? déclara-t-il d'un air satisfait en serrant l'épaule de son amie. Elle s'est installée ici. C'est ma fée !

Simon trouva stupide cette dernière remarque. Il pénétra dans une pièce mansardée, totalement dépourvue de charme. Cinq ou six personnes s'y trouvaient déjà, dont deux que Simon connaissait du laboratoire. Nicolas fit les présentations. Tous notèrent son costume de marque.

Simon aurait voulu leur dire, dans un discours maladroit et plaintif : « Ne vous inquiétez pas, je suis comme vous, je suis même pire que vous, je n'aspire pas à l'argent ou au pouvoir, j'aspire beaucoup moins que vous à la reconnaissance et je ne me battrai

213

jamais pour des postes de recherche ou des chaires à l'université. J'ai vécu des années terré dans une chambre, effrayé par la vie comme un enfant malade, et toujours je resterai cet enfant. Ne me regardez pas ainsi. Ce n'est que par un hasard de la destinée que je suis passé dans cet univers d'argent, où d'ailleurs je ne suis qu'une sorte de fantôme et c'est vraiment à tort que vous me considérez ainsi. Cette attitude ne vous honore pas, elle ne témoigne que de votre petitesse, votre mesquinerie. Je ne demande qu'à m'entendre avec vous, pour le bienfait de cet anniversaire. S'il vous plaît. »

— Pardonnez-moi, je viens de Londres, je n'ai pas eu le temps de me changer, déclara-t-il plus raisonnablement.

— De Londres ? Monsieur travaille dans la finance ? demanda l'un.

— Monsieur a été attiré par le veau d'or ? plaisanta un autre, d'un ton curieux, à la fois rieur et plein de fiel.

— Non, c'est juste que j'aimais la sauce à la menthe et la bière tiède, répliqua pauvrement Simon.

Tout le monde eut la politesse de rire. Ainsi réconciliés sur le dos des Anglais, le champagne circula entre eux. Julie servit les coupes et Simon ne put s'empêcher de considérer avec une pointe amère au creux du ventre cette main blanche et fine, aux ongles élégants, qui lui paraissait depuis le premier jour le fragment suprême de la beauté. Ainsi, elle avait choisi Nicolas… Une nuit avec Matthieu, une vie avec Nicolas. Ils semblaient bien s'entendre. Simon songea tristement – et avec d'autant plus de sincérité qu'il ne

214

la connaissait pas du tout – que Julie était la femme rêvée. Jolie, agréable, assez drôle.

— Tu as passé ta licence de mathématiques, finalement ? demanda-t-il.

— Tu te souviens de ça ? Je me sens honorée. Oui, je l'ai eue et j'ai même passé le CAPES, j'enseigne maintenant dans un collège à Aulnay-sous-Bois.

Simon sentit qu'il fallait poser une question mais il ignorait laquelle. Au hasard, il tenta :

— Ce n'est pas trop dur ?

Elle sourit.

— Disons que ce n'est pas facile. Mais c'est une telle satisfaction de faire travailler les gamins !

Si l'on se lançait sur le thème de l'enseignement, la conversation allait devenir redoutable. Par miracle, Julie sembla s'ennuyer à l'avance et proposa de passer à table. La nappe dissimulait un grand plateau de bois qui devait être le bureau de Nicolas. Deux chaises étaient branlantes.

Les invités étaient des collègues de Nicolas, de Julie et deux amis, un comédien et un homme d'affaires. Le comédien parlait beaucoup et maintenait un certain entrain que les deux collègues de Julie atténuaient, manifestement fatigués par leur semaine au collège.

— Que fais-tu dans la vie ? demanda Simon à l'homme d'affaires.

— Je vends des logiciels, répondit celui-ci en mâchant un poulet au citron dégouttant de sauce.

— Des logiciels de quoi ?

— C'est pour les banques. La finance de marché.

— Ah ? Je connais bien. J'y travaille, répliqua Simon.

— J'avais compris, dit l'autre, mâchant toujours. Avec mon associé, on démarche des banques. On a des propositions intéressantes mais pas suffisantes.

— Pour acheter tes logiciels ?

— En fait, il s'agit d'un logiciel, très performant. Vraiment très très performant. Il a été mis au point à Stanford, dans un laboratoire très pointu où était employé mon associé. C'est le logiciel financier le plus performant qui ait jamais été créé.

— Et vous le vendez combien ?

— Dix millions de dollars.

— Dix millions de dollars pour un logiciel ? s'étrangla Simon.

Il allait poursuivre lorsqu'il surprit les regards gênés de Julie et Nicolas.

— C'est un bon prix, continua l'autre. Les banques gagneront des milliards avec ça. Les traders ne pourront plus s'en passer.

— Il existe beaucoup de logiciels de ce genre. Moi-même, mon rôle consiste à élaborer des modèles statistiques pour les traders…

— Ah oui ? dit l'homme en le considérant d'un œil vide mais avec un grand sourire. On est donc concurrents.

Comme on les observait avec un air de plus en plus gêné, Simon ne répliqua plus. Mais le grand homme d'affaires était lancé. Il commença à vanter les mérites de son logiciel. Au fur et à mesure que ce dernier parlait, Simon se rendait compte qu'il ignorait presque tout de la finance et que sous un vernis de vocabulaire technique et de termes anglais, son discours était absurde. Ces logiciels existaient par milliers et ils n'avaient pas d'autre fonction que d'aider les traders dans leurs choix. En évaluer le prix à dix millions de dollars était tout simplement insensé. Il se retourna vers Nicolas, qui écoutait poliment, comme on laisserait parler un enfant. Celui-ci lui fit un signe désolé. Les autres considéraient le beau parleur avec circonspection. Julie, quant à elle, rougissait et contemplait son assiette.

— Nous sommes amis depuis le lycée, dit-elle soudain en relevant le regard vers l'homme d'affaires. Matthieu est un être imaginatif – elle souligna le terme de la voix – et j'espère que ce projet se concrétisera.

— Je l'espère aussi, dit Simon, qui remarqua pour la première fois que l'homme portait le même prénom que son ami.

Un menteur ou un fou. Probablement pas un escroc car il n'était capable de tromper personne dans le milieu. Juste un être égaré dans les rêves et les mots. « … Franchement, c'est l'outil idéal pour un trader. Aucun risk-manager ne pourra s'en passer, ils le conseilleront à toutes les équipes… » Le plus étonnant était que rien chez Simon ne l'inquiétait. Alors même qu'il aurait dû se taire en face d'un ingénieur financier, l'inévitable ridicule ne l'arrêtait en rien. Il pérorait, l'œil toujours vide et le verbe facile, comme un comédien inspiré mais vain, s'engouffrant dans son rêve éveillé, en funambule de l'illusion. « Un ensemble complexe d'algorithmes, étudiant les corrélations…

En somme, même la volatilité peut être résolue par notre logiciel… »

L'homme soudain lui apparut dans sa misérable condition : un pauvre étudiant mal grandi, bousculé dans ses rêves, tout entier détruit par le besoin absolu et dérisoire d'exister, même au prix des mensonges, image pathétique des démons du désir qui s'étaient emparés de ses contemporains, tournant et sanglotant dans leur appétit d'être, comme un immense cri jeté dans le bleu glacé du ciel.

— C'est très intéressant, le coupa soudain Simon. En fait, vous devriez tenter quinze millions.

Le regard du mythomane s'éclaira.

On l'avait compris.

17.

Lev était inquiet. La crise était plus forte que prévue et son petit empire pétrolier vacillait. À vrai dire, il était déjà étonnant que la Russie ait tenu si longtemps depuis la transition, avec un État en déshérence, une économie en panne et des habitants perdus. Le pays avait certes survécu au traitement de choc du gouvernement Gaïdar, malgré des manques plus tragiques que sous la période soviétique, et les produits de base étaient revenus dans les magasins. Mais l'État avait du mal à rétribuer les fonctionnaires et certains, désormais, ne recevaient plus rien. Le traitement d'Elena était suspendu depuis un an. Résultat logique d'une fiscalité en ruines, puisque les entreprises comme les particuliers ne payaient plus les impôts qu'avec d'extrêmes difficultés. On estimait que la moitié des recettes n'était pas perçue. Dans des zones importantes du pays, le troc remplaçait l'argent et certaines sociétés rémunéraient leurs employés en nature, à charge pour eux de vendre les produits.

ELK était pris en tenailles entre la chute du cours du pétrole et la crise du crédit qui affectait les banques. Plusieurs d'entre elles avaient été liquidées et certains oligarques étaient totalement ruinés. Ce n'était pas le cas de Lev car même si ses réserves de roubles ne valaient plus rien, ses investissements en dollars placés pour partie dans un fonds à Londres nommé Saniak et pour le reste dans divers paradis fiscaux étaient florissants. Cela dit, sa fortune personnelle, pour importante qu'elle soit, était sans commune mesure avec la valeur d'ELK et si l'entreprise faisait faillite, il n'était plus rien. On ne bâtissait pas du jour au lendemain un empire pétrolier sans des investissements majeurs. Les dettes de Lev étaient énormes. Or, l'assèchement du crédit, suite aux faillites bancaires, l'acculait. Il pouvait encore payer les salaires pendant deux mois, mais ensuite...

Eltsine aurait pu l'aider. Avec son influence, il aurait pu trouver de l'argent. Mais qu'était devenu le président désormais ? Un vieil homme malade, avec des accès d'autoritarisme, barricadé sur ses intérêts propres et aveuglé par les oligarques de son entourage, ceux qu'on appelait les boyards, au nombre de sept, comme les sept seigneurs du Temps des Troubles, au XVIIe siècle. Ils l'avaient soutenu au moment de la réélection de 1996, quand tout était perdu, quand tous les sondages annonçaient la victoire des communistes, ce qu'aucun oligarque, bien entendu, ne pouvait accepter. Les sept oligarques – Berezovsky avait déclaré : « la moitié de l'économie russe » – avaient alors fait accord avec la Famille, l'entourage immédiat d'Eltsine. Ils contrôlaient les matières premières, les banques, les médias. Soit toutes les puissances du pays. Ils avaient remis de l'argent dans l'économie, ils avaient fait tonner les médias, ils avaient multiplié les « cadeaux » et le bruit courait que les fraudes avaient été nombreuses. Toute l'énergie incroyable et sans scrupules qui leur avait fait bâtir des empires, ils l'avaient mise au service d'un homme perdu.

Et cet homme avait gagné. Ils s'en étaient servis comme d'une marionnette, agitant sa carcasse épaisse, à la fois impopulaire et charismatique, devant les foules et le héros de 1991, dressé sur son char, avait été réélu, assurant la puissance aux sept marionnettistes, hilares derrière leur paravent. Parmi les Sept se trouvait Litvinov. Et Lev n'en faisait pas partie.

En un sens, son absence était naturelle. Il n'avait ni le pouvoir ni la richesse des Sept. Et il n'avait aucune influence sur les médias. Mais dans la course qui s'était engagée entre les oligarques depuis la transition, cette absence signait aussi sa défaite. La richesse nourrissait la richesse. Le retrait, le retard se payaient cher. Au moment des difficultés, quel allié Lev pouvait-il trouver ? Les Sept étaient en position de force et si l'on sauvait les banques, on sauverait les leurs. Et leurs entreprises bénéficieraient de tous les avantages.

Le moment était dangereux. Le destin balançait et Lev en était parfaitement conscient. Une partie s'engageait dont allait dépendre tout son avenir. Et il ne maîtrisait pas toutes les cartes puisque son sort était également lié à celui du pays. Comme d'habitude depuis la transition, il accompagnait l'Histoire, rouage économique et social de la grande machine, profitant des failles et des hasards de la mécanique à demi aveugle pour s'aventurer et élever sa taille d'homme, à la merci du premier revers. Pour l'instant, il n'avait pas été fauché. Sans illusion sur son rôle propre, Lev estimait néanmoins qu'il avait été là où il fallait, en sachant en tirer avantage, avec un peu d'intelligence et beaucoup d'énergie. Même s'il doutait souvent de sa marge réelle de décision, il n'en était pas moins Lev Kravchenko, milliardaire russe, image de la puissance et de la richesse. Et cela, même s'il était plus conscient qu'un autre des lézardes de la statue et de son caractère à la fois éphémère et mensonger.

Ce soir-là, il rentra tard chez lui. Les grandes grilles s'ouvrirent devant la voiture, actionnées par le gardien à l'auguste déférence, inaugurant le pesant cérémonial de ses soirées. Lev monta les marches, sa sacoche à la main, avec ce pas de plus en plus lourd qu'il avait lui-même remarqué.

Pourtant, le cérémonial fut inhabituel. Elena n'apparut pas. Le hall était vide. Grand, froid, ce qui était normal, et vide.

— Ma femme n'est pas là ? demanda-t-il.

— Elle est partie, monsieur. Avec les deux enfants.

Où avait-elle bien pu aller à cette heure ?

Il est vrai que leur relation s'était dégradée depuis l'affaire Riabine. Pourtant, lorsqu'il lui avait affirmé refuser la voie de la violence, elle l'avait cru. Tout son corps avait semblé s'affaisser, comme épuisé d'avoir soutenu un poids immense.

— Tu as été courageux, Lev. Tu as refusé la peur. Tu es comme autrefois.

Il avait fermé les yeux et il l'avait embrassée. Il n'éprouvait aucune culpabilité devant son mensonge, parce qu'il voulait sauver son couple mais aussi parce que les mots n'avaient plus, depuis longtemps, le même sens pour lui que pour elle. Les mots d'Elena recouvraient des réalités auxquelles elle croyait, même à tort, ceux de Lev étaient des armes, destinés à convaincre, à séduire, à obtenir. L'objectif était de l'apaiser, il y était parvenu. Ils avaient fait l'amour avec une passion un peu exagérée. Ce jeu ne lui déplaisait pas, alors qu'au fond il n'avait plus assez d'innocence pour ces démonstrations, ces caresses, ces regards d'engagement. Ce n'était pas qu'il n'aimait plus sa femme, pas du tout, c'était simplement – et tragiquement – qu'il était trop enfermé en lui-même pour communiquer ses sentiments et les montrer. On ne s'érige pas en statue sans dommage – le tragique de Lev était d'avoir perdu le contact avec le monde et même s'il y avait gagné un destin, sa défaite en tant qu'homme était irrémédiable.

Le lendemain, au réveil, les phrases avaient encore coulé, légères et heureuses. Et puis il y avait eu cette question :

— Mais que va-t-il devenir, ce Riabine ? C'est Lie-kom qui va le reprendre ?

Lev pouvait mentir mais Elena pourrait par la suite vérifier. Et il était presque sûr qu'elle le ferait.

— Certainement pas. Nous lui ferons une meilleure proposition.

— Tu as dit toi-même qu'il était très attaché à sa terre.

— Oui, avait répondu Lev d'un ton apaisant. Mais il n'est pas stupide. Je vais lui faire une offre très avantageuse. Je vais me ruiner, avait-il ajouté en riant, mais j'aurai cette terre.

Sans doute Elena avait-elle trouvé que son rire sonnait faux. En tout cas, elle avait glissé du lit, enfilé ses pantoufles et était sortie sans un mot. Et plus tard, à chaque fois qu'il essaya de retrouver l'harmonie de la veille, ce fut en vain, parce que sa femme, de son regard inquisiteur, tentait de le percer à jour. Une paroi de verre translucide s'éleva entre eux, déformant les visions et assourdissant les sons. Le doute. Les conversations étaient lourdes, dénuées d'intérêt, toute vivacité emportée. Juste des mots qui signalaient le malaise. Elena se demandait ce que Lev avait fait à Riabine et par là même, bien sûr, ce qu'il avait fait de lui-même, car elle pensait que son âme était en balance. Son âme ! Belle idée ! Oui, Riabine s'était incliné, bien entendu, et d'après le lutteur, il avait à peine fallu le secouer. Il avait signé et il était parti. Dans l'heure. En emportant son chèque. Il devait être aux Bahamas maintenant et il le remerciait, allongé sur le sable au bord de la mer, sa famille muette et blanchâtre bronzant et mangeant au soleil, loin de la Sibérie glacée. Pourquoi s'attacher à cette terre boueuse puisqu'il pouvait être riche ? Si on l'avait secoué, c'était pour son bien. Et ELK avait gagné un gisement intéressant, ce qui, en cette période difficile, n'était pas à négliger.

Pourquoi le palais était-il aussi désert ?

Lev ouvrit la porte de la penderie. Robes et manteaux emportés faisaient un grand vide. Il vérifia les armoires des enfants : la moitié des vêtements manquait.

Il chercha un mot, un signe. Rien. Elle n'avait rien laissé. N'expliquait rien. Mais quel besoin y avait-il d'expliquer ? Elle avait appris la vérité sur Riabine. Comment ? Parce qu'elle connaissait tout le monde dans la ville et parce qu'à travers les interstices poreux du mensonge, tout finit par se savoir.

Lev s'assit dans le salon. L'immensité en était comique. Au fil des années, il s'était habitué à cet environnement mais seul désormais, ces énormes pièces aux proportions anachroniques retrouvaient le dérisoire des premiers temps, ce sentiment de farce qui avait poussé Lev à acheter ce palais des princes déchus.

Lev comprenait la réaction de sa femme. Il n'éprouvait aucune colère, aucun chagrin non plus. Les choses étaient comme cela, voilà tout. Il avait joué, il avait perdu. Il avait tâché d'arranger au mieux la situation et de monter un mensonge adapté, qui avait finalement été découvert. Mais il n'avait pas le choix. Le gisement de Riabine était nécessaire. Et la crise le confirmait. Il ne pouvait donner aucun signe de faiblesse.

Lev était désormais seul et il avait beau justifier sa position par toutes les raisons du monde, il ne pourrait rien changer au fait que l'unique femme qu'il avait aimée venait de le quitter, pour sa lâcheté et sa corruption. Et dans un monde de prédateurs, Lev ne tenait que par le combat et la victoire. Le départ de sa femme et de ses enfants l'affaiblissait. À un moment aussi dangereux pour lui, ce premier abandon était mauvais. Il allait se battre, comme toujours. Il allait tenter de récupérer sa femme, même si ses chances étaient minces. Il allait essayer de sauver son entreprise. Le combat, toujours.

Mais en ce moment hors du temps et des luttes, sur un canapé blanc dans un palais désert, Lev ne songeait pas au combat. Tout ce qui n'avait pas été durci en lui, toute la faiblesse et la fragilité des hommes, fléchissait. Et la question montait, éternelle : « À quoi bon ? »

Il demeura là plusieurs heures, jusque tard dans la nuit. Aucune réponse ne s'offrait à lui. Soudain, il se redressa. Il fit quelques pas dans le salon, alla chercher sa sacoche dans une pièce voisine et en sortit un agenda. Il prit le téléphone, composa un numéro. On décrocha. Il dit quelques mots.

La voix chaude, ensommeillée, s'éleva :

— Conseiller Kravchenko ? Vous appelez bien tard...

Il s'excusa.

— La fatigue, n'est-ce pas ? Je vous l'avais bien dit, voilà longtemps, à cette soirée si remarquable. Elle finit toujours par tomber sur les épaules des combattants.

— J'aimerais en être débarrassé, dit Lev.

La femme rit. Il se souvint de son expression gourmande lorsqu'elle riait.

— Je l'espérais, conseiller. J'ai souvent pensé à vous, je regrettais que vous ne soyez pas venu.

— Je suis là, dit Lev.

— Pas tout à fait. Venez vraiment, conseiller. Je vous attends. La nuit est encore longue.

18.

Un soir, après un entretien, Matt rentra très découragé.

— Ça n'a pas marché ? demanda Simon.

Matt secoua la tête puis s'écrasa dans le canapé où il resta prostré pendant une heure.

Simon préparait des pâtes à la cuisine – l'essentiel de leur alimentation, accompagnées de salades – lorsqu'un bruit lui parvint du salon.

— Le problème, ce n'est pas le boulot, disait Matt, la voix monocorde, les yeux dans le vide, s'adressant à un public indéfini. Je m'en fous du boulot. Je n'ai pas envie de travailler pour quelqu'un, je déteste le salariat, je déteste les hiérarchies et je me fous des banques. Elles ne servent qu'à pomper le fric, elles sont nuisibles. Non, ce que je veux, c'est l'argent. Et je t'assure que je n'aime pas l'argent en soi, je n'ai aucune admiration pour ceux qui en gagnent et je méprise ceux qui l'adorent. Je ne suis pas comme ça. Mais j'en veux, j'en ai besoin. Parce que je ne peux pas rester à vivre à tes crochets.

Simon s'approcha de son ami en esquissant un geste de protestation qui ne fut même pas aperçu.

— Je ne peux tout de même pas répéter pendant quinze ans que je bosse pour un fonds sans jamais y avoir mis les pieds, continua Matt. Et puis je suis sûr que ce sera pour chacun une question de survie, dans quelques années, peut-être dans dix ou vingt ans. Je suis sûr que tout va exploser. Ces sociétés, ces systèmes sociaux. Et seul l'argent nous protégera. L'Occident vit sur des mythes. La sécurité, la retraite, les allocations-chômage… Tout ce truc ne tiendra pas. Les caisses sont vides, mon gars. Les caisses sont vides. Les États nous bourrent le mou en disant qu'on est dans une période de croissance. Regarde les crises asiatiques, regarde la Russie : tout explose. Et ce sera la même chose pour nous. Ce n'est qu'une embellie fondée sur les déficits. C'est de la dette, tout ça. Tout le monde vit à crédit, les Américains ne font qu'emprunter et les Européens creusent des abîmes pour leur sécurité sociale et tous leurs trucs de feignants. Tu peux me croire : tout va exploser. L'État, partout, va se déliter, parce qu'il n'y aura plus d'argent, parce que les entreprises, les mafias deviennent plus fortes que lui, parce que les flux d'argent qui lui échappent sont de plus en plus importants. L'argent tourne par milliers de milliards dans les Bourses, et qui sait d'où il vient ? Qui peut faire le tri entre la spéculation, le blanchiment et les bénéfices des industries ? Quand l'argent tourne dans les Émirats, qui dira s'il vient du trafic de putes, de la drogue, de la vente d'armes, ou des tranquilles livraisons de Ferrari ? Le monde est une gigantesque lessiveuse. L'argent coule à flots au bénéfice de quelques-uns et tout est organisé pour que cela continue. Je te dis que la catastrophe enfle. Toutes

228

les conditions sont réunies et cela viendra. Il y aura des petites crises, des grandes crises et puis tout d'un coup tout pétera et la Tour s'écroulera. Comme Babel mais ce sera le Jugement dernier. Des fantômes erreront dans les rues pour annoncer la fin du monde. Toutes les murailles sauteront, l'Apocalypse écrasera son poing d'acier. Bien entendu, tu me prends pour un fou mais c'est parce que je dis vrai. Tout va s'écrouler. Les États ruinés vont assurer le service minimum, ils ne seront plus qu'une façade avec de grands mots, des gesticulations et rien derrière. Jusqu'au moment où ils ne pourront même plus jouer les fiers-à-bras. Ils ne paieront plus leurs fonctionnaires, tout se délitera, les services publics d'abord, l'école, puis la justice et l'armée et enfin la police. Et alors les rues seront livrées aux bandes. Je le vois. Ce n'est pas une hypothèse, je le vois. Les frontières sauteront et les migrants arriveront par millions, pour profiter d'une prospérité qui déjà n'existera plus. Et c'est alors que seul régnera l'argent. Nous ne vivons que de petits échauffements. Tout aura une bien autre ampleur. Pourquoi les Russes nous semblent-ils si assoiffés d'or ? Parce qu'ils n'ont pas le choix. Parce que sans l'or ils meurent. L'argent, Simon, nous sauvera dans cette période. Nous aurons des milices privées, nous vivrons dans des ghettos de riches avec des armées aux portes. Le cours du monde est fait pour que les riches deviennent plus riches et les pauvres plus pauvres et pour que les classes moyennes explosent. Et ce sont les classes moyennes qui font les démocraties libérales bien tranquilles. Les riches et les pauvres font les combats.

Matt s'exprimait de plus en plus fiévreusement.

— Ils me repoussent. Tous, ils me repoussent. Parce que je n'ai pas fait d'études, parce que j'ai l'air d'un branleur, parce que je tombe toutes les belles filles alors qu'ils ne se font que des thons. Parce qu'ils me trouvent toujours un truc qui ne va pas, qu'ils ne sentent pas. Mais je vais te dire, Simon, s'ils me repoussent, c'est parce que je *sais*. Je t'avais déjà dit qu'il fallait venir sous la pluie d'or et j'ai eu raison, au moins pour toi. Et ce que j'annonce maintenant se passera. Ce n'est qu'une question d'observation et de logique. À la recherche des mille petits signes, partout dans le monde, qui sont l'amorce de la chute. La Tour s'écroulera. Ils m'écartent, ils jouent les impassibles et les supérieurs mais je t'assure qu'ils riront moins lorsque les banques s'écrouleront après avoir creusé leur tombe. Le propre de ces imbéciles est de n'être que des techniciens, des nains qui ont gagné le pouvoir à la faveur d'une époque aveugle. Moi, je ne suis rien mais je *sais*. Ce n'est pas une question d'intelligence, du moins pas comme ils l'entendent, c'est une question de *vision*. Fais de l'argent, Simon, fais-en le plus possible, ne reste pas dans ton poste sous-payé, monte, grimpe, et touche la grosse galette. Et moi aussi, de mon côté, je ferai tout ce qui est possible pour gagner de l'argent. Pour me protéger, pour nous protéger. Parce qu'on est frères. Frères de sang depuis notre rencontre. On s'est échangé le sang, on s'échangera l'argent. Je ferai bâtir un domaine qui sera lui-même comme une Tour pour nous protéger, avec une milice, avec de hauts murs. Nous serons notre État, notre protection, notre utopie personnelle. Et pour cela, il nous faut beaucoup, beaucoup d'argent. Par

230

tous les moyens. Nous bâtirons une Tour de marbre et d'acier qui sera la sorcellerie du monde nouveau, imperméable aux crimes, aux violences et au malheur. Une Tour dressée contre l'Apocalypse, inexpugnable, si puissante que les vagues de la destruction se briseront contre elle. Oui, elles se briseront et nous demeurerons là, frères et jumeaux, avec toutes les femmes et tous les domestiques dont nous aurons besoin. Unis contre tous. Il nous faut cela, par tous les moyens.

Et tout d'un coup, comme il avait commencé, il se tut, ainsi qu'un homme ivre qui s'écroule soudain. Mais Matt n'était pas ivre, il était seulement désespéré – et son désespoir avait la puissance des plus grandes inspirations, comme un prophète terrassé par une vision qui le dépasse et l'engloutit. Il avait vu, il avait parlé. Ridicule et prophétique en même temps. Sans doute fou, rongé de mégalomanie, mais n'était-ce pas aussi pour ces faiblesses insanes que Simon l'aimait ?

Simon s'éloigna pour préparer la table. Il réchauffa les pâtes refroidies, fit mijoter dans une casserole une sauce à laquelle il ajouta des herbes de Provence, sortit une bouteille de vin rouge qu'il estimait nécessaire à la tristesse de son ami et disposa les plus belles assiettes et les plus beaux verres. C'était un dîner de fête, célébrant l'échec et l'Apocalypse annoncée en tâchant de s'en accommoder. Il fallait remettre Matt de son entretien et poursuivre la vie réelle, en marge des visions, des rêves et des folies intérieures.

Les cavaliers de l'Apocalypse mangèrent leurs pâtes en silence. Non parce qu'ils n'avaient rien à dire, simplement parce qu'ils étaient bien ainsi. Muets et amis. Ce fut un de leurs meilleurs dîners, sans doute pas aussi bon que chez Lemerre mais du moins débarrassé des encombrants Ruffle et des serveurs au nez cassé.

La compassion de Simon était d'autant plus remarquable qu'il avait alors beaucoup de soucis à la banque. Certes, la moquette blanche de l'escalier de la maison était belle et lorsqu'il sortait sur la place arborée, paisible, dans un de ses beaux costumes, il était toujours le gangster, mais ce n'était pas facile en ce moment d'être un gangster et il aurait préféré être un chercheur, comme autrefois.

Jusqu'à présent, il avait été un ingénieur consciencieux, alignant ses équations et faisant bien son travail. Zadie était satisfaite, ce qui était bien suffisant aux yeux de Simon, toujours admiratif devant son chef de *desk*. Mais il avait eu une initiative dangereuse : il avait pris un risque. Le mot magique, ce même mot qui servait à justifier tous les déséquilibres, appartenait désormais à son univers, à lui le centre de coûts, destiné justement à modéliser le risque, et donc à l'apprivoiser. Il s'était lancé dans le concept du prix idéal, qui s'apparentait au trésor au pied de l'arc-en-ciel. *Le prix idéal* : l'horizon de pensée du *quant* et au fond la raison de son besogneux travail. L'une des tâches principales de Simon était en effet d'aider les traders, par ses modélisations, à évaluer le prix de marché des produits. Mais pour les produits complexes dont il s'occupait, *pricer* n'avait rien d'évident.

Il n'avait pour l'instant accompli aucun coup d'éclat dans ce domaine. Ses modèles correspondaient à ceux des concurrents, dans d'autres banques, et il n'avait jamais permis aux traders du *desk* de faire une vraie différence. Et c'est alors que vint POL. Cet acronyme de produit dérivé, fondé sur un sous-jacent de pétrole, avait été créé par deux structureurs de Kelmann et s'était bien répandu. Un produit destiné à protéger les producteurs de pétrole contre les aléas du prix du baril, en chute libre en cette année 1998. Cela faisait un certain temps que Simon considérait ce produit avec attention. Et il avait beau y travailler, il n'était pas d'accord avec les autres *quants* : pour lui, le prix était surévalué, tout le monde restait sur une valeur inadéquate. Et même si le produit avait du succès, toutes les banques le vendaient et les bénéfices étaient maigres car répartis entre tous.

— Zadie, dit-il un jour timidement à sa chef, j'ai une proposition pour POL.

— Ah oui ? répondit-elle distraitement.

— Je pense qu'on devrait baisser le prix.

— Baisser le prix ? Tu plaisantes.

— Non, je le pense vraiment. À mon avis, on peut le vendre moins cher, le prix à terme sera inférieur à celui qu'on a évalué.

— Les traders l'ont évalué à partir des modèles des *quants*, répliqua Zadie d'un ton sec. On vous a suivis.

— Je n'ai pas participé à ces modèles. Mais j'ai fait une nouvelle maquette : à mon avis, les risques croisés ont été surestimés. Je pense vraiment qu'on peut baisser les prix.

— Tu sais ce que ça veut dire ? Si jamais on se

trompe de modélisation et qu'à la fin le prix est supérieur, on perd des millions.

— Je sais aussi que si on fixe un prix inférieur, on emporte tout le marché. Et pour le pétrole, même sur un seul produit comme POL, c'est du lourd.

— Tu es sûr de ton modèle ?

— On ne peut pas être sûr, tu le sais bien. Mais j'ai fait quelque chose de nouveau, dit Simon avec une nuance d'orgueil. Quelque chose qui n'a peut-être jamais été fait sur les marchés. Je n'ai pas seulement estimé la volatilité, j'ai aussi mesuré la volatilité de la volatilité.

— Qu'est-ce que tu racontes ?

Une lueur intriguée apparaissait dans les yeux de Zadie. La mathématicienne se réveillait.

— J'ai lu un article de recherche là-dessus, expliqua Simon. Ce n'est pas encore appliqué sur les marchés mais je suis sûr que c'est intéressant. On se contente de prendre en compte la volatilité, soit la mesure de l'ampleur des variations du cours. Mais cette volatilité, on peut elle-même la modéliser, on peut mesurer la volatilité de la volatilité.

Zadie hocha la tête.

— Un mouvement brownien ?

— Tout simplement, répondit Simon.

Zadie convoqua une réunion. Structureurs, *quants* et traders se retrouvèrent autour de la table. Elle reprit la proposition de Simon. Tous les *quants* se récrièrent. Ils étaient certains de leurs modèles. D'ailleurs tout le monde, sur le marché, proposait ce prix.

— Le problème n'est pas là, dit Simon d'une voix

fragile. À mon sens, tout le monde a surévalué les risques. Je sais que c'est très prétentieux mais…

— C'est en effet très prétentieux. Tu penses que tu es plus malin que tout le monde ?

— Pas du tout. Mais sur ce coup…

— Ça n'est pas un coup, c'est un travail qu'on a tous mené, et toi, alors que tu n'as pas bossé dessus, tu commences à nous faire chier. Je suis sûr que tu as tort et avec tes conneries, l'équipe va perdre plein de fric.

— Je ne crois pas, dit Simon, ses paupières battant désespérément. J'ai pris en compte la volatilité de la volatilité et je peux vous dire que…

— La volatilité de la volatilité ? C'est n'importe quoi !

— Pas du tout, pas du tout, dit faiblement Simon. C'est du calcul stochastique, un modèle brownien. Je vous assure, on peut le faire, la littérature sur ce sujet existe depuis 1993 et même si personne ne l'applique sur les marchés, je suis certain…

— Nous, on fait du travail sérieux. Si tu veux faire des expérimentations, tu retournes dans ton laboratoire.

— Je l'ai testé, s'exclama Simon. J'ai réalisé des simulations sur les deux dernières années. Cela marche, je vous assure.

Il y eut un grand silence. Simon se sentait l'objet d'un mépris universel. C'est alors qu'intervint Samuel, très détendu et avec un grand sourire.

— La volatilité de la volatilité… C'est joli, non ? Je n'y suis pas hostile. Si tu as raison, on prend tout le marché.

Samuel était le meilleur trader de l'équipe et un des meilleurs de la salle. Sa parole était d'un poids décisif.

— Nous en sommes tous conscients et c'est bien pour cela que j'ai convoqué cette réunion, intervint Zadie. La question est d'évacuer les querelles d'ego pour prendre la meilleure décision possible.

L'intervention était de pure forme. Si Simon avait raison, l'humiliation des autres *quants* serait totale. Ils s'étaient opposés avec trop de violence.

— J'évalue, dit Simon dans un silence total, un prix à 45 et non 49, comme nous le faisons actuellement. En le vendant à 47, le marché est à nous, avec un beau bénéfice.

Un *quant* se leva. Il était gigantesque, c'était un pilier de rugby, il venait d'Oxford et il se prenait pour le roi du monde.

— *Bullshit !* J'ai toujours pensé que ce mec était un con. Si vous le suivez, je me barre.

Le regard de Zadie était devenu électrique. Elle se souvenait de l'entretien avec Simon. Il était bon, il était très bon. Mauvais en anglais, totalement dénué de charisme, une personnalité faible, voire fragile, mais très bon en mathématiques. La volatilité de la volatilité… C'était une idée formidable. Reculer les limites du hasard. Elle lui jeta un coup d'œil. La réaction de l'immense *quant* l'écrasait. Ses épaules s'étaient tassées, tout en lui semblait rabougri, diminué, liquéfié. Manifestement, il voulait seulement rentrer chez lui, se cacher dans son lit, et il regrettait probablement de toutes ses forces cette initiative.

— Nous le suivons, dit-elle en détachant les syllabes. La réunion est close.

Simon vécut les mois suivants dans la hantise. Les traders avaient proposé le produit à son prix, ils avaient emporté le marché et le modèle semblait bien se comporter. Mais tout pouvait se renverser.

Aucun *quant*, depuis la démission, toutes portes claquées à la volée, du rugbyman, ne lui adressait plus la parole, sauf pour des motifs professionnels urgents, en général destinés à le mettre en défaut. Simon avait beau s'interroger avec philosophie sur les raisons qui poussent les milieux professionnels à se haïr et s'affronter, la pratique concrète du couteau dans le dos lui était extrêmement pénible, au point qu'il n'en dormait plus. Ses joues se creusaient.

Par les brokers, on savait que toutes les banques s'agitaient. Elles n'arrivaient plus à traiter avec leurs clients. Les modèles se multipliaient dans tous les sens, les ingénieurs faisaient des nuits blanches mais personne ne parvenait à reproduire le modèle de Simon. Selon le vocabulaire du milieu, ils ne se posaient pas les bonnes questions. La rumeur d'un nouveau paramétrage, grâce à la volatilité de la volatilité, se répandait mais on ne voyait pas comment l'utiliser.

Et puis en une semaine, tout le marché convergea vers le prix de Simon. À l'échelle d'un seul produit, ce fut un déplacement universel. Les banques s'inclinaient. Elles diminuaient le risque et s'alignaient sur Kelmann.

À 09 h 55, le 29 juillet, Zadie se planta derrière lui et lui lança d'une voix égale :

— Le marché est à nous, Simon, et toutes les banques nous suivent. Je crois que tu seras content de ta fin d'année.

Pour l'instant, peu lui importait le bonus. Durant l'énoncé impassible de la sentence, le cœur de Simon avait sauté dans sa poitrine. Il se sentait *justifié*. Son existence avait un sens. Il avait eu si peur, à l'intérieur de ce cercle fermé de la banque où tous les repères extérieurs à l'argent s'abolissaient, que le prix idéal devenait un accomplissement personnel et, en ce moment précis et euphorique, l'aboutissement même de sa vie : il avait été le premier *quant* à utiliser la volatilité de la volatilité.

— Ce soir, champagne, Simon ! J'organise une soirée à la maison. Tu es des nôtres ?

Il était de notoriété publique que Zadie n'invitait aucun collègue chez elle. Tout au plus sortait-elle parfois avec Samuel au restaurant, toujours au milieu d'une bande d'amis de longue date, rencontrés à Cambridge et qui généralement ne travaillaient pas à la banque. D'après Samuel, ils étaient effrayants (mais Samuel aimait jouer au paysan du Minnesota, tout en soulignant son attitude d'un sourire démesurément ironique) parce qu'ils étaient « horriblement cultivés et bien élevés ». Tous professeurs de philosophie ou de littérature, artistes ou écrivains, avec cette affreuse élégance des familles riches et bien nées. Leurs conversations étaient atroces, ils ne discutaient que littérature, art et politique, de surcroît en tenant des propos probablement sensés.

— Courage, Simon ! Ça va être plus dur que tout ce que tu as connu, commenta Samuel d'un air compatissant en lui mettant la main sur l'épaule.

C'était en fait un insigne honneur et Samuel le savait très bien. Que la célèbre Zadie, promise aux

plus hautes fonctions à l'intérieur de Kelmann, invite
Simon Judal Djude chez elle, dans son propre appartement, où personne de la banque n'était jamais
entré, était tout simplement incroyable et très humiliant pour tout le monde. Samuel en plaisantait parce
qu'il n'était pas menacé. Il était sûr de sa réussite et
son succès ne passerait pas par Zadie. Encore deux
ou trois années et il quitterait Kelmann pour monter
un fonds d'investissement. Pour les autres, et en particulier pour les *quants* qui s'étaient moqués de lui,
l'invitation fut un camouflet. Lorsqu'ils virent l'idiot
à la démarche chaloupée, ivre de la tension retombée
comme du vin qu'il avait bu, sortir de la salle des
marchés avant tout le monde afin de se préparer pour
la soirée de l'exceptionnelle Zadie Zale, leur défaite
fut totalement et absolument consommée.

— Ce soir, tu la sautes, énonça sobrement Matt.
Si elle t'invite chez elle, c'est pour ça. Quelle autre
raison ?

Quelle autre raison ? Pour son brillant, pour son
brio, pour sa réussite, pour la définition, exacte et
pure, à la façon d'une démonstration parfaite, du
prix idéal. N'y avait-il pas une poésie des mathématiques qui devait l'amener à côtoyer les artistes ? La
banque, après tout, n'était pas un péché indélébile.
Mais Matt, toujours aussi sombre, n'était pas sensible
à ces raisonnements.

Simon se prépara avec soin. Loin de l'arène froide
qui l'avait vu trembler, le gangster artiste descendit
l'escalier blanc. Une nouvelle vie l'attendait.

19.

L'image de l'homme à la main dressée hantait Shoshana. Ce n'était pas l'homme, c'était l'image. La double image d'ailleurs. Celle de l'homme tombé à terre, les doigts rouges de sang, et celle de l'homme au geste de paix. Il lui semblait que l'une se résorbait en l'autre et que par sa démarche elle avait annulé la part de malheur de la première. En allant s'excuser auprès de cet homme, elle avait pacifié la discorde.

Le soir de l'événement, alors qu'ils dînaient tous ensemble, elle avait observé avec tendresse Mark et Christopher, réunis sous sa protection, peut-être sauvés par l'intercession à laquelle elle s'était livrée. Ils mangeaient, Mark racontait sa journée, Christopher était silencieux – mais ils avaient du moins réussi à l'écarter de sa télévision –, elle-même relançait la conversation tout en se réjouissant de cette merveilleuse normalité. Elle se sentait rassurée, comme portée encore par le geste du serveur noir. Ce n'était plus la gargouille qui se trouvait à table, mais son mari, Mark Ruffle, un homme certes colérique mais attachant, plein d'énergie, avec qui elle sortait depuis l'enfance. Et par-delà les lassitudes et les crises, n'était-il pas l'homme de sa vie ?

Mark portait un tee-shirt qui moulait ses pectoraux. Par un tic d'adolescent, à intervalles réguliers, il jouait de son poignet pour faire saillir ses biceps. Shoshana contemplait avec amusement ce travers qui d'ordinaire l'exaspérait. Le bloc d'enfance dont émergeait l'adulte lui paraissait touchant. Et Ruffle lui-même, sentant cette bienveillance de Shoshana, était plus disert et plus joyeux que d'habitude. Il avait caressé les cheveux de son fils qui avait levé une tête étonnée puis replongé dans son assiette. Il avait rapporté l'anecdote d'un de ses courtiers qui était entré dans un appartement d'une saleté abominable et qui racontait combien il avait hésité à faire signer un contrat à son occupant, tant il souffrait que la belle maison qu'il s'offrirait grâce à Ruffle Universal Building soit salie par un être aussi répugnant. Et Shoshana, qui avait souvent rencontré les courtiers de son mari, et qui n'avait aucune illusion sur leur moralité, avait éclaté de rire. Chris, ne comprenant pas ce qui se passait, lui avait fait écho.

Le miracle d'une main dressée.

Ils vécurent quelque temps dans le sillage d'une image.

Les résultats de RUB devenaient impressionnants. Les courtiers, excités par leurs primes, écumaient la région et personne ne pouvait résister à leur bagout. Ce n'était pas seulement leur talent d'illusionniste, c'était aussi que toute l'Amérique croyait au crédit hypothécaire. Ruffle profitait de la montée d'une immense bulle immobilière, où chaque année les logements prenaient de la valeur. Il était arrivé parmi les premiers, il avait pris sa place et désormais les arbres pouvaient monter jusqu'au ciel : le boom immobilier commençait. Ce n'était pas encore l'explosion à Miami mais déjà une tendance nette se faisait sentir. Les pauvres entraient dans les jolies maisons, dont la valorisation grimpait en permanence, et voilà que ces mêmes pauvres se découvraient riches : leur maison valait deux cent mille dollars, trois cent mille dollars. Ruffle Universal Building considérait donc qu'ils possédaient ces sommes et les assiégeait pour qu'ils contractent d'autres emprunts. Ruffle avait enfin trouvé son discours et parce qu'il était un homme d'action, un homme qui s'appuyait sur des faits, il donnait un exemple. Il disait : « Je suis l'artisan du rêve américain. Avec moi, les femmes de ménage possèdent leur toit. » Et il citait l'exemple de Dolores, une femme de ménage de quarante ans, arrivée du Mexique, vivant avant lui dans des conditions difficiles, et qui, grâce à RUB, avait acheté une petite maison puis avait ensuite contracté un autre prêt pour une grande maison qu'elle avait mise en location. Au passage, RUB lui avait accordé un prêt à la consommation pour acheter une voiture. Et cette femme de ménage qui ne possédait rien, voilà qu'elle avait tout : elle logeait ses trois enfants dans la petite maison, gagnait de l'argent grâce à la grande, et se déplaçait dans une Mercedes, qui était évidemment le rêve de sa vie. Lorsqu'elle rentrait au Mexique, dans son village pouilleux, les enfants l'escortaient à son arrivée en se mirant dans les vitres et la carrosserie luisante, briquée en permanence, de la Mercedes. Et Ruffle de répéter : « Autrefois elle n'avait rien, maintenant elle a tout. »

Les gens se taisaient lorsqu'il assénait cette phrase. Dans leurs yeux, il lisait l'admiration des dimanches. Il était devenu ce qu'il avait toujours voulu être. Ce qu'il n'avait saisi que fugitivement dans son adolescence, un jour par semaine, il l'éprouvait chaque jour et cela malgré les difficultés inhérentes à la vie d'entreprise, humaines, administratives ou financières. Sa vie était *justifiée*. Il était un entrepreneur, soit le sommet des valeurs dans la hiérarchie de son pays, il avait une famille unie, il était riche et il faisait le bien autour de lui. Il était *l'artisan du rêve américain*.

Sa satisfaction était sans faille. Ruffle était à la recherche de lui-même depuis toujours et, curieusement, cet homme qui ne semblait rien d'autre qu'un abruti s'était trouvé. Son cerveau étroit, corseté de préjugés, lui avait néanmoins permis de trouver son chemin pour parvenir là où il avait toujours voulu être. Il était riche, entouré et moral. Bref, il était entré dans les images que sa famille lui avait léguées. Le doute lui était donc interdit.

Shoshana avait contemplé cette activité de concrétion par laquelle un homme en doute permanent sur ses capacités avait pu remparer les failles, bâtir son être à chaux et à sable et s'ériger en statue d'autosatisfaction. Elle en était vaguement étonnée, notamment parce qu'elle-même vacillait dans un doute permanent. Une femme intellectuellement limitée, estimait-elle, mère tyrannisée par un fils tout-puissant et tout-télévisuel, à la vie professionnelle vide. À ce titre, l'énergie de son mari la paralysait et la renvoyait plus profondément à ses doutes. Au fond, elle n'était qu'une image agréable, un cliché photographique que Mark animait dans son salon et dans sa chambre. Elle préférait de très loin ce mari satisfait à la gargouille amère trouvant dans la violence l'affirmation de soi mais elle savait la part de mensonge qui soustendait les belles histoires de femmes de ménage : l'homme fendillé avait trouvé son rôle. Au moins l'avait-il trouvé, ce qui n'avait pas été son cas. Shoshana ne jouait aucun rôle et c'était bien ce qui lui manquait. Sans identité à embrasser, elle errait dans son labyrinthe d'interrogations, en se cognant sans cesse contre les miroirs déformés qui renvoyaient d'elle de hideuses images.

Finalement, la seule image qui pouvait encore la contenter était son apparence physique. Et même si cette satisfaction était ambiguë, justement parce qu'elle avait le sentiment que Mark ne l'estimait que pour cela, c'était néanmoins un point positif. À la salle de sport, les miroirs étaient omniprésents. Toutes les femmes qui suaient et se tordaient pour les abdosfessiers, sujet essentiel, ou pour des projets esthétiques plus mineurs, fixaient leur double bondissant et grimaçant. Lorsque l'effort devenait douloureux, lorsque les exercices abdominaux creusaient des spasmes, lorsque les muscles des cuisses se tétanisaient, le miroir devenait le Graal, le dieu absolu et réconfortant des apparences, celui pour lequel chacun soufflait et souffrait. Shoshana avait conscience que le regard des autres femmes n'avait pas tant changé depuis l'adolescence. Elle était toujours, dans une certaine mesure, la pom-pom girl de Clarimont, admirée et jalousée pour ses jambes et ses seins. Les fesses serrées dans son short moulant, elle accomplissait les exercices avec souplesse et efficacité. Elle se rendait bien compte que lorsque le professeur était un homme, ses regards se posaient plus souvent sur elle que sur les autres. Et quand l'exercice se faisait plus ambitieux, son aisance d'ancienne sportive lui arrachait un discret sourire de plaisir, comme une fierté tout de même qui lui resterait, une pauvre mais plaisante fierté.

À l'issue d'une de ces séances, et sans en avoir bien nettement le projet, elle se dirigea vers le restaurant de Sila. Comme la première fois, elle resta devant la vitrine. Et puis voyant qu'il était encore tôt et qu'elle avait du temps, elle entra.

Il était là. Elle le vit tout de suite. Il discutait avec un serveur, à qui il semblait attribuer une tâche. Il se retourna. Il eut un mouvement d'arrêt. Et puis lentement, très lentement, il se dirigea vers elle. Elle ne bougeait pas, immobilisée sur le seuil, la respiration rapide.

— Bonjour, dit-il.

— Bonjour.

— Vous êtes partie très vite la dernière fois.

Il énonçait cela comme un constat, sans reproche, avec une sorte d'acceptation qu'elle prit pour de la complicité. Elle hocha la tête.

— Voulez-vous déjeuner ?

— Prendre un verre en tout cas. Est-ce possible ?

— Bien sûr. Je vais vous conduire jusqu'à une table.

— La même, s'il vous plaît.

Le restaurant était presque vide. Plusieurs serveurs se tenaient debout, les bras ballants. Elle se sentait en trop. Que faisait-elle ici ? Pourquoi était-elle venue ? Pour la paix, bien sûr. Pour renouer avec la magie qui avait pacifié sa maison pendant un temps mais dont le charme s'évanouissait, la laissant inquiète, comme un vide qui se creusait en elle. Oui, renouer avec la magie de l'homme à la main dressée.

Celui-ci revenait avec un coca. Elle ne se souvenait pas en avoir commandé mais il devait le savoir mieux qu'elle.

— Asseyez-vous, dit-elle.

— J'ai du travail.

— S'il vous plaît, insista-t-elle. J'aimerais vous parler. Je me suis enfuie si stupidement la dernière fois...

Sila prit une chaise en face d'elle.

— Vous ne vous êtes pas enfuie, dit-il calmement. Vous vous êtes excusée, bien à tort, puisque toute la faute incombait à votre mari, et vous avez ensuite quitté le restaurant, parce que vous estimiez votre devoir accompli. Je ne peux que vous remercier de votre geste.

— C'est moi qui vous remercie, balbutia-t-elle. Quand vous vous êtes levé, enfin je veux dire, quand vous avez levé la main, comme un pardon, j'ai trouvé ça magnifique vous savez, j'ai compris, enfin excusez-moi, ce n'était peut-être pas ça du tout, j'ai compris que vous vouliez bien me pardonner et me rendre la paix de l'âme.

— La paix de l'âme ? demanda Sila, étonné.

— Oui, la paix de l'âme, vraiment. Il me semblait

que j'étais torturée depuis ce moment abominable, que plus rien n'allait dans ma vie, dans mon couple. J'en voulais tellement à mon mari, j'avais du mal à le toucher. Vous allez rire, il me faisait penser à ces animaux horribles sculptés dans la pierre, à Notre-Dame…

— Les gargouilles ?

— Exactement, répondit-elle, une gargouille, brutale et dangereuse, s'en prenant aux plus faibles.

— Je ne suis pas faible, madame Ruffle.

Elle ne se rendit même pas compte qu'il n'aurait pas dû connaître son nom.

— Je ne voulais pas vous vexer, dit-elle, je…

— Ne vous inquiétez pas, je ne suis pas vexé, et je ne devrais d'ailleurs même pas relever vos propos. Simplement, je ne suis pas faible, répéta-t-il toujours aussi calmement.

Elle le considéra. Sa quiétude l'impressionnait.

— Bien sûr, vous avez raison. C'est d'ailleurs évident. Mais le fait est que mon mari a été si stupide, si violent, si… répugnant de violence. Je ne pouvais supporter cet acte. Je me sentais responsable, malheureuse. Et c'est vraiment une chance merveilleuse d'avoir croisé votre chemin.

— Ce n'est pas de la chance. Je suis venu à Miami parce que je savais que votre mari habitait en Floride. Pas pour me venger, je vous rassure, et sans projet véritable. Mais je voulais me rapprocher de cet homme. Je ne sais pas pourquoi. Juste comme ça. Parce que comme vous j'étais interloqué. Je ne comprenais pas. Ce soir-là, je faisais mon métier, j'apportais à manger, et un homme se lève pour me

frapper. Parce qu'il se croit tout permis. Parce qu'il
paie cher son dîner. Ou pour tout autre aveuglement.
Alors je suis venu. Sans être pressé. Je me suis ren-
seigné depuis votre dernière visite. Je connais votre
adresse, je connais les activités professionnelles de
votre mari. J'ai vu combien il exploitait la crédulité
et la pauvreté des gens de cette ville. Cela ne
m'étonne pas. Il continue à frapper. Simplement, cela
se voit moins.

— Vous nous connaissez ? demanda Shoshana
d'une voix faible.

Sila sourit.

— Oui, madame Ruffle. Je suis même passé
devant votre maison. En vélo. Tranquillement, en
visite du dimanche. Je ne vous ai pas vue, la maison
est trop grande, trop protégée. Superbe d'ailleurs.
D'une telle blancheur…

— Que voulez-vous ?

— Rien. Absolument rien. Ce n'était qu'une
curiosité un peu malsaine. Je suis là, voilà tout, dit
Sila d'un ton plus ferme.

— Vous êtes là, dit Shoshana, gravement. Allez-
vous nous faire du mal ?

Sila regarda le visage plein d'angoisse et de
confiance qu'elle tendait vers lui. Il comprit qu'elle
croyait en lui, pour le bien comme pour le mal.

— Ce n'est pas du tout mon intention. Je ne suis
qu'un observateur. Je voulais comprendre.

— Mon Dieu ! éclata Shoshana en se prenant la
tête dans les mains. J'ai tellement honte !

L'homme en face d'elle, avec son visage de juge
impassible, ne répondit rien. Elle fixa ses mains,

appuyées sur la table. Des mains jeunes, pleines de force. Si seulement il pouvait lui confier encore ce geste de paix !

Il se leva et lui posa la main sur l'épaule.

— N'ayez aucune honte ! Vous n'avez pas à prendre la faute sur vous. Et n'ayez pas peur. Je ne suis pas venu pour semer la peur et la discorde. Vous pouvez rentrer sans crainte chez vous. Je ne vous dérangerai pas.

Dans son regard, elle ne lut que la paix, mais sans éprouver cette fois aucun réconfort. Au contraire, elle se sentit plus fragile et plus coupable.

— Je vais m'en aller, dit-elle. Merci de m'avoir écoutée.

Shoshana partit lentement. La discorde et la honte pesaient sur elle plus lourdement que jamais. Il était temps de parler. C'était à Mark de réparer sa faute. Il fallait lui dire que le serveur se trouvait à Miami.

20.

Dans le voluptueux sanglot de la destruction, Lev tenait bon. Il savait que tout pouvait s'écrouler mais l'oscillation dangereuse de sa vie constituait pour la première fois depuis bien longtemps un motif d'amusement. Bâtir était intéressant, gérer était ennuyeux mais se battre au bord du vide était amusant. ELK était proche de la faillite. Les salaires étaient suspendus, comme les paiements aux entreprises et aux sous-traitants, mais il fallait bien rembourser les intérêts pour les banques, qui sans cela auraient stoppé tout crédit. Et chaque jour était une lutte pour amorcer de nouveau la pompe, pour invoquer le miraculeux pouvoir de l'argent. Seul le dieu argent pouvait le sauver.

Le soir, il retrouvait une prostituée magnifique qu'il payait à prix d'or. Oksana ne demandait rien, n'exigeait rien.

« Conseiller Kravchenko… » disait-elle de sa voix chaude et ironique.

Et voilà que le monde fondait dans un plaisir fragile et éphémère. Seul l'argent de Lev intéressait Oksana mais à la façon d'un jeu élégant et pratiqué à deux.

Tant qu'il payait, elle l'amusait. Lev se souvenait d'un jeune Français, un jour, dans le sud de la France, qui avait cherché à aborder une jeune Russe de vingt ans, fille d'oligarque, allongée dans un palanquin sur une plage privée. Il avait tenté de lui parler, elle l'avait contemplé comme un être transparent. Le jeune homme n'avait sans doute jamais affronté un mépris aussi absolu – sans animosité ni hargne : seulement la certitude qu'il n'était rien. Ce culte du pouvoir et de l'argent, qui interdisait l'existence à la quasi-totalité des êtres de la planète, Oksana le possédait sur un mode ludique qui en faisait tout le prix. Lev avait le pouvoir et l'argent, il avait donc accès à Oksana. Sans doute n'ignorait-elle rien de ses difficultés, qui l'excitaient comme un aiguillon d'éphémère, la force vivace et suspendue de ce qui doit mourir. Mais qu'importait, puisqu'ils étaient dans le jeu ?

Elena avait réclamé le divorce et la moitié de la fortune de Lev.

Il fallait se battre, dos au mur, tandis que sa force déclinante susciterait toujours plus d'ennemis. Décidément, tout cela était à la fois terrible et drôle.

C'est alors que lui parvint l'invitation de Litvinov. Un simple petit carton qu'un homme en costume sombre lui apporta.

« Cher Lev, nous nous retrouvons dans les mêmes temps bénis d'autrefois où tout pouvait naître et mourir. Discutons-en la semaine prochaine, à la date que tu voudras. »

Un carton au ton assez étonnant de la part de l'ennemi, mais assez prévisible. Liekom surveillait ELK.

Lorsqu'il entra, une semaine plus tard, dans le bureau de Litvinov, celui-ci n'était pas seul. Viktor Lianov, le chef de l'Ordre, se trouvait à ses côtés. Les rares cheveux de Litvinov étaient devenus blancs. Son teint était rouge et maladif. Abus de nourriture et d'alcool.

— Lev ! Heureux de te voir !

Lev eut l'impression qu'il était sincère. Ils ne s'étaient pas parlé depuis longtemps. Sans doute avaient-ils toujours été rivaux et leurs rencontres n'avaient fait que mesurer l'évolution du combat, à des degrés de puissance et d'argent toujours plus élevés mais sans que rien, jamais, ne change fondamentalement dans leur relation. Ils se considéraient, s'évaluaient. L'un avait l'avantage de la position, l'autre celui d'une relative jeunesse. Ils mesuraient leur progression, s'épiant comme des animaux. Toutefois, au sein de leur inimitié, un point commun, insensiblement, les rapprochait : ils partageaient le temps. Ils étaient nés au pouvoir dans l'équipe Eltsine, ils s'étaient lancés depuis des années dans la lutte élémentaire : l'affrontement pour la survie dans une économie revenue aux origines du capitalisme industriel.

Ils s'assirent. Lianov demeura debout contre le mur, à l'écart, comme s'il ne prenait pas part à la discussion.

Litvinov eut quelques phrases aimables et vagues. Puis son gros corps se figea et il dressa un tableau saisissant de la situation.

— Nous sommes de nouveau au début, Lev. Nous sommes l'équipe Eltsine, parvenue au pouvoir, mais confrontée, comme à l'origine, à la même alternative : vaincre ou mourir. Les temps sont intéressants, Lev. Nous arrivons à la fin de l'ère Eltsine. Celui qui nous a faits va partir. Il ne tiendra plus longtemps. Il n'en a ni la capacité physique ni les aptitudes. Les oligarques le tiennent à bout de bras mais il nous faut un autre homme. La Russie n'en a plus que pour quelques semaines : le krach financier est pour bientôt.

— Tu en es certain ?

— Certain, poursuivit Litvinov. Les caisses sont vides. La fiscalité est morte, plus un sou ne rentre, la déroute est totale. L'État russe est en cessation de paiement.

— Combien de temps ?

— Je te l'ai dit : quelques semaines, au maximum quelques mois.

— Qu'allez-vous faire ?

— D'abord tenter de nous sauver, puis restaurer l'ordre.

— Avec qui ?

— On ne sait pas encore. Eltsine a toujours ses foucades : il vient de remplacer Tchernomyrdine et le remplaçant ne fait pas le poids. Ce Kirienko n'ira pas loin. Il nous faut quelqu'un d'autre.

— Pas quelqu'un de trop fort, n'est-ce pas ? dit Lev. Un homme qui tiendra le pays mais qui saura préserver notre beau triangle : une oligarchie économique liée indéfectiblement au Kremlin et aux administrations centrales et régionales, pour notre intérêt bien compris.

Le chef de l'Ordre éclata de rire.

— Vous avez tout à fait raison, commenta-t-il. Un magnifique triangle. Mais ne nous oubliez pas : les oligarques ont besoin de nous. Sans nous, vous devenez très fragiles. Terriblement humains. Le triangle est un carré.

— Bien sûr qu'il a raison. Lev a toujours raison, dit Litvinov. On t'admirait tous au conseil d'Eltsine. Quelle intelligence !

Lev savait bien qu'on le méprisait aussi pour cela. Il attendait qu'on parvienne au but.

— Avec le krach, poursuivit Litvinov, le rouble va encore s'effondrer et les banques couleront. Nous allons avoir du mal à préserver le triangle. Quelles solutions ? Le FMI et le regroupement.

Lev ne répondit pas.

— Le FMI est acquis. Une Russie en déroute est une menace trop importante. Ils ne peuvent pas nous laisser couler, ils le savent. La faillite emporterait toute la région. Dans quelques mois, l'argent affluera par milliards. Et je t'assure que Liekom est bien placé pour en profiter. Tout n'ira pas dans les poches d'Eltsine, crois-moi ! J'ai déjà mis en place de beaux filets. Nous recueillerons une bonne partie des poissons.

— Et le regroupement ? demanda Lev.

Sa bouche était un peu sèche.

Litvinov hésita. Lui-même semblait nerveux. Il choisissait ses mots.

— Liekom a besoin d'ELK. Et ELK a besoin de Liekom.

Le silence s'installa. Évidemment. Ce ne pouvait être que cela. Quelle autre raison à cette réunion ?

— ELK n'est pas à vendre.

— Pardonne-moi, Lev, mais tu n'as plus d'argent, tu ne peux plus payer.

— Les banques me soutiennent.

Le regard de Litvinov s'immobilisa. Lev comprit : il allait bloquer les banques. Les Sept contrôlaient tout. Si Litvinov parvenait à les décider, plus aucun crédit ne lui serait accordé.

— Nous te ferons une proposition magnifique. Et tu resteras bien entendu à la tête d'ELK. Tu es l'homme de la situation. Ton entreprise est superbe. Mais la crise est trop forte. Nous devons nous rassembler. La mosaïque pétrolière doit se concentrer, c'est un mouvement inéluctable. Seules les multinationales peuvent affronter l'avenir. Divisés, nous sommes faibles. Unis, nous sommes invincibles.

Lev connaissait par cœur ce raisonnement et la dernière formule, éculée, le fit sourire. Ce sourire, esquisse fugitive d'un détachement qu'il n'éprouvait pas, surprit Litvinov.

— Nous avons beaucoup lutté, mon ami, depuis dix ans, dit celui-ci en posant la main sur son bras. Plus que ne le font la plupart des hommes en dix vies. Il est temps d'en profiter maintenant. De retrouver nos familles. C'est notre bien le plus cher.

Litvinov connaissait manifestement sa situation personnelle. Du reste, tout Moscou devait savoir qu'Elena était partie. Toutefois, Lev crut percevoir une mélancolie surprenante dans le ton de Litvinov.

— Nous avons affronté une période difficile de l'histoire de la Russie. Et nous nous en sommes sortis avec honneur, en défendant la liberté et la libre entreprise, comme nous voulions le faire au temps d'Eltsine. Je ne me berce pas de mots : je voulais le pouvoir, je l'ai eu. Et mon intérêt a coïncidé avec celui du pays. Nous avons construit des entreprises gigantesques, nous sommes le capitalisme d'aujourd'hui. À nous seuls. Nous, les oligarques. Par notre énergie et notre habileté. Mais à présent qu'une ère s'achève, il convient de se retirer. C'est une occasion pour toi, Lev ! Tu seras plus riche que jamais. Libre de continuer à diriger ton entreprise ou d'aller te reposer au soleil, dans les plus beaux palais du monde.

Lev savait la phrase qu'il allait prononcer. Il fallait la dire très lentement, comme à regret, parce que ces mots, qui signaient sa défaite et le renversement de son destin, ne lui appartenaient pas. Ce n'était pas lui-même qui parlait, c'était le paysan attaché à sa terre par toute la puissance ancestrale de la propriété.

— *Je veux être indépendant.*

Il l'avait dit comme il fallait, dans le silence d'une parole définitive. Lentement, pesamment, comme on répète les mots augustes d'un grand auteur. Riabine était un grand auteur. Riabine était l'écrivain parfait d'une scène russe.

Litvinov se tourna vers l'homme contre le mur. Celui-ci resta impassible.

— J'aurais espéré une autre réponse, Lev.

— Je le suppose, mon ami.

Lev ne l'avait jamais appelé ainsi.

— Que nous demandes-tu pour changer d'avis ?

— Rien. Mon avis est définitif.

De nouveau, Litvinov se tourna, avec un geste d'impuissance, et de nouveau l'autre demeura impassible.

Lev se leva. Il regarda Lianov. Celui-ci soutint son regard. Litvinov se leva également.

— Porte-toi bien, mon ami. La période qui s'ouvre sera terrible. J'espère que nous survivrons.

L'avertissement était évident. Curieusement, c'est avec une certaine amitié qu'ils se serrèrent la main. Ils partageaient le temps. Les victoires, les défaites et les changements d'époque. Tout serait différent désormais. La transition s'achevait et de la ruine surgirait sans doute un monde nouveau, dont les traits n'étaient pas définis.

Lianov lui ouvrit la porte.

Lev s'éloigna dans le couloir. La destruction continuait. Le communisme était mort, la transition était morte. L'âge à venir avait la brutalité du pouvoir, débarrassé des oripeaux de la démocratie. L'Ordre s'était imposé et c'était désormais Lianov qui dirigeait Liekom. Il n'y avait aucun doute. Les anciens seigneurs pouvaient commencer à errer dans la mélancolie de la puissance. Le pouvoir passait aux autres – dans la nudité effrayante de la violence.

21.

L'élégance est glaçante. L'élégance, la culture et la facilité sont glaçantes pour tous ceux qui en sont dépourvus. Elles le sont particulièrement pour un timide ingénieur aux épaules étroites. Ce n'était pas ce que Samuel avait annoncé. C'était bien pire.

Le cauchemar, c'était d'abord cet appartement de Chelsea d'un goût idéal, *affreusement idéal*. Pourquoi n'était-ce pas au moins un appartement de nouveau riche ? Pourquoi était-ce dès l'entrée ce goût de probable noblesse anglaise, cette perfection immaculée d'art et de littérature ? Pourquoi cette bibliothèque s'élevait-elle jusqu'au plafond ? Pourquoi ces tableaux semblaient-ils si magnifiques, si exactement *modernes* ? Pourquoi cette fille était-elle à la fois banquière et raffinée, nourrie par des siècles de richesse et d'éducation ?

Le cauchemar, c'étaient ces amis qui vous accueillaient avec une courtoisie d'une perfection si *glaçante*, nuancée d'une distance attentive qui correspondait très exactement au temps qu'il leur faudrait pour vous évaluer et, inévitablement, vous condamner. Ils étaient beaux, bien habillés, d'une intelligence probablement *désespérante*. Leur accent était haut perché, tellement anglais qu'un élève aussi peu doué que lui en langues étrangères était *inévitablement* ridicule.

Le cauchemar, c'était aussi et surtout cette conversation allusive et rapide, en feux tournants, qui venait de leur longue amitié, de références qui lui échappaient totalement et qui signalaient une intimité dont il se sentait exclu.

Simon demeurait là, son verre à la main, enserré dans l'étau de la timidité, et tout simplement assommé par cette élégante assemblée. Comment s'en tirer ? Comment échapper à ces regards bienveillants mais un peu décontenancés par son absolu silence ? Comment pouvait-il être sauvé ?

Peut-être aurait-il dû éviter de renverser le vase sur la table de l'entrée à son arrivée. C'était un gag de cinéma tout à fait dépassé. Mais Simon était à vrai dire un gag dépassé, les choses étaient claires. Un homme percé des flèches paralysantes de la timidité est toujours un gag dépassé. Il se sent si gauche et si laid.

— Simon est notre *quant* le plus brillant, dit Zadie pour aider son invité.

— Bravo, commenta ironiquement un jeune homme qui répondait au prénom de Peter.

— C'est tout à fait par hasard, murmura Simon.

Les autres rirent. Mon Dieu ! Ce sentiment de ridicule…

— Je sais aussi réciter Rimbaud, ajouta-t-il.

Sa déclaration était si absurde qu'on la prit pour de l'humour anglais. Ils rirent encore.

— Qu'est-ce qu'un *quant* brillant ? lui demanda Peter.

— Je ne sais vraiment pas. Zadie est brillante, moi je fais des équations.

— Mais c'est très brillant de faire des équations, intervint une jeune femme. Personnellement, en tout cas, je n'en ai jamais été capable, même pas au lycée.

Simon se tourna vers elle avec reconnaissance. Elle était pâle avec un long nez et des yeux verts très fades.

— C'est vrai ? dit Simon, d'un ton trop haut perché et décalé.

Il trouvait merveilleux qu'on ne puisse pas résoudre des équations de lycée. C'était un signe d'amitié.

— Bien sûr, répondit la jeune femme.

— Moi non plus, commentèrent d'autres personnes en chœur.

— Vous ne répondez pas à ma question, objecta Peter, qui s'amusait. Qu'est-ce qu'un *quant* brillant ?

— Un *quant* brillant est un ingénieur dont les équations font gagner de l'argent à sa banque, dit sobrement Zadie.

— Dans ce cas, un banquier brillant est un banquier qui fait gagner de l'argent à sa banque, poursuivit Peter.

— Exactement.

— Je vais donc poser ma question en d'autres termes. Quelles sont les qualités d'un banquier brillant ?

Zadie réfléchit.

— L'avidité ?

Tout le monde se retourna. C'était Simon qui avait parlé. Sa langue était sèche, il ne savait pas comment il avait pu proférer cette énormité. Zadie l'observa, une étincelle dans les yeux.

— L'avidité, oui. C'est la première qualité d'un banquier.

La jeune femme aux yeux fades sourit.

— Le goût du jeu ? tenta encore Simon.

— Le goût du jeu. Poussé jusqu'aux limites. Jusqu'à la prise de risque maximale.

— Le mensonge ?

Zadie hésita.

— Parfois, finit-elle par dire. Oui, c'est parfois nécessaire.

— L'aveuglement ?

Tous le contemplèrent avec étonnement. Mais nul n'est aussi audacieux qu'un timide qui se lance.

— Non. Les petits banquiers s'aveuglent. Les êtres sans véritable valeur. L'aveuglement est la caractéristique d'un trader qui perd. Il a la tête dans le sac. Il poursuit le jeu alors qu'il perd, alors qu'il fait perdre la banque.

— La fuite en avant ?

C'était la femme aux yeux verts, décidément amicale.

Zadie hocha la tête.

— C'est la caractéristique du système. Ce n'est pas une question de banquiers. Le crédit, et donc l'essence de notre système, est fatalement menacé par la fuite en avant puisqu'il est fondé sur l'avenir. Seul le futur est notre échéance. Par définition, nous allons vers l'avant et si la course s'accélère, nous devons accélérer. Le monde financier est un circuit automobile avec des voitures sans freins. Lorsque tout va bien, toutes les voitures tournent. Si l'une d'elles a un accident… advienne que pourra.

Tout le monde resta silencieux. La jeune femme aux yeux verts lança un coup d'œil à Simon. Et soudain, tout devint moins glaçant. L'ingénieur aux épaules étroites se sentit adopté.

Un traiteur avait préparé un buffet. Simon avait faim. La jeune femme le félicita pour son appétit. Il lui demanda son nom. Elle s'appelait Jane Hilland.

— Ma mère est française, précisa-t-elle.

— Et votre père est un banquier anglais, je suppose ? plaisanta Simon, en faisant référence à la banque Hilland.

— Oui. Je ne savais pas que vous le connaissiez, rétorqua Jane avec un grand sourire.

La jeune femme était professeure d'histoire de l'art à Cambridge. Tout cela était écrasant et décidément la première impression qu'avait eue Simon était juste : il n'aurait jamais dû venir.

— Ce que je préfère, chez Vermeer, déclara-t-il soudain, c'est ce silence rayonnant qui émane de ses peintures.

Il avait lu cette expression en cours, voilà bien longtemps. Sa mémoire l'avait retenue. Jane le regarda avec circonspection.

— Oui… sans doute, dit-elle.

— C'est d'autant plus surprenant qu'il a été conçu en plein orage.

Un doute traversa le regard de Jane, comme si elle soupçonnait une moquerie. Simon en fut effrayé.

— Je me trompe peut-être, dit-il.

— J'avoue que je n'en sais rien, dit Jane, magnanime. Il ne me semblait pas, mais enfin…

— J'aime beaucoup l'art.

— Et Rimbaud, ne l'oubliez pas ! rappela Jane en souriant.

En deux minutes, Simon avait réussi à réduire à néant toute impression d'intelligence. Mais sa naïveté, sans qu'il s'en doute, était plus touchante que les plus habiles discours. Jane aimait les êtres différents. Elle ne pouvait mieux tomber.

Elle lui posa des questions sur ses parents. Il répondit qu'ils étaient morts. Son visage se contracta à ce mot. De nouveau, il lui parut touchant.

— Vous aimez la banque ? demanda-t-elle.

— Oui. Elle me donne l'impression d'être un gangster. Avant, j'étais un chercheur en mathématiques, maintenant je suis un gangster dans une ville étrangère.

— Un gangster ?

— C'est une façon de parler. Un homme fort.

Jane songea à son père. Aucun doute : elle n'aurait jamais imaginé un banquier de cette nature.

— Vous voulez être un homme fort ? demanda Jane comme on s'adresse à un enfant.

Simon, à qui il restait un peu de bon sens, se mit à rire.

— Je plaisante. Mais disons que le changement d'image m'intéresse.

Cette étincelle de lucidité dans une conversation absurde eut au moins le mérite d'arrêter Jane sur la pente fatale de la compassion maternelle.

— Je dois malheureusement vous quitter, dit-elle. Une obligation. Mais j'aimerais vous revoir, vous êtes un personnage singulier.

Simon eut un frisson.

— Avec plaisir.

« Un personnage singulier, se répéta-t-il. *Singulier*, c'est très positif. Beaucoup mieux que *banal* par exemple. »

Ce soir-là, il mangea beaucoup, but beaucoup, parla beaucoup, le plus souvent pour lancer des inepties ou des propos si décalés que les autres ne cessaient de s'esclaffer. Il fut le roi bouffon de la soirée, sans s'en apercevoir, et on félicita beaucoup Zadie d'avoir invité un Français aussi pince-sans-rire. Heureux les simples d'esprit.

Lorsqu'il rentra à la maison, Matt l'attendait.

— Tu l'as sautée ?

À cette heure tardive, une telle question était épuisante. Simon répondit qu'il avait rencontré une jeune femme merveilleuse qui enseignait l'histoire de l'art. Son ami le contemplait avec un léger dédain, très familier chez lui dès qu'il s'agissait de femmes, comme s'il était seul à pouvoir juger en ce domaine.

— Histoire de l'art, hein ?

— Oui. Et elle a l'air très savante, ajouta Simon qui n'en avait aucune idée.

— Belle fille ?

— Assez. On peut le dire.

— Bon, c'est qu'elle est moche.

Matt soupira. Puis il s'étira et bâilla, plein d'ennui. Simon se sentit humilié. Il avait su plaire et voilà qu'on lui déniait toute victoire. Voilà que sa conquête devenait laide alors qu'elle était merveilleuse, d'abord si glaçante puis si chaleureuse.

— Tu vas te la faire ?

Matt ne parlait qu'ainsi. Toujours les mots les plus vulgaires. Si naïf qu'il soit, Simon percevait une intention mauvaise chez son ami, une volonté de le rabaisser, sans qu'il en comprenne la raison.

— Je serais heureux de la revoir.

Matt hocha la tête, hautain.

— C'était bien ta soirée ?

Simon lui raconta en détail ses agissements et ses craintes, sa rencontre avec Jane, ses conversations.

— Tu as vraiment dit qu'un bon banquier était avide, menteur et aveugle ?

— Oui.

— Tu es dingue. C'était ton dernier jour chez Kelmann.

Le cœur de Simon battit plus fort. Hélas ! Son meilleur et son seul ami… Toujours apte à trouver le mot vibrant de cruauté, la prophétie amère.

— Je ne crois pas.

Matt ricana puis il lui expliqua pourquoi ses propos dérogeaient à la règle suprême des affaires, qui était l'hypocrisie. Le gâteau devait être d'or et de diamants, même s'il ne s'agissait que d'une pellicule superficielle glaçant toutes les trahisons du monde. Les mots devaient recouvrir les choses d'une nappe brillante, reflétant la splendeur des désirs, faute de quoi, si les vérités étaient dites, tout éclaterait. Étendant son raisonnement, dans une de ces envolées lyriques qu'il appréciait tant, surtout en fin de soirée, il affirma que d'ailleurs cette règle concernait la société tout entière, qui vivait de mythes et qui logeait tous ses espoirs dans des constructions idéologiques, pures images égalitaires et démagogiques, nourrissant le Moloch social d'illusions nécessaires.

Simon l'écouta vaguement.

— Peut-être, dit-il. C'est bien possible. Pourtant, non seulement Zadie ne m'en veut pas mais en plus elle me réclame dans son équipe. Elle est nommée chef des produits dérivés, et je l'accompagne.

Matt se figea en un rictus.

22.

Le feu soufflait dans la nuit comme un monstre gigantesque. Les flammes grimpaient le long des puits, léchant le pétrole, remontant des profondeurs du sol à la vitesse d'une déflagration. C'était un feu liquide, gras, lourd et dévastateur, agrippant toutes choses d'un étouffement brûlant. De sombres nuages de gaz gagnaient les hauteurs, aspirant le feu et l'étendant dans le ciel embrasé. L'explosion initiale avait fait jaillir une gerbe lumineuse devant les gardiens avant que les bidons n'éclatent eux-mêmes, répandant des torrents enflammés. Le sol, l'air étaient imbibés de cette aveuglante brûlure et tous, se précipitant hors des cabanons, avaient fui.

On avait appelé Lev, qui était venu en hélicoptère et qui contemplait le désastre.

Immobile, il ne disait mot. Les explosifs, pour établir un contre-feu, arrivaient et déjà les bulldozers, fourmis noires dans les reflets des flammes, creusaient des tranchées pour stopper la progression de l'incendie.

Au-dessus de sa tête, le ciel flambait. Pas un trait de son visage ne paraissait s'émouvoir. Les ouvriers admiraient son calme. Lev Kravchenko, au seuil du précipice, semblait impassible. Ni rage, ni détermination, ni abattement. Peut-être une indifférence mêlée de stupéfaction. Ils avaient réagi si vite… Une proposition qu'il avait refusée et aussitôt la sanction. La violence nue, avait-il pensé la dernière fois. Le temps était venu.

Je veux être indépendant.

Lev avait parlé comme Riabine, on l'avait traité en Riabine. Mais il n'était pas comme le paysan. Il n'était pas cet animal replié dans son terrier. Debout sur un remblai, devant les terres ravagées par l'incendie, il n'avait rien de commun avec le paysan. Rien de cette terreur primitive que celui-ci avait dû éprouver devant la menace. Bien entendu, son impassibilité totale n'était qu'une apparence. Personne ne peut rester totalement indifférent à la destruction de ses biens. La nappe brûlante qui glissait sur le sol, hérissée de flammes et de fumées, consumait son argent, sa seule protection en ces temps troublés. C'était lui-même qui se réduisait là, mais le vrai danger, ce serait le moment critique où il serait seul et nu, offert à la menace dans la seule rectitude fragile de son corps. Le moment où il ne serait plus que lui-même, Lev Kravchenko, comme il l'avait été autrefois, sans soutiens, sans argent, sans hommes.

Déjà, sans qu'il s'en rende compte, sa silhouette debout sur le monticule, tige obscure contre le rempart illuminé de feu, exposait sa tragique faiblesse en face des éléments. Au moment où il songeait que son empire se rétrécissait, c'était son corps même que l'attaque semblait atteindre. Et dans le vrombissement énorme du feu, Lev n'était déjà plus qu'un négligeable silence.

Il fallut trois jours et trois nuits pour éteindre l'incendie. Le gisement n'était pas fermé. Bientôt les insectes mécaniques pourraient reprendre leur danse, amputés toutefois d'une bonne partie d'entre eux. Et l'argent nécessaire à leur réparation, Lev ne l'avait pas.

De retour à Moscou, Lev passa l'essentiel de ses journées avec des banquiers. Ceux-ci n'étaient pas fermés aux discussions, preuve que les Sept ne s'étaient pas encore accordés. La raison en était évidente. Ils craignaient Lianov et refusaient de le mettre à la tête d'un conglomérat aussi important que Liekom et ELK réunis. Ils ne s'étaient pas non plus ligués contre le chef de l'Ordre, pour de multiples raisons : parce que Litvinov était encore, au moins officiellement, à la tête de l'entreprise et parce que le pouvoir n'était probablement pas tout à fait dans les mains de Lianov. Parce que leurs intérêts étaient liés, dans la mesure où les activités de l'Ordre, notamment à travers les investissements financiers, étaient de plus en plus régulières. Et enfin parce qu'ils avaient eux aussi un désastre à gérer. La Russie était en cessation de paiement. Le FMI, comme prévu, avait donné l'argent. Le lendemain même, sur les comptes des paradis fiscaux, on en retrouvait des traces : une partie de la manne avait été détournée par les oligarques. Ceux-ci ne s'en trouvaient pas moins, sur le territoire de la Russie, dans une situation difficile, alors que l'avenir politique était trouble. Qui remplacerait Eltsine ?

Au milieu même de la gabegie, dans ce mélange d'effondrement et de détournement, au milieu des mille torrents d'affairisme, d'argent et d'influences, le cas de Kravchenko était d'un intérêt limité. C'est pourquoi les banques ne lui fermaient pas leurs portes. Simplement des hommes au visage froid affirmaient à Lev que leur propre situation était trop fragile et qu'au moment où la banque était peut-être sur le point de s'effondrer, ils ne pouvaient s'engager sur des sommes aussi importantes.

En août 1998, le fonds Saniak fit faillite. Personne n'avait eu vent de ses difficultés. D'une gestion opaque, très concentré autour de la personne de son gérant et fondateur, un Ukrainien au parcours obscur qui avait brutalement fait fortune, le fonds était trop exposé sur les marchés russes. Tandis que la newsletter mensuelle égrenait onctueusement de mirifiques résultats, des investissements toujours plus risqués, pour rattraper les pertes, avaient conduit à la ruine. Lorsque les investisseurs se retournèrent, ils avaient déjà tout perdu. Et l'Ukrainien disparut comme il était apparu.

Le coup était près du corps. Les dettes de l'entreprise s'élevaient à un milliard de dollars et en plus Lev perdait le tiers de sa fortune personnelle ! Tout le reste était dissimulé dans des paradis fiscaux et semblait à l'abri. Mais même les paradis pouvaient être dangereux. L'île de Nauru, riche de son minerai et de son blanchiment d'argent, avait aussi fait faillite. Les habitants logeaient désormais dans leurs Mercedes rouillées, sans pneus et sans essence, tâchant de se nourrir des quelques restes de leur île dévastée par l'exploitation minière.

Le divorce de Lev risquait d'accélérer sa ruine. L'entrevue devant le juge montra une Elena amaigrie et toujours belle. Elle contempla son Hun avec un reste d'amour et beaucoup d'animosité.

— Riabine, c'était toi, lui murmura-t-elle.

Elle ne croyait pas si bien dire.

— On t'a beaucoup vu avec une prostituée, paraît-il. Toutes mes félicitations.

Lev ne releva pas. Simplement, à la fin de l'entrevue, entre deux portes, il lui exposa rapidement la situation. Il était aux abois. Elena écouta silencieusement. Comme d'habitude, elle comprenait vite et il eut même l'impression qu'elle était déjà au courant. Mais elle n'hésita pas.

— Je te l'ai déjà dit, je réclame la moitié de ta fortune. Du moins ce qu'il en reste. Ce n'est pas pour moi mais pour les enfants. Ils doivent être protégés. Et je veux les faire étudier à l'étranger. Il faut qu'ils partent de ce pays. Regarde ce que tu es devenu.

C'était une autre femme. Ou bien elle révélait une partie d'elle-même que son amour avait occultée. Tout le tranchant de son intelligence la figeait dans sa froideur et même si, de temps à autre, il semblait à Lev que la femme d'autrefois s'offrait à lui, un brusque revirement lui présentait alors le visage glacé de son ennemie.

Des rêves de feu traversaient les nuits de l'oligarque. De grandes flammes dont il s'éveillait en sueur. Au cœur de son sommeil, vers trois heures du matin, à ce moment périlleux des fragilités et des angoisses,

Lev surgissait de sa gangue cauchemardesque, comme happé par une fièvre d'effroi. Il fixait la chambre, le lit, les fenêtres, sondant sa solitude.

Durant un de ces réveils, il repensa à ces mots d'Elena : « Tu t'es perdu le jour où tu n'as pas aidé ce serveur noir, à Paris, au restaurant. Ce jour-là, ce fut ta défaite. Et ce fut également la mienne. »

Cette accusation avait paru totalement injuste à Lev. Il ne se souvenait pas du tout de cette histoire. En quoi était-il responsable de ce serveur ?

Il lui faudrait donc également se battre contre sa femme. À moins que ses exigences se bornent à accepter la moitié de ses dettes. C'était une fortune qu'il était volontiers disposé à lui abandonner.

À présent qu'il se battait dos au mur, une étrange jouissance de la défaite le portait en avant. La vie n'était plus cette étrange profondeur de temps, spongieuse d'incertitude et de patience, composée de mille efforts, mais une brusque secousse où tout se jouait : sa fortune, son renom, sa vie. Pour un homme tenaillé par l'absurde, poursuivi par la tare des interrogations, le danger était une promesse d'action. C'était maintenant ou jamais.

ELK avait besoin de deux cents millions de dollars. Avec cette somme, l'entreprise surmonterait la crise. Le monde réclamait du pétrole. L'économie mondiale, trouée de crises locales, avalait l'énergie, creusait les profondeurs du sol pour nourrir son développement. L'argent coulait de partout. Des crédits immenses. Les crises asiatiques, d'Amérique du Sud, de Russie, les famines et les massacres africains n'arrêtaient pas l'énorme vitalité de la planète, sa surchauffe d'argent, de consommation, de désirs inextinguibles. Le grand corps avait besoin de pétrole, d'électricité, de gaz, et les guerres mêmes et les massacres se nourrissaient d'énergie, la mort puisant aux meilleures sources de l'avidité. Brûlée de la fièvre de l'argent, innervée de ses multiples flux, l'économie du monde traversait une de ses plus grandes périodes de prospérité. Toutes ces chaudières bourrées jusqu'à la gueule finiraient par exploser, mais en attendant Lev se faisait fort de trouver l'argent.

Il partit pour Londres. Un jour d'ennui, il avait fait acheter une grande maison, pour une somme aberrante, qu'il n'occupait jamais et où Elena se rendait parfois pour ses achats de vêtements. Elle était intéressée par l'évolution de la capitale anglaise, irriguée d'argent et de flots nouveaux de population, subissant une normalisation du luxe qui dissolvait son ancienne excentricité de vieille fille apprêtée, ramassant désormais ses vieux jupons pour s'encanailler dans les voitures de sport et les bons restaurants.

Lev fut heureux de quitter l'atmosphère étouffante de son palais vide. Il partit avec Oksana. Son avion privé l'attendait et il constata avec amusement que les hommes ruinés restent riches.

La maison londonienne d'environ mille mètres carrés lui parut d'une taille idéale parce qu'il ne s'y perdait pas. Oksana la trouva à son goût.

— Il faut oublier les affaires, Lev. Tu iras à tes rendez-vous et le reste du temps, nous écumerons les restaurants et les boîtes de nuit.

Ce qu'ils firent. Lev dépensa des sommes effrayantes qui, dans sa ruine, n'étaient rien. Les videurs faisaient la queue pour l'escorter et recevoir les pourboires. Il achetait les bouteilles les plus chères et défraya à ce point la chronique du luxe que personne n'aurait pu imaginer la réalité de sa situation financière. Oksana à elle seule fit l'année d'une vendeuse de vêtements en achetant toutes les robes qu'elle put essayer en une heure. Des photographes mitraillaient le milliardaire russe et son amie. Lev savait que tout cela ne pouvait lui nuire. Certes, les Anglais multipliaient les clichés et les quelques articles qu'il lut sur lui étaient d'une platitude dérisoire, rappelant « l'extraordinaire richesse de l'oligarque », « la folie russe », « le prince du pétrole » et autres banalités. Mais au moins on parlait de lui, et il acquérait une renommée qui lui manquait totalement dans ce pays, où d'autres oligarques étaient beaucoup plus connus. Une fois ou deux, l'alcool, la nuit et les vibrations musicales lui donnèrent la paix, dans l'entrelacs de la foule, des lumières et de la danse. Il contempla les formes mouvantes, aima la jeunesse des visages et la vacuité du plaisir. Il ne pensa plus à rien et l'abrutissement qui le saisit, d'une troublante sérénité, fut une drogue merveilleuse.

Lors d'un rendez-vous chez Kelmann, il remarqua une jeune Anglaise brillante. Elle lui fit penser à Elena. Même intelligence, même apparence racée. Elle était beaucoup moins jolie mais c'était tout de même Elena. Il ressentit une crispation au creux de l'estomac. L'équipe entière s'effaça devant lui. Il n'y eut plus que cette femme. Dans un mouvement terriblement ralenti où la négociation fut comme suspendue, les figures se mêlèrent et tandis qu'une vague d'amertume l'emplissait, Lev sentit l'écrasant déferlement du temps : son existence se refermait sur lui, sa jeunesse s'éloignait à la vitesse de l'éclair. Brutalement, plus rien n'eut de sens.

Il resta figé. Les mots se perdirent. S'il l'avait pu, il aurait happé cette femme de l'autre côté de la table, fantôme de sa jeunesse, mais il se contenta de la fixer et de subir comme dans un tourbillon l'effrayante vitesse de la défaite, non plus celle de ses richesses qui s'envolaient, mais tout simplement, et inéluctablement, de sa vie.

23

Zadie n'avait jamais éprouvé la moindre attirance pour un client. Elle traitait des dossiers et non des personnes. Mais au cours de cette réunion avec son client russe, elle s'était mise à trembler. Elle était pourtant entourée de son équipe et la situation catastrophique de l'entreprise dont il était question aurait dû écarter toute autre considération. L'homme n'était pas beau. Il était petit et ses traits un peu asiatiques ne l'attiraient pas. Il avait besoin de deux cents millions de dollars. Et soudain, elle avait senti qu'il ne les écoutait plus. Elle lui avait jeté un coup d'œil. Il la fixait. Ce n'était pas un regard menaçant, il ne tentait en rien de l'impressionner, pas un regard de curiosité ou d'attention non plus. Pas davantage de désir ou alors un désir si particulier qu'il semblait presque désespéré, basculant sur des abîmes de faiblesse.

Et c'est alors qu'elle s'était mise à trembler. Du fond de sa dureté, de sa tranchante rapidité, était montée une asphyxie – un étouffement bref, comme une émotion trop forte. Et le petit homme en costume noir, inconnu jusqu'alors, lui était devenu plus proche et plus intime que tous les membres de son équipe.

Simon Djude avait posé une main sur son avant-bras. Elle avait senti cette pression, elle avait compris qu'il fallait revenir à la réalité, que plusieurs personnes autour de la table se rendaient compte qu'elle n'était plus attentive. C'était une affaire importante, elle ne pouvait pas faire d'erreur, on venait de lui confier des responsabilités nouvelles, il était hors de question de se laisser aller.

Elle ferma un instant les yeux. Lorsqu'elle les rouvrit, elle ne tremblait plus. Elle était de nouveau droite et ferme, malgré le mélange de crainte et de nostalgie qui se logeait au fond d'elle.

Ils fixèrent la réunion suivante à New York, au siège.

L'homme la salua. Sa poignée de main dura trop longtemps. Zadie était plus grande que lui mais elle éprouva de nouveau une sensation de faiblesse à le sentir si près d'elle.

— Je serai heureux de vous revoir, dit l'homme. Vous êtes brillante et j'aime travailler avec des gens brillants.

Il n'y avait plus trace de désespoir en lui. Il avait repris ses esprits, il était comme au début de la réunion. Elle hocha la tête sans prononcer un mot. Elle savait qu'il fallait dire quelque chose, sans doute « merci » ou « à bientôt ».

— Un homme impressionnant, dit Simon quand il fut parti. J'ai le sentiment de l'avoir déjà vu quelque part.

— C'est possible, dit Zadie. Le monde est de plus en plus petit et celui de la finance est minuscule. Après tout, tu sors bien avec la fille Hilland.

Celle-ci avait effectivement voulu le revoir. Ils s'étaient retrouvés dans un pub et de nouveau Simon avait été démesurément maladroit, mais la jeune femme avait semblé l'en apprécier davantage. Elle riait beaucoup de ses plaisanteries inconscientes.

— Ce qui me frappe chez toi, c'est ta candeur, l'avait-elle taquiné.

Elle ignorait à quel point elle disait la vérité. Jamais personne dans la finance londonienne n'avait été plus inoffensif que Simon, à telle enseigne que sa survie dans ce milieu tenait du plus pur miracle, peut-être grâce à cette magie impalpable que suscite parfois l'innocence. Loin de se faire écraser, il flottait comme une bulle, sans doute protégé, comme il l'avait toujours été, par le quadrillage des mathématiques, armure disposée autour de lui. Le plus surprenant, toutefois, était qu'une femme en vienne un jour à être intriguée par son appareillage de survie, cette étrange solution, mélange d'aveuglement et d'innocence, qu'il avait adoptée dans un monde hostile. Mais Jane Hilland était elle-même une femme à part. L'immense fortune de son père lui conférait une liberté absolue. Et comme cet argent s'ajoutait à une grande intelligence et à une certaine originalité personnelle, peu de préjugés la limitaient. Aussi ce poisson rouge qui n'avait jamais intéressé aucune femme avait-il réussi à susciter son attention. Ils allèrent au cinéma voir un de ces films anglais qui défient le sens commun. Au

278

fond, le poisson rouge faisait partie de cet univers. Il n'était pas français, il était anglais, modèle comique.

Jane voulut découvrir son univers. Simon l'invita chez lui, en prenant soin que son ami Matt déguerpisse. La soirée fut très agréable. Ils burent, discutèrent et mangèrent sur le pouce.

En fin de soirée, Simon tressaillit. La clef tournait dans la serrure. Pourquoi craindre ainsi l'arrivée de son ami ? Parce que Matt adorait le mettre mal à l'aise, parce que Matt adorerait mépriser Jane et surtout parce que Matt séduisait toutes les filles.

Mais Jane le surprit. Tout ce que la fortune de son père pouvait supposer d'arrogance et de glaciale indifférence, elle le manifesta à cet instant. À peine Matt avait-il commencé à la saluer, d'un geste nonchalant, avec cette aura de plaisir et d'alcool qui l'entourait, que l'aimable jeune femme se fit hautaine. Ses yeux devinrent froids, son sourire se ferma et son corps même fut comme corseté d'acier et de distance.

Matt commença à vanter le restaurant d'où il venait.

— Une adresse prétentieuse, dit-elle.

Elle lui demanda ce qu'il faisait dans la vie.

— Je travaillais pour un fonds russe qui vient de faire faillite. Mais il ne me faudra pas longtemps pour trouver une autre place.

— Trader ? dit-elle avec condescendance.

— Oui.

— C'est curieux. Je connais très bien les traders. Depuis mon enfance, en fait. Mon père est banquier. Je ne vous vois pas trader.

— Où me verriez-vous ? demanda Matt.

— Au chômage.

La plaisanterie fut décochée sans le moindre sourire. Puis Jane se leva et déclara :

— Désolée, je dois m'en aller.

Elle embrassa Simon sur les joues et partit sans même saluer Matt, en faisant simplement un signe de la main.

Celui-ci rougit. La porte claqua.

— Sympa, ta copine, commenta-t-il.

— Elle n'est pas comme ça d'habitude. Je ne sais pas ce qui l'a mise de mauvaise humeur. Elle était charmante.

— Ça ne m'étonne pas. Une Hilland, cousue d'or et d'arrogance. Il paraît que son père couche avec toutes les putes de Londres. Les plus chères, en tout cas.

Mortifié, Matt oublia de préciser qu'elle était laide. Jamais il ne s'était senti aussi méprisé. Cette femme l'avait renvoyé à ses doutes et ses faiblesses. Il se sentait comme à l'issue d'un entretien d'embauche où les sourires auraient été des crachats.

— Jamais vu une conne pareille.

L'appareil à maléfices se remettait laborieusement en marche.

— Je ne sais pas ce que tu fais avec elle, continua-t-il. Il y a tant de filles agréables à Londres, et voilà que tu choisis la pire de toutes. Le dragon.

Matt se tut. Il se passa la langue sur les lèvres. Il était encore rouge d'humiliation.

— Et en plus elle est moche.

Enfin. Il l'avait lâché.

Deux jours plus tard, Simon retrouvait Jane chez elle.

— J'ai été assez froide avec ton ami, dit-elle.

— Peut-être un peu.

— J'espère ne pas t'avoir gêné. J'avoue qu'il m'a déplu. Cette satisfaction… Cet air de don Juan de supermarché… Vous ne vous ressemblez pas. Je suppose qu'il te déteste, non ?

— Qu'il me déteste ? répéta Simon, éberlué. Non, c'est mon ami, mon grand ami.

— Cela n'empêche pas la haine. Au contraire.

— Je ne crois pas, non, je ne crois pas, balbutia Simon.

Vers la fin de la soirée, sur le canapé où ils étaient assis, survint un événement terrifiant : Jane l'embrassa, non pas d'une façon pressante et amoureuse mais d'un baiser de jeu, fugitif. Malgré son effroi – que devait-il faire, comment éviter les erreurs, comment ne pas être ridicule ? –, Simon lui rendit son baiser, plus longuement.

— Tu embrasses comme un chat, dit Jane.

Soit un vague contact mouillé et dur, supposa-t-il. Il s'appliqua, elle s'appliqua. Le baiser dura et fondit, des caresses se perdirent, Simon oublia d'avoir peur. Jane se recula et sourit, un frottement rouge au bord des lèvres.

— Tu n'as jamais embrassé une fille ?

— Bien sûr que si.

Elle le contempla comme un cas clinique.

— Vraiment très spécial, murmura-t-elle.

Cela ne semblait pas lui déplaire. Elle se leva pour aller chercher un verre d'eau. Ses talons claquaient sur le plancher. Ses hanches étaient minces, son corps élancé. Chaque détail se gravait dans la mémoire de Simon. Le bruit d'un réfrigérateur qu'on ouvre. Le claquement des talons, de nouveau. L'effroi qui gonflait : que devait-il faire désormais ? Qu'attendait-on de lui ? Jane revint avec deux verres d'eau. Dès qu'elle fut assise, il se précipita vers elle, sans le moindre désir, presque par devoir. Elle eut un air choqué, tendit néanmoins les lèvres. Ils s'embrassèrent de nouveau, un peu laborieusement. Puis elle l'examina, lui caressa les cheveux. Il avait encore l'impression d'être un enfant. Elle ôta le premier bouton de son chemisier. Il eut mal au ventre. Il prenait cela pour un signal. Il posa une main sur sa poitrine, comme on ouvre une porte. Elle le contempla avec un certain étonnement puis saisit sa main. Ils restèrent ainsi, immobiles. Simon s'interrogeait : que faire ? Qu'aurait fait Matt ? Le souvenir de son ami le perturba davantage encore. Lui serait déjà au lit. Mais comment passer du canapé au lit ? Par quelle traversée impossible ? Tout cela était si terrifiant. Il n'éprouvait aucun désir, rien que de la peur et déjà l'amorce d'une humiliation, pressentant un échec qui lui interdirait toute nouvelle rencontre. Elle lui semblait si expérimentée. Sans doute avait-elle déjà eu plusieurs histoires impressionnantes, avec des jeunes gens beaux et intelligents, comme tous ses amis. Après tout, c'était une Hilland. Ses yeux s'élargissaient de crainte. Jane contemplait tout cela, soupçonnant ces tourments. Secouant la tête avec compassion, elle reposa la main de Simon sur le canapé et l'embrassa doucement et longuement. Cette lente pression, cette confusion des langues et des corps, puisqu'elle se serra contre lui, commencèrent à aveugler Simon. Cela bannissait les images et les craintes, il n'y avait plus que ce contact chaud, agréable, qui faisait tomber une obscurité intime. Les yeux fermés, il se perdait dans la chaleur. Il aurait voulu que cela dure toujours.

Et puis soudain, Jane se leva, comme prenant une décision. Elle le tira dans une pièce sombre, un grand lit l'accueillit et les baisers reprirent. Jane lui ôta sa chemise. Il fouilla des boutons, parvint par miracle à enlever le chemisier de la jeune femme, s'attela, les doigts tremblants, au soutien-gorge, échoua. Mais avec un sourire patient, à peine ébauché dans le noir, les bras passèrent derrière le dos et détachèrent la boucle ennemie, offrant deux chairs qu'il suça et embrassa, sans y prendre plaisir mais en comprenant ce qu'il devait faire. Le souffle de Jane s'accéléra. Elle déboutonna sa jupe. Il la fit glisser, lentement, sentant le crissement des bas, la chaleur qui émanait du milieu du corps. Et puis il lui ôta sa culotte, s'y reprenant à plusieurs fois pour faire passer l'obstacle des pieds froids. Elle était nue. Il ne se sentait pas proche de cette femme qui l'inquiétait tant, qui n'était qu'un devoir à accomplir et qui remettait tout en cause dans sa vie. Il la voyait à peine dans l'obscurité, ce qui le rassurait un peu : elle semblait moins humaine, moins consciente. Il ne voulait plus s'échapper, il voulait en finir. Alors il entra en elle, sans plaisir, et il fut surpris de constater que cela ne marchait pas si mal. La jeune femme sous lui gémissait, il ne savait pas si elle faisait ça par gentillesse mais en tout cas, c'était réconfortant, il se sentait

mieux, plus vaillant même. Le souffle de Jane s'accé-
lérait, tout cela était très bon signe, cela se passait
bien. Et puis elle se crispa.

Comment décrire la fierté d'avoir surmonté un obstacle épouvantable et de s'en être sorti avec les honneurs ? Tout avait été donné au poisson rouge : il était
un vrai gangster, appartenant à l'équipe de choc de
Zadie Zale, chez Kelmann, sortant avec une jeune
femme merveilleuse nommée Jane Hilland et habitant
un appartement de Chelsea que beaucoup auraient
envié. Ce n'étaient plus les mathématiques qui le sau-
vaient, c'était la vie elle-même, qu'il remplissait enfin
de sa présence. Il faisait comme les autres. Tout ce
qu'il était censé faire, tout ce qu'il avait pressenti, à
la télévision, dans les propos de ses camarades d'école
ou même des professeurs, il l'avait accompli : obtenir
un concours prestigieux, avoir un bon métier où l'on
gagne de l'argent et enfin avoir une fille à son bras. Il
cochait les cases.

Lorsqu'il suivait une réunion avec un client russe
qui réclamait deux cents millions de dollars et que
cette même réunion s'affolait sous le tremblement de
l'admirée Zadie Zale, avec une intensité que tout son
être aimait et refusait, lorsqu'il dînait au restaurant
avec une bande d'intellectuels, d'artistes et de financiers qu'il n'aurait jamais cru pouvoir rencontrer dans
toute sa vie, lorsqu'il serrait dans ses bras une femme
que tous les chasseurs de dot de Londres convoitaient,
Simon était bien conscient que son ancienne identité
explosait. Parfois, il considérait Jane avec stupéfaction. Elle ne comprenait pas ce regard parce que si
intelligente qu'elle soit, elle ne comprenait pas d'où il

venait, de quelle obscurité de l'être il émergeait, lui le timide, l'évanescent. Il n'en revenait pas : un être de chair et de sang l'appréciait. Peut-être n'était-elle pas amoureuse de lui, il n'en savait rien – elle ne se livrait pas à des déclarations, peut-être était-elle trop bien élevée pour cela –, mais au moins elle l'appelait, elle le voyait, elle lui parlait, elle couchait avec lui. C'était cela le plus incroyable, ce contact de deux corps, pour lui qui avait toujours eu beaucoup de mal à toucher les autres êtres, lui qu'un effleurement gênait. Son désir était stupéfiant. Le désir était stupéfiant. Elle le désirait, il la désirait. Les corps existaient, s'entrelaçaient, se pénétraient.

Trop étonné pour s'en rendre pleinement compte, Simon Djude était tout simplement au comble du bonheur.

Matt avait suivi un trajet inverse. Il demeurait de plus en plus longtemps dans sa chambre. Il n'avait plus d'entretiens, il avait été licencié par Saniak – les mensonges ont leur cohérence –, il sortait moins parce qu'il avait du mal à bâtir ses fictions. Une rupture s'était produite, une faille par où s'échappaient les mots. Il ne pouvait plus parler et sans les paroles il n'était plus rien. Sa séduction s'écroulait. Il évoquait un retour à Paris qui sonnait comme une énorme défaite mais Simon songeait qu'après tout la finance n'était pas son univers et qu'il pourrait plus facilement trouver un emploi dans son ancien métier. En attendant, Simon payait tout. Il n'y pensait même pas. Matt était son ami, son seul ami et par ailleurs celui qui l'avait transformé. Il lui avait offert sa nouvelle vie. L'argent n'était rien en échange.

De l'ancienne profusion de mots ne restait plus que la machine à maléfices. Matt aimait Simon et haïssait sa réussite, puisqu'il avait réalisé ce que lui-même espérait. Matt avait voulu le sculpter, en faire son double, inférieur bien sûr, et la force de son amitié tenait à l'emprise qu'il avait sur lui. Et voilà que la statue avait pris vie, l'avait dépassé et avait incarné ses rêves – ses rêves d'argent et de réussite. Matt n'était pas un être bas, mais il était fou d'insatisfaction, il avait besoin de désirer, il avait besoin de dorer l'existence d'un vernis d'argent et le fait que Simon mène cette existence lui était insupportable. Son ami était l'aiguillon qui lui rappelait sa défaite et il vivait avec lui. Il le voyait partir pour la banque, il le voyait sortir avec ses amis, que lui-même refusait de fréquenter, craignant d'exploser de haine et d'envie, il le voyait partir pour un rendez-vous avec l'héritière Hilland.

— Pourquoi ne viens-tu jamais avec nous ? lui demanda un soir Simon.

— Je ne supporte pas ces gars bouffis de fric. Et vraiment, je ne comprends pas ce que tu trouves à cette fille. Elle est moche et prétentieuse.

— Tu as tort. Je t'assure que tu as tort. Ce n'est qu'un malentendu entre vous deux.

— De toute façon, j'ai rendez-vous avec une fille belle comme le jour.

Ce n'était pas vrai. Matt n'avait plus de rendez-vous, il n'avait plus de filles belles comme le jour. Comme dans les contes pour enfants, de sa bouche ouverte sortaient des crapauds d'amertume. Les princesses n'aiment pas les flots coassants et vaseux.

286

Il ne promettait plus le soleil, l'amour et le plaisir. Sa personne se fendillait, il n'attirait plus aucune femme – ni princesse, ni marquise, ni baronne, ni fille du peuple, ni souillon.

Il ne lui restait plus que les crapauds.

24

— Les caméras me suivent depuis le lycée !

Comme dans un téléfilm, tout le monde éclata de rire. Ruffle, le journaliste, les deux techniciens de la télévision ainsi que Dolores, cette femme de ménage dont il se vantait d'avoir changé le destin, et ses trois fils. Il faisait très beau, avec une lumière brillante qui ressemblait à celle de projecteurs. Sur la toile étincelante du jour, la ville resplendissait comme un écran de cinéma et les gens s'apprêtaient à glisser sur l'écume du quotidien, le sourire aux lèvres.

Ruffle était habillé de blanc comme un planteur sudiste. Il avait longuement hésité sur la couleur de son costume, pensant plutôt à un complet sombre de financier. Et puis il avait décidé que le rêve l'emporterait. Il n'était pas un financier mais l'homme du rêve américain. Il ne parlait pas d'argent, il ne parlait pas d'investissement, il parlait de rêve. Et les rêves sont immaculés.

En ce jour si spécial de sa consécration, tout en lui était américain. Son costume était américain, ses lunettes de soleil étaient américaines et lui qui n'aimait rien tant que les bolides européens avait emprunté une grande Cadillac crème. Il ne pouvait y avoir de fausse note. Le nom de Mark Ruffle allait être porté haut sur le pavois de la Floride et il allait devenir en cet État ce qu'était Dario Fesali pour les États-Unis.

L'équipe de télévision l'avait appelé quinze jours auparavant. Ruffle s'était aussitôt senti gonflé d'une joie immense. *Un reportage sur lui !* Sur la chaîne locale la plus importante ! Son discours était prêt depuis longtemps et il le répétait en permanence à ses interlocuteurs. Mais jamais il n'avait eu l'occasion de le répandre à une telle échelle. Mark Ruffle, sa vie, son œuvre. En public, il faisait semblant d'attacher peu d'importance à cette émission. En privé, il ne faisait qu'en parler.

La grosse Cadillac avait glissé dans les rues de Miami, traversant le grand centre d'affaires de Brickell aux tours aussi étincelantes que le soleil, ce lieu d'énergie et d'argent qui faisait vibrer Ruffle et dont il se sentait un acteur éminent. Il faisait partie de ces créateurs du monde nouveau, presqu'île et pointe avancée de la richesse accueillant la misère des Latinos, des Cubains, des Haïtiens. La porte des Amériques. C'étaient des hommes comme lui, des bâtisseurs, qui avaient érigé ces tours, qui insufflaient une nouvelle prospérité à cette ville. C'était leur esprit d'entreprise qui avait construit le Four Seasons Hotel Miami, le Wachovia Financial Center, toute cette grandeur dressée, pleine d'arrogance et de défi. Les acteurs de l'immobilier comme lui avaient cet avantage, par rapport à tous les autres, d'incarner leur travail dans des réalisations de pierre, de ciment et d'acier, contre tous les vents de la fortune. Le regard levé vers la ville, sa lourde main devant la bouche, Ruffle s'était senti glorifié par ce quartier et ces tours.

Et puis tout d'un coup, sans qu'on comprenne pourquoi, le costume d'apparat était tombé. Le chauffeur avait tourné et une autre ville avait surgi, des carrés de brique ocre, comme dans un village mexicain. C'était l'ancien quartier de Dolores. Une dizaine d'hommes, étendus par terre, avaient contemplé la voiture. L'un d'entre eux avait craché.

— Putain de ghetto, avait maugréé Ruffle.

Voilà qu'ils lui ternissaient son jour. Il avait besoin d'eux et l'ascension de Dolores n'en serait que plus belle. Mais il avait oublié qu'ils étaient si pauvres. À dégoûter tous les courtiers ! Il n'y avait pas un contrat à placer. Ils dépensaient tout en crack et cocaïne. La Cadillac avait eu un soubresaut : des nids-de-poule creusaient la route. Sur le trottoir, des herbes couraient et, à mesure que la voiture progressait, les étendues délaissées s'accroissaient, s'élargissaient en terrains vagues. Au milieu de l'un d'entre eux, une voiture désossée gisait. C'était l'abandon, le visage lépreux de la misère. Au coin d'une rue, des jambes nues sortaient d'un matelas de mousse.

— Il a trouvé sa maison celui-là, avait commenté Ruffle. Ces cochons sont foutus de vivre dans des seaux à merde. Encore un contrat qui disparaît.

Le chauffeur avait montré des dents carnassières.

La voiture était arrivée à 10 h 02 devant l'équipe de télévision. Ruffle avait imaginé un groupe plus nombreux. Il était descendu de voiture. Le journaliste avait tendu sa main. C'était un petit homme mal rasé avec des épaules tombantes. Les techniciens aussi auraient dû faire des efforts. Cela dit, la caméra brillait, ce qui était l'essentiel. Un peu plus loin, intimidée, se tenait Dolores, accompagnée de ses trois enfants. Elle était venue en Mercedes, une petite Mercedes de couleur bordeaux garée contre le trottoir et vers laquelle elle se retournait avec inquiétude, comme une mère attentive. Ruffle s'était précipité vers elle avec un masque jovial et l'avait serrée dans ses bras, ce qu'il n'avait jamais fait. Elle avait l'air d'un oiseau affolé.

Il s'était retourné vers la caméra. Celle-ci n'était pas en marche, ce qui l'avait affreusement déçu, sans qu'il en laissât rien voir.

C'est alors qu'il avait déclaré, d'un ton plaintif et ironique :

— Les caméras me suivent depuis le lycée !

Et tout le monde éclata de rire. Soudain, Ruffle se sentit mieux. Oui, la journée était étincelante. Et ce n'était que le début. Il raconta alors qu'il avait été un joueur d'avenir autrefois et qu'il revoyait souvent les films de ses matchs. Comme un silence un peu gêné l'accueillait, il se souvint qu'il fallait être modeste.

— Le super-huit de mon père, je veux dire, avec l'image qui tremblote, vous savez.

Ils acquiescèrent.

— C'est donc là, dit le journaliste, contemplant la rue désolée.

Ruffle prit un air sérieux.

— C'est là. Dans cet endroit abandonné de Dieu. Au milieu des terrains vagues et des trafics. Oui, c'est là que cette famille a vécu à son arrivée du Mexique.

Dolores hocha la tête. Les enfants regardaient la scène, vaguement éberlués. Le journaliste s'approcha de la caravane.

— On peut entrer ? demanda-t-il à Dolores.

— Mes cousins habitent là, répondit-elle avec un terrible accent.

Le journaliste leva un visage interrogateur.

— Ce sont ses cousins qui ont repris la caravane, dit Ruffle. D'autres candidats à la fortune. Je vais les aider à s'installer. Encore un peu de temps et ils emménageront aussi dans une belle maison. On est en Amérique, oui ou non ?

Le journaliste s'adressa au cameraman.

— On va filmer tout ça. Les environs et l'intérieur.

Tous entrèrent dans la caravane. Ruffle se demanda comment ils avaient pu vivre à quatre dans un taudis pareil. Les cousins avaient tout lavé de fond en comble mais l'exiguïté et la saleté jaunâtre de la misère ne pouvaient s'effacer.

« Et après ça, on viendra me dire que j'exploite la pauvreté, pensa Ruffle. Tout vaut mieux que de vivre ici. »

— Monsieur Ruffle est notre bienfaiteur, dit soudain Dolores.

Et les trois enfants d'entonner, comme une récitation mal apprise :

— Oui, monsieur Ruffle est notre bienfaiteur.

— Sans lui, nous sommes toujours dans la roulotte, poursuivit la femme. La belle maison est grâce à lui.

Ruffle songea qu'il aurait aussi dû lui faire prendre des cours d'anglais. Mais bon… elle n'en était que plus convaincante. Comment faisait-elle pour conserver un accent aussi atroce ?

Le journaliste ne semblait pas passionné par cette déclaration de reconnaissance. Il jeta un coup d'œil las vers la famille mexicaine. Le cameraman achevait ses prises de vues. Toute la troupe sortit de l'habitacle puis d'autres images furent tournées devant la caravane. Dolores répéta sa phrase et cette fois la déclaration fut enregistrée en bonne et due forme. Ruffle prit un air modeste qui lui parut très adapté. De nouveau, il serra l'oiseau affolé dans ses bras et de nouveau le cameraman considéra cette touchante effusion sans le moindre intérêt. Peu importe ! Cet abruti n'avait qu'à prendre la nouvelle maison de Dolores. La comparaison magnifierait l'image de Mark Ruffle et s'il restait encore une famille solvable dans la région, elle se précipiterait dans les bureaux de RUB dès la diffusion du reportage.

Ruffle proposa au journaliste de l'accompagner. Celui-ci, d'une impolitesse coupable, déclina l'offre pour se coincer avec ses collègues dans une petite chose de couleur noire qui avait peu de chances de survivre au prochain démarrage. Et bien entendu, Dolores se mit au volant de sa Mercedes, avec une méticulosité qui indiquait son amour pour cette voiture.

Il ne leur fallut qu'un quart d'heure pour arriver dans une banlieue pavillonnaire où trônaient une dizaine de maisons achetées grâce à RUB. Et Dolores frétilla jusqu'à un petit pavillon, un palais des mille et une nuits comparé à la caravane antérieure. Et cela, même ce journaliste probablement gauchiste, comme tous les intellectuels, ne pouvait que le comprendre. Et même s'il en était incapable, l'image parlerait toute seule. Les caméras comprennent parfois mieux que les esprits dégénérés.

Un plan magnifique saisit la famille Echeveria devant sa nouvelle demeure, à côté de l'entrepreneur qui lui avait permis de réaliser son rêve. Et tout cela était bon. L'incursion de la caméra à l'intérieur de la maison acheva l'élogieuse comparaison, avant que Mark Ruffle n'explique lui-même son projet :

— Ce que j'ai voulu, c'est permettre à tous d'accéder au rêve américain.

À ce mot qu'il entendait pour la quinzième fois en une heure, le journaliste eut une expression excédée que Ruffle méprisa.

— Dolores Echeveria n'avait rien, continua l'homme d'affaires, elle a tout. Quand elle est arrivée du Mexique, fuyant la misère, elle est passée par des moments difficiles. Mais elle a travaillé dur, elle a eu confiance en elle et dans l'avenir. Nous, à RUB, nous l'avons aidée à obtenir un prêt pour cette maison. Maintenant, elle a un toit pour se loger, elle et sa famille, elle a une belle voiture pour aller au travail. Elle est intégrée. Ses enfants vont à l'école, ils feront des études et ils deviendront des citoyens dont elle sera fière. Je suis heureux de l'avoir aidée, mais bien sûr je ne suis rien, se reprit-il, c'est elle qui a tout fait.

Large sourire, pouce levé.

— Monsieur Ruffle est notre bienfaiteur, clamèrent les enfants.

— Je suis d'autant plus admiratif de cette réussite que Dolores est également propriétaire d'une autre maison qu'elle loue et dont elle peut tirer des revenus.

Le journaliste fut surpris.

— Une autre maison ? Pour une femme de ménage. Alors qu'elle a déjà emprunté pour une maison et une voiture ? Ce n'est pas un peu beaucoup ?

— Non, monsieur, répondit Mark avec condescendance. C'est le miracle de l'économie moderne. Dolores s'endette sans risque. Au pire, elle revendra cette maison et fera un joli bénéfice. Mais elle n'en aura même pas besoin. Son bonheur a commencé et croyez-moi, il ne s'arrêtera pas de sitôt.

— Mais quels sont ses remboursements mensuels ? Ce doit être faramineux.

— Mais rien, absolument rien, répondit Ruffle. C'est un crédit gratuit, universel. RUB prête parce que nous voulons faire le bonheur des gens. Le remboursement vient ensuite. Et d'ici là, Dolores ne sera plus femme de ménage, elle aura davantage d'argent, elle n'aura aucun mal à nous rembourser. Nous sommes dans la nouvelle économie, cher monsieur, celle de la croissance infinie.

Le journaliste le considéra d'un œil fixe. Ruffle eut la désagréable impression de se retrouver au lycée, lorsqu'il venait de répondre une balourdise particulièrement notable. Mais il n'était plus au lycée et c'est lui qui avait l'argent. Il se contenta donc de tapoter l'épaule du journaliste et de rejoindre la famille de Dolores.

— Monsieur Ruffle est notre bienfaiteur.

Cette fois, c'était fait. Il n'y avait plus qu'à glisser sur l'écume. Les images dresseraient la statue. Tout était dit, tout était joué. Dans la resplendissante lumière du jour, un homme en costume blanc s'imposait à ses contemporains. L'en-but était devant lui, à trois pas, et plus aucune défense ne l'empêcherait de marquer le point de la victoire. Mark Ruffle, sa vie, son œuvre.

À l'intérieur de la Cadillac qui le ramenait à la maison, pour un déjeuner avec les membres de l'équipe de télévision dont il voulait s'attirer les bonnes grâces, d'autant qu'il continuait à se méfier de leur orientation idéologique, le président et fondateur de RUB savourait l'excellence de sa prestation. Enveloppé dans cette gangue de satisfaction, aucun nid-de-poule ne pouvait plus le déranger, pas plus que les éventuels détours et retards, de sorte que le chemin lui sembla très court.

Il sortit de la voiture. L'équipe n'était pas encore arrivée. Ils auraient dû venir avec lui. Il regarda sa maison. Un bref instant, après la caravane et le petit pavillon, sa richesse le saisit, puis il poussa la porte.

Un homme l'attendait à l'intérieur. Il était assis sur un canapé et sa femme se tenait, toute droite, à côté de lui. Shoshana était si figée qu'il se demanda s'il ne s'agissait pas d'un deuil ou d'une terrible nouvelle.

— Bonjour Mark.

Il ne répondit rien.

— Je voulais te présenter Sila, poursuivit-elle, la gorge nouée par l'émotion.

— Enchanté, dit Ruffle d'un ton sec. Que se passe-t-il ?

— Rien. Simplement, dit Shoshana, un peu haletante, je pense qu'il faut vraiment que tu lui parles.

Ruffle regarda plus attentivement l'homme sur le canapé. Un jeune Noir de vingt ou vingt-cinq ans, bien habillé, d'apparence sereine et sans aucune agressivité.

Il s'approcha. L'homme se leva. Il était plus grand que lui, beaucoup plus élancé.

— Sila travaille dans un restaurant français sur Lincoln Road.

Quel intérêt ? Pourquoi avoir amené un serveur à la maison ? S'il voulait travailler chez RUB, qu'il envoie un CV.

— Très bien. En quoi cela me regarde-t-il ? J'ai peu de temps et…

— Je tiens vraiment à ce que tu lui parles, le coupa Shoshana, presque tremblante. C'est très important, pour toi et pour moi. S'il te plaît.

— Je vous connais, je crois, fit le Noir.

Dubitatif, Ruffle resta immobile.

— Nous nous sommes rencontrés dans un restaurant parisien.

Et brutalement Ruffle se souvint.

— Vous êtes le serveur ! Le serveur qui a crié sur mon fils !

— Je n'ai pas crié, fit doucement Sila. Je ne crie jamais et surtout pas sur un enfant. Mais vous m'avez frappé. Vous m'avez cassé le nez. Parce que j'avais demandé à votre fils de revenir à sa place.

Ruffle le considéra en silence. Puis il maugréa :

— C'est possible.

Il renifla.

— Bon. J'ai un rendez-vous, dit-il. Une équipe de télévision va arriver. Ce n'est vraiment pas le moment d'évoquer ces souvenirs.

Shoshana hésita.

— Ah bon ! Je croyais que tu avais fini.

— Je les ai invités à déjeuner.

Il fit un pas.

— Pourquoi m'avez-vous frappé ? demanda Sila.

— Vous aviez crié sur mon fils. Je me suis énervé. Un réflexe de père.

— Je n'ai pas crié, répéta doucement Sila.

Ruffle haussa les épaules.

— Pourquoi m'avez-vous frappé ?

— Mes invités vont arriver, j'aimerais que vous vous en alliez, dit Ruffle d'un ton plus menaçant.

— Vous devez répondre à ma question, dit Sila en s'approchant.

— Je ne dois rien du tout. Et toi tu vas te casser d'ici.

Ruffle le repoussa violemment vers l'arrière. Mais l'instant d'après, les traits contractés de douleur, il se tenait plié en deux. Grandi, sa silhouette entièrement redressée, les traits sévères, Sila lui avait saisi le poing et lui tordait le poignet, d'une pression formidable.

— Pourquoi m'avez-vous frappé ?

Ruffle gémissait, plein d'humiliation et de douleur. Peu à peu, sans qu'il s'en aperçoive, il pliait le genou à terre. Les muscles de Sila se tendaient. Il aurait voulu rester calme, il aurait voulu continuer à poser sa question, pour que l'autre lui réponde, pour qu'on en finisse avec cette question qui le taraudait depuis cette scène dans le restaurant, mais le problème, le vrai problème, c'est qu'il en venait à oublier la question, c'est que tout en lui se concentrait sur la pression qu'il infligeait à cet homme et la rigidité nécessaire pour maintenir le terrible étau. Il aurait dû entendre et voir Shoshana qui le suppliait d'arrêter, il aurait dû prendre en pitié son visage baigné de larmes mais il ne voyait rien, n'entendait rien. Il n'avait plus que cette colère en lui, qui ne s'épuisait pas devant la douleur de l'autre mais qui au contraire devenait incandescente et incontrôlable. Il se tenait droit, les mâchoires contractées, et sa grande main serrait celle de l'autre, la ployait vers la gauche, en tordant le poignet qui commençait à prendre un angle inquiétant. Une voix en lui murmurait d'arrêter, une conscience qui regardait et s'inquiétait, mais il ne l'écoutait pas, parce qu'il n'y avait plus que cette colère, sourde, menaçante, ondoyante comme une tempête qui se lève sans éclater. Et il contemplait la bouche de l'homme, ouverte sur un effrayant silence, tandis que la main se pliait sur le poignet. Soudain on entendit un craquement et l'homme à terre se mit à hurler.

Sila le lâcha, comme brûlé, recula, puis s'enfuit.

Dans la cour, il croisa trois personnes qui sortaient d'une voiture.

Le jour était étincelant.

25.

Le 12 octobre 1998 était un jour de fête pour la ville de New York. Personne ne s'en rendait compte et les gens vaquaient à leurs occupations quotidiennes, le pas rapide ou lent, habillés en costume, en jean ou en survêtement, grands ou petits, pauvres ou riches, faisant les courses ou se promenant, heureux ou malheureux, intelligents ou bêtes, amoureux ou indifférents. Pourtant, ils auraient dû s'apercevoir qu'il s'agissait d'un jour de fête, précisément parce qu'il ne se passait rien. Le 12 octobre 1998 fut un jour sans événement. Un jour pour rien, ce qui signifie un jour sans doute rempli de l'éclat de millions de destins mais soustrait aux coups trop visibles de l'Histoire, qui ne laisse les peuples en repos que pour les assommer ensuite.

Et c'est en ce jour de fête que trois hommes se retrouvèrent, réunis dans la fragmentation du monde par la puissance de l'argent. Ils s'étaient croisés durant un dîner dans un restaurant parisien, ils se croisèrent de nouveau, alors que tout avait changé dans leurs vies. Leur fugitif rassemblement – des lambeaux de temps coïncidant – eut lieu à Manhattan, dans le hall de la tour Kelmann, et dans les rues environnantes.

À 10 heures du matin, à la fenêtre de sa suite, Lev Kravchenko contemplait Central Park, le regard absent. Dans un autre hôtel, à deux blocks de là, Simon et Jane prenaient leur douche. Ils profitaient de ce voyage professionnel pour se promener dans une ville que Jane aimait entre toutes. Zadie, un étage plus bas, achevait son maquillage. Le visage fermé, elle entendait être prête pour affronter l'origine de son trouble, ce Russe avec lequel il fallait discuter les termes du contrat à la tour Kelmann. Dans un petit hôtel, plusieurs rues plus bas, Matt se contentait de dormir. Il était sorti jusque très tard dans une boîte de nuit, et il ne regrettait pas d'avoir accompagné le couple à New York, malgré son aversion pour Jane Hilland.

Lev, Elena, Simon, Matt, Ruffle, Shoshana, Zadie, Jane, Oksana, Sila, tous rassemblés dans le labyrinthe, condamnés à se cogner à plusieurs reprises les uns aux autres, dans l'entrelacs des branches d'acier de la modernité. Un tronc de verre et d'acier, surmonté de branches et de rameaux aux feuilles ocellées d'or et d'argent, palpitant doucement. Un arbre immense dont les branches ramifiées à l'infini en viennent toujours à se croiser, dans un nœud de destins.

Lev sortit de sa chambre. Son garde du corps le précéda dans l'ascenseur. Les deux hommes descendirent jusqu'au rez-de-chaussée. Les glaces reflétaient leurs silhouettes. Le garde du corps était inexpressif et massif, comme à son habitude. Lev lui-même, absorbé dans ses pensées, ne laissait rien paraître. Dans le hall de l'hôtel l'attendaient le directeur financier d'ELK et un avocat américain. Lev se méfiait de la réunion à venir. Il les salua rapidement. Une voiture était garée à la sortie de l'hôtel, dans laquelle ils s'engouffrèrent.

En chemin, il dépassa sans le voir Simon, tenant le bras de Jane, bavardant gaiement et se hâtant néanmoins pour ne pas être en retard au rendez-vous. Ils avaient tenu à marcher. Il faisait trop beau pour s'enfermer dans une voiture.

Une demi-heure plus tard, Matt entrait dans un Starbucks, en survêtement, pour aller y chercher un café et des cookies, les cheveux en broussaille, alors qu'au sommet de la tour Kelmann, un petit homme aux traits légèrement asiatiques faisait naître un timide malaise chez une jeune Anglaise, sous le regard inquiet de son assistant, qui se tenait droit au-dessus du vide, à côté de la fenêtre, l'immense tour aux quadrilatères de verre dominant la ville.

Lev s'assit. Une jeune femme, jupe courte, longues jambes, lui demanda s'il désirait une boisson.

— Un café, s'il vous plaît.

Tout le monde était aimable, voire amical. Lev s'attendait au pire.

Autour de la table, cinq avocats se tenaient prêts. Pour une entreprise sur le point de sombrer. La bataille s'annonçait difficile.

— Nous sommes ici réunis pour discuter d'une somme de deux cents millions de dollars qui pourrait être accordée à l'entreprise ELK, propriété de monsieur Lev Kravchenko.

L'associé qui avait pris la parole était un homme

d'environ cinquante-cinq ans, sec de corps et de visage. Il s'appelait Frank Shane. Presque chauve, il était célèbre pour les procès qu'il intentait en permanence, le dernier en date, victorieux, contre un masseur qui lui avait fait mal à l'épaule. Sa jouissance s'accomplissait ainsi, à ronger la vie des autres. C'était un des associés les plus redoutés d'une banque redoutée entre toutes.

— Monsieur Kravchenko… commença Zadie.

Lev l'observa avec curiosité. Il reconnaissait en elle la femme de tête. Il se souvint combien elle l'avait troublé lors de leur précédente réunion, ou plutôt combien Elena l'avait troublé à travers elle, leurs visages se mêlant dans la confusion de sa vie perdue. Mais à présent, il ne pensait plus qu'à sauver son entreprise.

En revanche, Zadie éprouvait le même malaise que la dernière fois. Ce petit homme à l'énergie concentrée, d'une intelligence froide, l'impressionnait. Elle avait attentivement étudié le cas d'ELK, elle en connaissait la situation désespérée et elle savait où était son devoir. Mais alors même qu'elle entamait le combat, le trouble l'agitait.

— Nous avons considéré votre demande de prêt de deux cents millions de dollars, poursuivit-elle. Compte tenu de la situation extrêmement difficile de votre entreprise, dans une conjoncture de surcroît très tendue en Russie, cette demande nous paraît très problématique.

Sa voix tremblait légèrement. Sans doute l'étrange sensation de condamner un homme qui vous attire, avec la certitude qu'on se perd ainsi soi-même.

— La conjoncture, répondit Lev, est en effet difficile mais l'entreprise ELK est saine parce que les gisements sont encore riches et d'un accès aisé, et parce que la demande mondiale est en croissance permanente.

Ce débat en anglais ne l'arrangeait pas. Seul le russe lui convenait. Dans une langue étrangère, il perdait en intelligence, en perception des nuances. Il restait le même mais en moins aigu, comme s'il se servait de sa main gauche au lieu de la droite. De toute façon, il savait que l'entrée en matière de Zadie n'était qu'une mise en bouche.

L'associé Shane fixait Lev. Comme dans chaque négociation, il se sentait plein d'hostilité. Il détestait cet homme qui se dressait sur son chemin, demandant un argent qu'il ne méritait pas, parce que aucun oligarque ne méritait sa fortune et parce que de toute façon la Russie était un pays sous la coupe des mafias. Sa face de Hun l'exaspérait, comme son assurance de milliardaire ruiné. La situation était claire : cet homme était à sa main.

— Nous sommes banquiers, monsieur Kravchenko, pas philanthropes. Notre but est de gagner de l'argent.

— Je l'entends également ainsi, répondit Lev, un peu surpris par le ton agressif du banquier.

Il comprit que le combat commençait.

La jeune femme déposa devant lui le café. Il ne le but pas.

— Pour parler clairement, monsieur Kravchenko, nous ne voulons pas prendre de risques. Nous avons besoin d'une hypothèque sur vos biens.

Une expression d'ennui, teintée de mépris, passa sur le visage de Lev. Et c'est alors que Simon le reconnut : le Russe chez Lemerre. C'était bien lui. C'était cette même expression d'indifférence. À quelques années et plusieurs milliers de kilomètres de distance, ils se retrouvaient.

— Quelle hypothèque ? fit Lev. ELK vend son pétrole en Russie, en Europe et aux États-Unis. Tous nos marchés sont en progression.

Le mépris de Lev était très difficile à supporter pour Shane. Les emprunteurs n'ont droit qu'à la docilité, voire à l'humilité lorsque leur situation est aussi compromise.

— Votre principal gisement, dit-il, a été ralenti par un attentat qui pourrait se reproduire. Vous avez des ennemis, monsieur Kravchenko, et vous savez très bien qu'ils pourraient recommencer.

— Ce n'était pas un attentat mais un accident. Et cet emprunt est notamment destiné à récupérer nos capacités d'extraction.

Le visage de Lev ne frémissait pas. Toujours cette indifférence, comme s'il discutait avec des paysans trop obstinés qui renâclaient à payer leurs fermages. En réalité, il était inquiet de ne pas entendre une seule fois le mot « prêt » dans la bouche de Shane.

— Notre société est vraiment très solide, intervint le directeur financier. Les comptes sont sains et la situation ne provient que d'un ralentissement passager de la Russie.

Shane ne lui fit même pas l'honneur d'un regard. Campé sur sa table, les mains croisées, il ne parlait qu'à Lev.

— Il nous faut des gages. Des gages sur vos biens. ELK est virtuellement en faillite mais vous êtes encore un homme riche, monsieur Kravchenko.

Lev ne réagit pas. Shane se tut un instant. Il considéra l'homme qu'il avait en face de lui. Lui qui depuis toujours était tendu vers sa propre réussite, sacrifiant sa vie à sa carrière, éliminant un par un ses opposants, haïssait ce Russe, les biens qu'il avait accumulés, le plaisir qu'il avait pris, les femmes qu'il avait connues. Zadie lui avait parlé des fêtes londoniennes de l'oligarque et ce procureur en était dégoûté comme d'un crime. Il ne connaissait pas Lev, il l'imaginait. Et même si cet imaginaire ne cernait en rien le vrai Lev, seule la ruine lui semblait devoir être la récompense de ses actes.

— Nous voulons une hypothèque sur ELK.

Aucune réaction de Lev.

— Nous voulons une hypothèque sur votre maison à Londres, d'une valeur de trente millions. Sur votre chalet de Gstaad, d'une valeur de dix millions. Sur votre palais de Moscou, d'une valeur de cinquante millions. Sur votre résidence de la mer Noire, d'une valeur de sept millions. Sur votre villa de Cannes, d'une valeur de vingt millions.

Il avait asséné les sommes d'une voix tranchante.

— Et pourquoi conserver deux jets, tous deux à trente-cinq millions de dollars ? ajouta-t-il. Pourquoi s'embarrasser d'un yacht à vingt millions de dollars ? Vous n'avez pas besoin de cela. Personne n'a besoin de ce luxe superflu.

Zadie regarda Shane. Tout cela n'était rien. La vraie annonce était à venir. À cet instant, elle admira le calme de Lev. Il ne réagissait pas. Elle avait vu tant d'hommes, dans la même situation, perdre tous leurs moyens, balbutier, suer et rougir, parfois même fondre en larmes, que la parfaite quiétude du Russe lui semblait exceptionnelle.

En réalité, Lev était rempli d'une colère froide. La rage l'emplissait et il aurait voulu se jeter sur l'associé pour l'écraser. Mais il se maîtrisait parce que sa vie se jouait en cette journée, parce qu'il avait absolument besoin de cet argent et parce qu'il n'avait pas le choix. Le buste dressé sur sa chaise, légèrement méprisant, il avait l'air d'un homme à qui on parle d'inepties. Il avait espéré une négociation, on ne lui proposait qu'un ultimatum.

— Sans vouloir entrer dans ces considérations sur l'utile et le superflu, intervint Zadie avec un sourire destiné à détendre ses interlocuteurs, j'aimerais toutefois préciser que le cœur de métier de Kelmann n'est pas le prêt. De sorte que si ces garanties nous paraissent nécessaires, elles ne sont pas suffisantes.

Lev pâlit de colère.

— Vous voulez en plus m'ôter le pain de la bouche, c'est ça ? Il ne me reste plus grand-chose vous savez.

— Au contraire, au contraire, monsieur Kravchenko. Nous avons réfléchi à la meilleure solution pour ELK.

— Et pour vous, je suppose, fit Lev.

— Notre intérêt est le vôtre. La véritable solution pour ELK n'est pas un prêt, qui ne suffira sans doute pas et qui est très risqué, car vous pourriez y perdre tous vos biens.

Zadie installa alors un silence théâtral. Puis elle reprit :

— Une introduction en Bourse est le seul moyen de valoriser vos actifs et d'attirer des investisseurs.

Il n'y eut aucune réponse. Le directeur financier émit un soupir étouffé, devint écarlate. Lev lui jeta un coup d'œil hautain puis fixa Zadie, qui soutint un instant son regard avant de baisser les yeux.

— Il y a d'autres banques, vous savez, fit-il.

— Libre à vous, intervint Shane, le sourire triomphant. Personne ne vous prêtera quoi que ce soit. Toutes les banques d'affaires vous proposeront cette solution et, quant aux autres, elles ne s'engageront jamais dans une entreprise aussi risquée. Et seules nos équipes sont assez influentes pour réussir pleinement l'introduction en Bourse d'ELK. Un expert indépendant évaluera vos actifs, champs pétroliers et droits de forage. Il pourra aussi mettre un prix sur le portefeuille de dérivés sur matières premières que nous vous avons vendu.

Lev se souvint que son directeur financier avait en effet acheté, sans doute pour se concilier les bonnes grâces de Kelmann, des produits structurés auxquels il ne comprenait rien. À des fins de couverture, prétendument… Plutôt de spéculation.

— À condition de retenir les bons paramètres, poursuivit Shane, ce portefeuille pourrait représenter jusqu'à un tiers de la valeur totale de votre entreprise. L'expert qui l'évaluera sera le meilleur de la place. Et nous nous engageons à la fois sur la qualité de ses évaluations et sur sa bienveillance à votre égard. Lorsque le prix global sera fixé, je puis vous assurer que tous les marchés n'auront plus que le nom d'ELK à la bouche. Et l'argent affluera.

Lev pesait la situation. Shane avait raison. Aucune banque ne lui prêterait cet argent. La discussion sur le prêt n'avait été qu'un appât. Comme toujours, Kelmann allait se nourrir sur l'introduction en Bourse. Les équipes de financiers et de juristes se mettraient au travail, et les honoraires flamberaient.

Il se leva.

— Vous réglerez les détails avec mon avocat.

Il s'en alla sans saluer.

— Il a bien résisté, murmura Zadie.

L'associé la regarda sans mot dire. Il avait gagné, totalement, mais la proie lui avait échappé : l'homme n'avait pas tremblé.

— Qu'il crève avec son fric ! Croyez-moi, il nous léchera la main et il finira dans le ruisseau. On lui offre juste un répit.

Shane s'éloigna pour discuter avec les avocats.

— Pour un homme à terre, commenta Simon avec admiration, il se tenait bien droit.

Dans le couloir, seul, Lev chancela. Mais il se reprit. L'argent des investisseurs lui permettrait de sauver ELK et il serait ensuite plus fort que jamais. La crise, comme d'habitude, ferait une saignée et seuls les plus puissants subsisteraient, avec la mainmise sur le marché. Tous les petits mourraient et il en profiterait, il regagnerait ses milliards et il reviendrait dans cette même salle de réunion, en face du même homme, pour lui parler le langage qu'il fallait. Il avait juste à sauver sa peau dans les mois à venir.

Une fois sorti sur l'esplanade au pied de la tour Kelmann, son garde du corps derrière lui, Lev respira. Il ferma les yeux. Lorsqu'il les rouvrit, il se rendit compte qu'une femme lui jetait un coup d'œil en passant. Il s'agissait de Jane Hilland, qui, après une heure passée dans les boutiques autour de la Cinquième Avenue, se rendait au restaurant où elle devait retrouver Matt et Simon. Comme elle savait que ce dernier avait une réunion avec l'oligarque, elle supposa qu'il l'attendait déjà et se dépêcha. Vu l'état du Russe, la réunion avait dû être difficile.

Lorsqu'elle entra dans le restaurant, une salle sobre et accueillante, elle ne vit pourtant pas Simon. Elle fit le tour de la salle mais il n'était pas encore arrivé. Elle s'assit, commanda un verre et se plongea dans la lecture des journaux. Après quelques minutes, elle entendit ces mots :

— Je vous connais, je crois.

Matt se tenait devant elle. Ils avaient pris le même avion, il fallait donc considérer ses propos comme une plaisanterie et esquisser un sourire poli.

— Oh, bonjour. Tu es là ?

Sa voix était morne.

— Oui. Presque à l'heure au rendez-vous, dit Matt.

— Assieds-toi, je t'en prie.

Le ton démentait les paroles.

— Simon n'est pas là ?

— Belle déduction, fit Jane.

Matt ne répondit pas. Il se sentait dans son élément. S'asseoir à une table avec une fille pour que tout commence.

— C'est une bonne idée, ce restaurant.

— Pardonne-moi, je finis mon article.

Matt la détailla. Il la trouva laide et sophistiquée. Il la détestait, ce qui l'excitait.

— C'était crucial, cet article ?

— Non, stupide. Mais la stupidité a ses attraits.

Matt se sentait maladroit en face de Jane parce que tout en elle semblait décidé et construit. Rien ne la déroutait, son apparence physique était sans fautes ni hasards, des vêtements au maquillage, ses réactions étaient parfaitement dominées, et son langage – son impérieux et détestable langage – concentrait tous les éléments de la maîtrise : efficacité, précision, sécheresse.

Mais Matt connaissait ses forces, et il était également persuadé que Jane avait été trop impolie avec lui la première fois pour être vraiment indifférente. Il se mit donc au travail.

Il raconta sa soirée. Elle s'ennuyait. Il la raconta drôlement. Elle consentit à faire quelques commentaires. Il se tourna en dérision. Une lueur d'intérêt s'éveilla.

Elle le trouvait étudié, dérisoire et enfantin. Sa barbe de trois jours, son air de séducteur, son glacis d'assurance dissimulant un abîme de doutes lui semblaient ridicules. Elle s'étonnait : comment Simon et lui pouvaient-ils être amis ? Mais il fallait reconnaître qu'il était assez drôle.

— Dans quel hôtel loges-tu ? l'interrompit-elle.

— Un hôtel ? C'est beaucoup dire. Je n'ai pas les moyens. Non, c'est plutôt un taudis. Moi, mon travail, c'est de pourchasser les cafards. Je m'y emploie avec le sens du devoir qui est le mien.

Il se ploya, la mine obséquieuse, les mains ouvertes. Jane sourit, franchement cette fois. Matt comprit que c'était la bonne voie. Ne pas jouer le brillant, la réussite, l'éclat : elle ne pouvait pas y croire un seul instant. Le pauvre type dans l'autodérision était le personnage à adopter. Ce n'était qu'un masque de plus, de surcroît plus facile à revêtir au regard de sa situation actuelle.

Son visage se transforma. Disparue, la nuance de brutalité arrogante qui durcissait parfois ses traits. Juste le gars sympa.

Il lui posa des questions. Il demanda où elle avait grandi. Il l'emmenait toujours plus loin dans les replis de l'enfance, des plaisirs et de la nostalgie. Matt connaissait son sujet. Investir la faille, c'était son rôle, son talent. S'immiscer là où on ne pouvait pas le repousser, là où aucune défense ne s'arc-boutait. Jane raconta, un peu surprise elle-même, son amour pour un cheval, lorsqu'elle avait dix ans. Elle le pansait, l'étrillait, était la seule à le monter. Il lui était même arrivé, en cachette de son père, de dormir près de lui, dans la paille, près de sa chaleur.

Il lui posa des questions sur son père. Il se rapprochait du cœur, des amours, de ce mélange complexe d'admiration et de ressentiment qu'elle éprouvait pour un homme qui ne s'était jamais intéressé à elle et qui passait son temps entre ses affaires et ses maîtresses. Et là, elle ne pouvait plus être dans la maîtrise, elle ne pouvait que se laisser tromper, comme les autres, tant Matt était à son aise dans ce cœur mélangé, traversé d'amour, de crainte, de rancunes, dans ces sentiments troubles qui l'agitaient lui-même depuis toujours. Il se rendait compte avec étonnement que Jane, derrière sa froideur, était même plus faible qu'une autre, qu'au fond elle se livrait facilement. Son expression, à elle aussi, changeait. Derrière la maîtrise, derrière le maquillage, derrière l'adulte, pointaient les traits de l'enfance et de l'adolescence. Il remontait les années. Il exécutait parfaitement son travail, en manipulateur exercé.

Une voix les fit revenir de l'enfance, coassement désagréable. C'était Simon. Il enlevait son manteau et s'asseyait.

— Désolé, la réunion a été plus longue que prévu.

Jane et Matt restèrent silencieux. De quoi parlait-il ? Il fallait abandonner les campagnes du passé.

Difficilement, Jane réinvestit le présent :

— J'ai croisé Kravchenko. Il semblait touché.

— Il peut. On lui a pris tous ses biens en hypothèque. Et en plus ELK sera mis en Bourse. On lui a enlevé jusqu'à son slip. Maintenant, il a les couilles à l'air.

Maladroitement, Simon jouait au financier brutal.

— Pourquoi es-tu resté si longtemps là-bas puisque Kravchenko était parti ?

— Il est parti mais c'était le seul. Tout le monde est resté, y compris son directeur financier et son avocat. Il fallait régler beaucoup de choses. Je vais être chargé de bosser avec un expert sur les produits structurés que nous avons vendus à ELK pour l'introduction en Bourse. C'est un énorme boulot...

et une belle marque de confiance. Désolé de vous avoir fait attendre.

— Kravchenko a tout perdu ? demanda Jane.

— Il t'intéresse tant que cela ? plaisanta Simon.

— Toute ruine est intéressante, je trouve.

Simon haussa les épaules.

— Je ne sais pas s'il a tout perdu. Franchement, je pense qu'il peut s'en tirer. Il trouvera des investisseurs. Il est très fort, il nous impressionne tous, même Shane, l'associé, qui le déteste. Tu connais Zadie, elle n'est pas impressionnable pour un sou. Là, elle était secouée. Kravchenko ne bronchait pas. On lui annonçait qu'on lui prenait toute sa fortune, tous ses biens, il s'est contenté de nous renvoyer comme des domestiques. Mais en même temps, ses dettes sont énormes et il a des ennemis très puissants en Russie.

— Ça ne fera jamais qu'un Russe de moins. C'est toujours ça de pris, dit Matt.

— Tu te souviens de ce dîner chez Lemerre où un serveur s'est fait frapper ?

— Quel rapport ?

— Le Russe qui était là, c'était Kravchenko.

— Non ? Alors là, sa ruine me fait encore plus plaisir. L'oligarque se gobergeait et maintenant il mendie sa survie. Je me souviens surtout de la femme avec lui. La grande classe.

— Elena Kravchenko, une universitaire de renom. Ils sont séparés et elle réclame la moitié de sa fortune – que par ailleurs nous hypothéquons dans sa totalité. Il est maintenant avec une prostituée qui exige des sommes folles. Tout le monde le dévore de partout.

— Comment est-ce que tu sais tout cela ? demanda Matt.

— Les banquiers sondent les reins et les cœurs, intervint Jane.

Un frisson de jalousie parcourut Matt. Même cela lui échappait. La connaissance des êtres. Les secrets. Le domaine où il se sentait le plus à l'aise. Et c'était l'autiste Simon qui en profitait. Le gars caché derrière sa muraille de chiffres et de complexes.

— Mais pourquoi voulez-vous l'abattre ? fit Matt.

Simon fut surpris.

— On ne veut pas l'abattre. La banque réclame des garanties, c'est tout.

— Si l'entreprise ne se relève pas, Kravchenko finira gelé sous les ponts de Moscou.

— Il y a des ponts à Moscou ?

— Je n'en sais rien mais s'il y en a, ils seront pour lui. Sincèrement, ton histoire me paraît bizarre.

Jane regardait Matt. Décidément, elle le trouvait moins stupide qu'elle ne l'avait cru. Beaucoup moins stupide.

Un serveur passa prendre leur commande.

À quelques centaines de mètres de là, Lev Kravchenko entrait dans Central Park et s'asseyait sur un banc, les yeux dans le vague.

Un écureuil bondit sur la pelouse devant lui et grimpa dans un arbre, ses pattes crissant contre l'écorce. Par poussées brusques et saccadées, le rongeur monta jusqu'aux plus hautes branches puis, d'un saut, vola jusqu'à l'arbre suivant. Il se raccrocha aux branchages, puis s'envola de nouveau jusqu'à la cime suivante, avec une facilité déconcertante.

Lev n'avait pas aperçu l'écureuil. Il pensait à cette scène à l'intérieur de la tour Kelmann. Il allait jouer à recommencer. Alors qu'il avait fait et défait sa fortune, il allait jouer de nouveau, pour le plaisir de gagner ou de perdre, juste pour essayer d'éprouver l'intensité de l'enjeu, afin que le sang batte de nouveau dans ses veines. Le moment de rage contre Shane lui avait fait du bien. Il était bon de sentir directement la vie, sans les médiations de l'ennui et de l'indifférence. Il fallait jouer pour vivre et tâcher de percevoir les sensations d'autrefois, d'un passé à vrai dire si lointain qu'il ne l'avait peut-être jamais vraiment vécu.

Il y avait eu cet épisode pourtant. Une fête populaire à Moscou, avec manèges et stands de nourriture, tout cela tourbillonnant de musique et de lumières. Tandis qu'Elena et lui se promenaient, dans les premiers mois de leur relation, emmitouflés dans de gros manteaux d'hiver, ils avaient croisé cette fête sur une place et Elena avait absolument voulu faire le tour des attractions. Ils s'étaient retrouvés au stand de tir. Des pipes qui tournaient et qu'il fallait briser à la carabine à plombs. Lev avait empoigné la carabine, avait tiré… et raté. Il avait recommencé et de nouveau le plomb s'était perdu. Sous le regard vaguement ironique du forain, il avait encore essayé, sans succès. Et alors Elena s'était mise à rire, à rire… Et lui aussi riait de sa maladresse, il avait toujours été si maladroit, si imprécis.

Il se souvenait de ce rire comme d'un grand moment d'oubli. Une sorte d'éclat de vie, sur un fond de chevaux de bois caracolant en grelots de musique, avec des lumières de foire multicolores qui tournoyaient.

À présent, assis sur ce banc dans une ville familière et inconnue, une ville de rendez-vous et d'hôtels dans laquelle il s'était rendu cinquante fois et qu'il connaissait à peine, il repensait à cette scène et aussi à une phrase de Tolstoï qui avait marqué sa jeunesse en résumant de manière lapidaire la vie tranquillement banale du magistrat Ivan Ilitch, s'éteignant après un long cri de trois jours et trois nuits à l'âge de quarante-cinq ans : « L'histoire révolue d'Ivan Ilitch était à la fois très simple, très ordinaire, et parfaitement atroce. » Et si cette phrase l'avait marqué si profondément, c'est parce qu'il en avait compris, selon lui, la véritable signification : « L'histoire révolue d'Ivan Ilitch était à la fois très simple, très ordinaire et *à ce titre* parfaitement atroce. » C'est parce que la vie était la vie qu'elle était atroce. C'est parce que Ivan Ilitch Golovine, condamné par sa maladie, avait compris l'absurdité de sa vie si respectable à tous égards qu'il avait soudain hurlé et que ce hurlement avait duré trois jours et trois nuits, le noyant dans la nuit noire de son tourment. Et la mort d'Ivan Ilitch était toujours restée la vraie question pour Lev. Mourrait-il lui-même en hurlant pendant trois jours et trois nuits, l'illusion de la vie lui éclatant d'un coup au visage ? Ou mourrait-il en se souvenant d'un rire dans une fête foraine ? Lev savait que la réponse à ces questions, inéluctable, était plus importante que la perte de son entreprise et de sa fortune. Hurler trois jours et trois nuits ou se souvenir d'un rire.

Et c'était en partie pour ces questions qu'il fallait maintenant se tenir droit, car il hurlerait moins fort s'il jouait sa vie crânement, en considérant que la seule et vraie beauté de la vie était la vie elle-même. Il fallait donc jouer la partie jusqu'au bout, sans demeurer dans les doutes.

Lev, Simon, Matt, Jane, Zadie, rassemblés dans la fragmentation du hasard. Mais tous ces êtres deviennent minuscules, aussi minuscules qu'une étincelle de lumière dans l'œil de l'écureuil. Le petit être saute toujours, dans sa course éperdue et sans fin, d'un arbre à l'autre, au-dessus des vies humaines. Il saute tandis qu'autour de lui la ville s'impose, immense et verticale, en ce jour de fête. Autour du cœur de verdure, les tours s'élèvent, ocre, blanches ou translucides, longilignes ou trapues, érigeant des corps impassibles contre le ressac de l'océan. Engendrement d'acier, de béton et de ciment, pierres dressées sur l'horizon, mythologie de la puissance. Et l'écureuil s'évanouit dans la palpitation démesurée de cette ville, grossissant comme un monstre légendaire, avalant les destins et les fondant dans des millions d'autres.

Les portes s'ouvrent : les tours dégorgent leurs cargaisons humaines, les métros se vident. Les autobus freinent : un claquement, déchargent. Ils repartent. Les hommes se pressent dans les rues. Innombrables aléas, confondus en gigantesques concordances, en

milliards de possibilités, dans un étouffement frénétique.

Un vacarme assourdissant vrille les rues. La circu-
lation est bouchée : les klaxons retentissent. Plus rien
ne peut s'entendre. L'horizon est empli de sons,
d'hommes, de lumières, de constructions, d'éclats.
Un trop-plein.

Au pied des tours bat l'océan. Au fur et à mesure
que l'on s'éloigne de Manhattan, de son quartier
d'affaires et des tours jumelles, le bruit décroît, l'horizon se dégonfle, et soudain il n'y a plus que le vide
de l'immensité, la surface sombre des vagues blan-
chies d'écume.

Tout a disparu.

26.

L'introduction en Bourse fut un succès. Simon avait fait un bon travail, c'est-à-dire qu'il avait obéi aux ordres. Ses évaluations, reprises par l'expert en charge du dossier, avaient été outrageusement optimistes, le prix de l'action très avantageux, et la caisse de résonance de Kelmann avait été si puissante, comme d'habitude, que tout le monde avait pu entonner le chant de la victoire. L'entreprise pétrolière avait attiré petits et gros investisseurs. ELK était devenu une entreprise cotée, l'argent était là et, même si Lev n'était plus seul maître à bord, il se savait désormais capable de sauver sa société.

— C'est une réussite complète, déclara Simon à la fin de l'opération, un soir où il se trouvait dans le bureau de Zadie.

Celle-ci hocha la tête.

— Tu n'as pas l'air enthousiaste.

Zadie contempla Simon.

— Il ne s'en tirera pas.

— Qui ça ?

— Le Russe. Il n'est pas prévu qu'il s'en tire. ELK

va disparaître en tant qu'entreprise indépendante. C'est comme ça que ça va marcher.

— Qu'est-ce que tu racontes ? Il peut s'en sortir. Son entreprise est tout à fait saine.

— Elle est tout à fait saine et il ne va pas s'en sortir. Et maintenant tu me laisses, j'ai ce dossier à finir.

— Je ne comprends pas.

— Évidemment que tu ne comprends pas. Tu ne comprends rien. C'est pour cela que tu as été embauché. Pour faire des calculs et ne jamais rien comprendre.

Abasourdi, Simon resta silencieux. Zadie se leva, le prit par le bras et le fit sortir de la pièce.

— Excuse-moi, Simon, je suis fatiguée. Laisse-moi, je suis dans un mauvais jour.

Simon raconta la scène à Jane.

— Elle a des choses à dire. Il faut que tu lui tires les vers du nez.

— Elle va s'énerver, fit Simon avec inquiétude.

— C'est justement ce qu'il faut. Sinon, elle ne te révélera rien.

Le lendemain soir, Simon entra dans le bureau de Zadie. Il s'était construit une carapace de courage.

— Qu'as-tu voulu dire, hier ?

— À propos de quoi ?

— À propos de Kravchenko. Et de moi, par la même occasion.

Des cernes soulignaient la fatigue de Zadie.

— Il est intéressant, ce Russe, non ? dit-elle. Moi, je le trouve intéressant, en tout cas. Bien plus inté-ressant que Shane ou que tous les gens de cette banque. Que je le trouve intéressant ou non ne change évidemment rien mais enfin c'est déjà ça. Même si la vérité m'oblige à dire que Kravchenko n'existe pas.

Pour d'autres raisons que la veille, Simon ne comprenait rien. Mais il attendait.

— Kravchenko n'existe pas, pas plus que Simon Judal, rebaptisé Djude, ou que Zadie Zale ou que Shane. Personne n'existe en ce bas monde. J'aurais vraiment dû travailler dans la finance avant d'étudier la philosophie. J'aurais fait de meilleurs essais. J'ai accédé au sens de l'existence en entrant dans la banque. Nous ne sommes rien. Peu importe que nous existions puisque nous n'existons que pour nous-mêmes et quelques proches. Kravchenko va disparaître et cela n'aura strictement aucune importance : juste un frisson à la surface des choses. Ce n'est même pas un complot capitaliste réduisant les êtres au néant, c'est seulement la réalité absolue de notre monde : des êtres si nombreux, si identiques qu'ils ne sont simplement rien du tout. Et même si chacun s'égosille comme un canard pour hurler son existence, cela n'a aucun sens. Kravchenko est condamné, je ne peux rien faire pour l'aider, je vais même participer activement à sa reddition, comme toi, et tout cela n'aura aucune importance parce que nous n'existons pas, parce que nous serons simplement quelques mouvements bancaires.

— Je ne comprends toujours pas.

Zadie soupira. Elle se leva, fit quelques pas.

— Cela se passera très simplement, dit-elle d'un ton las. Oui, très simplement. Comme l'introduction en Bourse s'est bien déroulée, comme un peu de temps a passé, Kravchenko nous appellera bientôt, dans quelques jours, dans une semaine au maximum. La conversation sera cordiale. On se félicitera pour la dixième fois du succès. Et puis Kravchenko demandera son argent. C'est normal, il en a besoin, il se débat avec ses créanciers. Tout le monde attend les liquidités. Il y aura un silence au téléphone. Puis on lui répondra que ce n'est pas possible. Alors, il demandera, avec son accent russe rocailleux : « Et pourquoi n'est-ce pas possible ? » Et on lui dira la vérité. On lui dira que Liekom, à travers un fonds d'investissement, a pris le contrôle d'ELK en devenant le premier actionnaire et que le maître, désormais, est Lianov. On lui dira que toute l'opération est frauduleuse, qu'elle a été montée sur des évaluations fictives, et qu'il suffirait que la rumeur enfle pour que l'action s'effondre. On lui dira que Lianov contrôle ELK mais que Kelmann est le maître des informations. Au passage, je te signale que nous avons vendu toutes les actions ELK, avec un joli bénéfice évidemment, et que nous n'avons donc rien à perdre. On lui dira qu'il ne dirige plus ELK et que son destin est entre les mains de Lianov. On lui dira que, pour lui, tout est perdu.

— C'est totalement immoral !

Zadie le contempla avec stupéfaction.

— Il n'y a vraiment que toi pour prononcer des mots pareils en ce lieu. Immoral ! On rêve ! Qu'est-ce qui est immoral ? D'écarter un oligarque qui doit sa fortune au dépeçage de l'URSS ? Un homme qui a agrandi son empire en absorbant des dizaines d'autres entreprises pétrolières, par l'argent ou la force ? Kravchenko va subir ce qu'il a fait subir aux autres, de même que moi, je serai écartée de la même façon que je m'impose maintenant. Et il est possible que certains dirigeants de cette banque finissent un jour en prison, lorsque la règle du jeu aura changé. Est-ce immoral ? Non, c'est beaucoup plus grave. C'est un piège dans lequel nous sommes enfermés. Et je ne sais vraiment pas comment en sortir.

— Toi-même, tu appréciais ce Russe ! Je t'ai vue devant lui ! Il te séduisait. Je ne t'ai jamais vue comme cela devant un homme.

— Il me séduisait et nous allons le ruiner. Le piège, Simon. Rien d'autre que le piège. Personne n'y échappe. Dès qu'on bouge, le piège se déploie. Un seul mouvement pour prendre sa place parmi les hommes et c'est fini.

— Je ne veux pas participer à cela. Shane fera ce qu'il veut. Je crois même que je vais en parler à Kravchenko.

Zadie hocha la tête.

— Qui a fait les évaluations, Simon ?

Il eut un mouvement de recul.

— Tu es engagé, Simon. Le dossier a été monté sur tes évaluations et tes hypothèses. Je te préviens en amie, Simon : s'il y a un homme qui pourrait pâtir de ce dossier, c'est toi. S'il y a un responsable, c'est toi.

Simon pâlit.

— C'est vous qui prenez les décisions, pas moi !

Zadie eut un sourire un peu triste.

— Nous verrons ce qu'en dira la SEC. On a affirmé, très méchamment, ajouta-t-elle, qu'elle était très tendre avec les milliardaires, je puis t'assurer qu'elle ne le sera pas avec toi. Et les prisons américaines ont très mauvaise réputation.

— Mais enfin, il est évident que je travaille pour vous, c'est vous qui serez responsables. C'est vous qui m'avez ordonné de valoriser au maximum les actifs.

Le regard de Zadie se durcit.

— Personnellement, je ne t'ai donné aucun ordre. Et d'ailleurs je te connais à peine. Tu étais un petit ingénieur, je crois, dans mon équipe à Londres. Je te l'ai dit, Simon : on n'échappe pas au piège.

Simon sortit du bureau. La nuit était froide. Il referma son manteau, haussa son col et entra dans l'hiver. Zadie avait raison : le piège se refermait. Il avait peur. Il avait l'impression qu'on allait l'écraser. Mais si forte que soit sa peur, la pensée qu'on l'avait embauché pour sa naïveté était sa plus grande souffrance. Il avait cru être compétent, et il s'était cru au sommet du monde avec le produit POL. Mais sa compétence fondamentale était sa stupidité : Zadie l'avait gardé avec elle pour le tromper, l'utiliser, se servir de sa naïveté. Le poisson rouge retournait dans son bocal.

Une pluie fine se mit à tomber. Il resserra encore son col. Dans la nuit noire, sa personnalité se diluait. L'uniforme du gangster, les illusions récentes, tout glissait .et se fondait. Son immense fragilité étendait de nouveau son pouvoir corrupteur – avec son cortège de doutes, de tristesse, drapeau noir de la défaite. La pluie l'emportait, crachin sombre, pensées fuligineuses. Il se sentait si stupide, si démuni, sans rien pour le protéger. Le quartier était vide, aucune animation n'avivait la maussade obscurité de la ville. Simon pressa le pas. Il avait besoin de chaleur. Il avait besoin de Jane pour le rassurer. Elle saurait trouver les mots.

27.

La nouvelle ne surprit personne dans une capitale saturée d'excès. Bien d'autres événements de ce genre s'étaient produits auparavant. Et chaque jour, des faits comparables survenaient, dont nul ne parlait parce que les victimes étaient inconnues.

Jusqu'alors, Lev avait mis toutes ses forces dans la bataille. Il avait vraiment recommencé : il avait su jouer sa vie. Parfois, le soir, lorsqu'il revoyait l'intense activité dont il avait fait preuve pendant la journée pour répartir le peu d'argent dont il disposait, avec des objectifs précis et ciblés, aux endroits où tout menaçait de s'écrouler, il souriait. Il souriait parce qu'il reculait l'instant du hurlement, parce qu'il atténuait le cri, parce que la vie jaillissait en lui comme un élan de jeunesse. Tout le monde était surpris de sa bonne humeur. Les ouvriers, les cadres de l'entreprise, qui trouvaient avec cet homme, dans son combat, une proximité qu'ils n'avaient jamais ressentie autrefois, alors même que Lev ne payait toujours pas les salaires, lâchait parfois un peu d'argent, répétant simplement que l'introduction en Bourse s'était bien déroulée et que bientôt l'argent affluerait. Les responsables qui venaient dans son bureau et qui repartaient dépités, en n'ayant reçu qu'une aumône, des promesses pour une semaine de salaire, deux semaines, l'annonce d'une augmentation de dix pour cent « dès que l'argent serait là », éprouvaient pourtant une sorte de sympathie pour lui. Il était moins distant, moins calculateur peut-être aussi. Il se battait. Il tâchait de faire remonter la production, de restaurer les puits détruits, de tenir les créanciers à distance. Il n'avait ni famille, ni amis, ni alliés. Seulement des ennemis et des indifférents. L'évidence de ce constat le réjouissait. La situation n'avait d'ailleurs jamais changé, elle était seulement plus claire et plus nette. Mais il s'enchantait de tout cela comme un vieil homme jouit de la vie qui s'échappe. Il était vivant. Il travaillait comme un forcené, sortait comme un forcené et couchait avec Oksana et d'autres femmes. Il avait besoin du corps des femmes. Il y avait dans cette jouissance une vérité profonde qu'il avait fini par oublier et qui se révélait là, dans Oksana offerte, dans d'autres corps offerts : le frémissement du présent. Lev était le grand philosophe et le grand sage parce qu'il était l'homme du présent. Et c'est ainsi que le temps s'arrêtait, tintement de cymbales, suspension merveilleuse, avant de repartir pour d'autres jouissances éphémères et donc éternelles, puisque parées de la magie de l'instant.

Lev Kravchenko était un homme heureux. Dans une soirée, il croisa Elena au bras d'un autre homme. Le divorce n'était pourtant pas prononcé. Ils discutèrent. Et les yeux d'Elena brillèrent, d'amour ou de tristesse, parce qu'elle retrouvait l'homme d'autrefois, parce que le fantôme s'incarnait de nouveau.

Le soir suivant, ils couchèrent ensemble. Il n'y avait rien à espérer et tous les deux le savaient, Elena peut-être un peu moins, parce que le fantôme la hantait, murmurant à ses oreilles les paroles du passé et des illusions d'amours défuntes. Mais il y avait aussi une ivresse à se retrouver pour un soir, à prendre les cadeaux de l'existence, parce qu'il n'y aurait pas de retour, pas d'autre chance – juste la chance merveilleuse d'être encore en vie pour quelque temps.

— Tu te souviens du stand de tir ?

— Quel stand de tir ?

Lev ne répondit pas. Les souvenirs lui appartenaient. Seul.

Un jour, il appela Shane. Ils plaisantèrent un peu, avec cette menace latente des ennemis. Ils se réjouirent de nouveau du succès de l'introduction en Bourse. Et puis il réclama son argent. L'autre répondit que ce n'était pas possible.

Alors il dit :

— Et pourquoi n'est-ce pas possible ?

Et l'autre, l'ennemi, lui raconta tout. Il lui expliqua qu'une évaluation fictive avait été établie, que le principal actionnaire était désormais Liekom, qui avait donc pris le contrôle d'ELK. Lui, Lev Kravchenko, n'avait plus aucun pouvoir de décision. Shane ajouta que Kelmann avait joué sur tous les tableaux, gagnant de l'argent contre lui, contre Liekom, et en vendant les actions. Qu'il suffirait d'une annonce dans le *Financial Times* pour que la valeur de l'entreprise s'écroule.

— Lianov pourrait ne pas être satisfait.

— Le temps des gangsters est passé. Liekom a aussi besoin de nous. Lianov ne sera pas très heureux sans doute mais il se raisonnera. Il n'y a rien de personnel là-dedans. Nous faisons notre métier, c'est tout. Nous faisons de l'argent.

Lev s'était toujours demandé comment ils chercheraient à le tromper. Il avait essayé de savoir, avait envoyé des hommes, mais ses ennemis avaient su se dissimuler et il n'avait rien trouvé. C'est ainsi qu'il avait perdu et que Shane et Lianov avaient gagné.

Pourtant, Lev aurait pu gagner. Bien entendu, il avait déjà gagné puisqu'il *existait*, mais il aurait pu aussi remporter la bataille contre ses ennemis, ce qui aurait été une jouissance supplémentaire. Il était certain qu'il y avait une solution. Qu'il suffisait de réfléchir. Il avait gardé confiance en son intelligence.

Il serait entré dans la salle de réunion, à New York, où seraient venus Shane et Lianov, et il aurait parlé du ton dont parlent les maîtres.

Oui, il aurait pu gagner.

Mais à l'instant où, sur son trajet habituel, sa grosse Mercedes passa devant une petite Fiat rouge, la bombe explosa. Des éclats de ferraille et de verre traversèrent l'espace comme autant d'armes létales et décapitèrent le chauffeur. Lev ne hurla pas. Son corps fut à peine abîmé. Lorsqu'on le retrouva, plusieurs personnes s'étonnèrent : il souriait.

Il était mort en souriant.

28.

Dans un match de football américain, si hachée que soit l'action, vient tout d'un coup le moment suprême, celui où le joueur, sous les acclamations de la foule, se libère des hommes qui l'enserrent pour courir, d'un élan brusque et plein, vers l'en-but, paré de tous les prestiges.

Sila courait. Depuis son regrettable moment de colère, il courait. Il en avait besoin. Il établissait un lien – illusoire – entre sa violence et l'absence d'exercice physique. Et c'est pourquoi il s'épuisait dans de longues courses, très loin de la ville, dans les marais, là où il pouvait être seul. Dans le labyrinthe des eaux, sur un parcours troué de bras de mer, souvent spongieux, barré d'étendues liquides qu'il devait contourner, une nature primitive, peuplée d'animaux préhistoriques, tout un foisonnement indistinct d'animalcules et de sauriens, l'environnait et lui donnait une sensation de liberté sans limites. Il abandonnait son identité de restaurateur poli, organisé, pour courir, courir sans cesse, à une allure heurtée, en tenant compte des innombrables aléas du parcours.

Ce jour-là, Sila courait depuis environ une heure.

Il faisait assez frais et le ciel était gris, temps idéal pour la course. Un 4 × 4 surgit derrière lui, à une centaine de mètres. Il n'en fut pas surpris puisque la longue bande de terrain sur laquelle il courait, bordée de marais, constituait une promenade assez appréciée. Plusieurs barques, attachées à la berge, attendaient sur l'eau les chasses aux crocodiles. Mais lorsqu'un autre 4 × 4 déboucha d'un coude du terrain devant lui, un frisson désagréable lui parcourut le corps.

Les deux voitures s'arrêtèrent à une cinquantaine de mètres de lui. Désormais, Sila savait à quoi s'en tenir. Il se demandait seulement si Ruffle faisait partie de la meute. Il se tint immobile, attentif et reprenant son souffle.

Une portière s'ouvrit. Sila s'enfuit, s'écartant le plus possible des deux véhicules, tout en sachant que le piège était bien préparé puisque la longue mais étroite bande de terrain n'excédait pas quelques centaines de mètres de largeur. Mais personne ne soupçonnait à quel point il pouvait être rapide. Courant de toutes ses forces vers le marais, il tenta de contourner les véhicules pour revenir sur ses pas. S'il en avait le temps, il regagnerait les sentiers brisés d'où il venait, à un kilomètre de là, sur un terrain si inégal et si heurté qu'aucune voiture ne pourrait l'y suivre. Et il était bien certain qu'aucun homme au monde n'était capable de le rattraper à la course, surtout s'il courait pour sa vie. Mais comment parvenir jusquelà ?

Personne n'avait tenté de lui couper le chemin et la portière s'était refermée. Les deux voitures s'étaient lancées à sa poursuite, les deux moteurs grondant, et Sila ne percevait plus que ce son et sa menace grandissante. Une peur compacte l'emplissait mais il courait, le souffle égal, déterminé à passer.

Et il passa. À environ vingt mètres du marais, il bifurqua vers la droite et considéra, droit devant lui, le terrain vide, avec un kilomètre à parcourir. La plus longue course vers l'en-but.

Dans un élan désespéré, il se précipita. Il savait qu'il courait trop vite, que personne ne pouvait effectuer un sprint d'un kilomètre, mais les moteurs grondaient derrière lui, et même si les voitures ne pouvaient se lancer à pleine vitesse sur ces sentiers de terre, leur capacité d'accélération était incomparable. Il tenta de se loger dans son souffle, de n'être plus que cette respiration et ce mouvement de piston. Il tenta de devenir la course elle-même. Ses années d'entraînement, la mécanique merveilleuse de son corps le projetaient à une vitesse extraordinaire tandis que derrière lui, les voitures hoquetaient sur le terrain accidenté. C'est alors que l'une d'entre elles s'éloigna du marais pour revenir sur le sentier plus uni. Sila comprit avec angoisse qu'elle allait le contourner par la droite pour lui couper le chemin. Il accéléra encore son allure. Il fit comme s'il arrivait au but, comme s'il ne restait plus qu'une cinquantaine de mètres avant la délivrance, alors que loin, trop loin, la lisière des arbres délivrait son illusoire promesse. Il n'avait pas le choix. Si la voiture le dépassait, il était perdu.

Elle le dépassa. Les hommes contournèrent Sila, arrêtèrent la voiture et descendirent. Ils étaient quatre, avec des battes de base-ball, et Ruffle se trouvait parmi eux. Sila était seul et sa poitrine brûlait. Des larmes de souffrance glissèrent sur ses joues. Il tentait de maintenir sa vitesse mais, sans qu'il s'en rende compte, son allure avait ralenti. Le rideau de la meute s'était déployé devant lui, immobile.

Dans un match de football américain, si hachée que soit l'action, vient tout d'un coup le moment suprême, celui où le joueur, sous les acclamations de la foule, brise la course de son adversaire par un plaquage. Ruffle voyait venir le moment suprême. Brusquement, il s'arracha de son immobilité et bondit vers Sila, à une vitesse surprenante pour son gabarit. Sa rage le portait. Sila, épuisé, haletant, tenta de l'esquiver d'un coup de reins. Mais son corps ne répondait plus aussi bien. Le mouvement ne fut ni assez sec ni assez net. Dans un match, Sila aurait pourtant réussi à éviter son ennemi. Mais la main, la simple main brochée de Ruffle, celle-là même qui avait été brisée, était prolongée d'une batte. Et ce fut cette batte qui cassa la course de Sila. D'un coup qui l'envoya à terre.

Les quatre hommes l'entourèrent. Quatre autres, sortant de la voiture derrière lui, les rejoignirent.

D'un coup, Ruffle lui brisa le genou gauche. Puis le droit. Méthodiquement et sans prononcer une parole.

Par-delà la lisière des arbres, au-delà de l'en-but de la délivrance, on entendit le hurlement de Sila.

29.

Ce hurlement, Shoshana ne l'entendit pas. Mais d'une façon ou d'une autre, par-dessus les marais et les bois, elle le perçut. Peut-être par cet obscur lien qu'elle avait tissé avec ce serveur ou, plus rationnellement, parce qu'elle s'y attendait, connaissant son mari. Le nègre devait payer, répétait-il.

Elle avait voulu prévenir Sila. Elle avait voulu aller lui parler dans son restaurant. Mais elle ne l'avait pas fait, sans savoir pourquoi. Parce qu'elle espérait secrètement que son mari en resterait aux paroles, parce qu'elle avait peur, parce qu'elle avait le sentiment d'une trahison, pour toutes sortes de mauvaises raisons qui, du reste, n'auraient sans doute rien changé puisque Sila n'était pas homme à s'effrayer des menaces.

Lorsque Ruffle rentra, il avait son air des dimanches. Shoshana le sonda. Il dit qu'il était allé dans les marais pour chasser le crocodile.

— Tu en as attrapé ? demanda-t-elle.

— Un gros, dit-il sèchement.

Elle alla dans la voiture. Dans le coffre, elle trouva les battes de base-ball. Revenant avec l'une d'entre elles, elle dit :

— Tu chasses les crocodiles avec des battes ?

— C'est pour leur casser la tête. Un jeu comme un autre.

Elle prit son manteau.

— Je vais aller chercher ton crocodile.

Elle erra dans les marais sans trouver Sila. Les larmes brouillaient sa vision. Son corps secoué de sanglots se brisait peu à peu dans l'habitacle du véhicule. Au milieu des marais, après des dizaines de kilomètres à tourner en rond dans le labyrinthe de son désespoir, elle arrêta la voiture. Les squelettes gris des arbres l'entouraient. Elle se prit la tête dans les mains. Qu'était devenu Sila ? Elle pleura sur cet homme, elle pleura sur elle-même et elle pleura sur son mari. Il n'y avait plus rien à attendre de la vie, elle qui n'en avait jamais beaucoup espéré, qui avait juste souhaité, comme dans une série télévisée, aimer un mari et des enfants dans une grande maison avec un jardin devant. Juste un mari aimant et doux. Voilà que l'idéal ricanait. Et Shoshana pleurait sans s'arrêter.

À mesure que le passé et l'avenir se détachaient d'elle, une seule certitude demeurait : partir. Elle ne devait plus revenir à la maison, elle devait emmener son enfant et ne plus revoir Ruffle. Il fallait qu'elle parte.

C'était fini. Plus jamais cette vie des limbes, à attendre des changements qui ne viendraient jamais, entre des salles de gymnastique, des télévisions et des pièces d'un blanc glacé.

Elle tourna la clef de contact.

30.

Simon remit la clef dans sa poche et entra dans l'appartement, malheureusement sombre et vide. Il regretta que Matt ne soit pas là. Autant son ami détestait ses réussites, autant il savait être réconfortant dans les moments difficiles. Il avait toujours des expressions obscènes pour l'encourager, sa plus classique étant : « Mets-toi la queue sur l'épaule et marche ! » Ce soir-là, il aurait fallu beaucoup d'injonctions pour le remonter.

Sur la table de la cuisine se trouvait un mot : « Ma poule, je suis allé vers le cœur du monde. Londres ne me suffit plus. Je me suis trompé de lieu. La pluie d'or tombe à New York, c'est là que se font les grandes fortunes. Je te donnerai des nouvelles dès que je serai devenu un autre homme. Je change de nom et je t'appelle. Matt ? »

Le point d'interrogation fit sourire Simon. Une nouvelle métamorphose s'amorçait.

Il appela Jane. Il avait tenté de le faire à de multiples reprises sur le chemin, en laissant plusieurs messages, mais elle ne l'avait pas rappelé. Elle devait s'être endormie. Tout le monde l'abandonnait ce soir. Il alluma la télévision. Les chaînes défilèrent. Il voyait à peine les images. L'image devant ses yeux, c'était Zadie. Et les paroles tournaient en boucle : « Évidemment que tu ne comprends pas. Tu ne comprends rien. C'est pour cela que tu as été embauché. Pour faire des calculs et ne jamais rien comprendre. »

Le lendemain, lorsqu'il lui raconta la scène avec Zadie, Jane parut avoir de la peine à le croire. Mais bizarrement, il lui sembla qu'elle était déjà au courant et qu'elle jouait un jeu pour le consoler. Et cette impression théâtrale, pénible et fausse, s'accrut durant tout le mois. Simon était obsédé par la question suivante : si Jane était tombée amoureuse du gangster, comment pourrait-elle demeurer avec le poisson rouge ?

Jane n'était pas tombée amoureuse du gangster mais il est vrai que les efforts laborieux de Simon pour se conformer à une image qu'il se forgeait de toutes pièces l'agaçaient. Elle le prévint : « J'aime tes faiblesses. »

Ses faiblesses le submergeaient. Il ne pouvait évidemment plus travailler avec Zadie. À la suite d'un accord minimal mais rémunérateur, il avait donné sa démission. Il ne cherchait pas de travail. Il n'avait plus aucune confiance en lui et du reste, la banque désormais le dégoûtait. L'humiliation subie lui donnait la nausée et il n'imaginait pas un seul instant reprendre son métier de *quant*.

« Il faudra bien que tu travailles un jour », disait Jane.

Simon ne répondait pas. Il s'enfonçait. Ne plus vivre dans les images l'anéantissait et à sa grande tristesse, il comprenait qu'il ne valait pas mieux que ces traders dont l'image personnelle explosait sous le coup des échecs professionnels.

Un mois plus tard, la rupture avec Jane Hilland achevait la désintégration. En cinq minutes, la jeune femme lui annonça sa décision puis partit. Il ne devait jamais la revoir.

Épilogue

Un matin, Simon reçut un carton d'invitation :

hôtel Cane

DEMOLITION DAY

21.04.2009 / 20:30

Au verso, il lut ce texte :

« À ses plus fidèles clients, l'hôtel Cane, avant sa rénovation, offre une occasion exceptionnelle : venez détruire, briser, démolir, anéantir l'ancien monde. Un nouvel hôtel surgira des décombres, plus beau, plus accueillant.

N.B. : une masse de fer vous sera offerte à l'entrée. »

Cette déroutante invitation l'étonnait d'autant plus qu'il n'avait jamais été client de l'hôtel Cane, à l'exception d'un dîner, certes mémorable, dans son restaurant, des années auparavant, dans une autre vie. Et par ailleurs, le carton avait été posté de New York. Il l'abandonna sur une table.

Il se souvenait parfaitement de cette soirée. Il en avait fait le symbole de la parenthèse illusoire de sa vie, égarée dans les rôles, et comme certains des êtres d'alors avaient désormais disparu, un parfum de deuil en escortait la mémoire. Lev Kravchenko était mort dans un attentat et Matthieu Brunel s'était évanoui dans ses métamorphoses successives. Jamais Simon, malgré ses efforts, n'avait pu le retrouver. Une nouvelle identité l'avait emporté. Avec lui s'était envolée une part de sa vie, étrange bifurcation qu'il ne regrettait pas, puisqu'il y avait découvert des sensations nouvelles, mais qui l'avait entraîné sur des chemins sans issue.

Par la suite, il avait voyagé. Mais il eut beau parcourir la planète, il se retrouva toujours en face de lui-même, tournant dans les impasses de son être, affrontant un monde qui se ressemblait de plus en plus, à mesure qu'il vieillissait et qu'une étrange alchimie unifiait toujours davantage les pays, sans qu'il sache si c'était son propre regard qui abolissait les différences ou une atroce magie d'uniformisation.

Il avait tenté de connaître le nouveau visage du monde en traversant l'Asie et la fabrique du monde à venir. Mais souvent, il n'y avait vu qu'un Occident hypertrophié, enflé de foules immenses, dans une effarante destruction de la nature. Lorsque tous ces pays tournoyants s'étaient annulés dans un grand ennui blanc, il était rentré.

Il avait loué un grand studio dans le 15e arrondissement, qu'il avait meublé avec mauvais goût, sans se rendre compte que l'appartement figé et vieillissant de sa tante lui servait de modèle. Parce que son argent s'était épuisé dans ses voyages, il chercha un travail. Son parcours professionnel heurté le déconsidéra. Il n'inspirait confiance à aucun employeur et les laboratoires de recherche connurent l'enivrant plaisir d'écarter le félon. Un constructeur automobile finit par l'embaucher à un petit poste d'ingénieur, à Guyancourt, en région parisienne. Il reprit la vie monotone qu'il avait connue avant Matthieu, la désillusion en plus.

Le 21 avril 2009, il sortit du RER C, station Javel, à 18 h 57 et rentra chez lui. Il prit une douche, enfila son peignoir et, tandis qu'il se frottait la tête avec sa serviette, heurta la table à manger. Il jura en ôtant la serviette qui l'aveuglait. Le carton d'invitation, d'un blanc crémeux, se trouvait devant lui, sur ce traître coin de table, et le rappelait à l'ordre.

Il décida de se rendre à l'hôtel Cane. Les beaux costumes de l'ancienne vie ne pouvaient plus lui servir : la vieille coupe aux épaules larges signalait la fin des années 1990. Mais il n'avait rien d'autre à se mettre, si bien qu'il enfila un jean, sa plus belle chemise et une veste sombre du passé. Le reflet, dans la glace trop réduite de la salle de bains, lui parut convenable. On ne se moquerait pas de lui.

Une foule considérable se pressait à l'entrée du palace Cane. Les gens semblaient excités par la perspective de la démolition. Simon reconnaissait les visages et les apparences d'autrefois. Pas individuellement, mais par un certain air d'opulence. De grandes jeunes filles élancées promenaient leur silhouette de mannequin comme des tiges de fleurs anémiées, vivaces pourtant, parmi tous ces jeunes gens, saisies elles aussi par le frisson de la destruction.

Simon présenta son invitation. La porte battante tourna. Il reconnut le grand hall, toujours intact : la démolition y était encore interdite. Le souvenir lui vint qu'à droite se trouvait le restaurant de Lemerre. La double porte était close.

Il confia son manteau au vestiaire. En échange, on lui remit une masse d'acier en lui disant, avec un grand sourire :

— *Enjoy yourself.*

Simon poursuivit silencieusement son chemin. Un couple de jeunes gens, masse à la main, le dépassa en courant. Il pénétra dans les salons : une tornade s'y était engouffrée. Des tables fracassées, des lustres brisés échoués sur le sol, méduses de verre. On avait donné aux gens ce qu'ils préféraient : l'ivresse de la destruction, sublimée en spectacle. Simon passa à côté de scènes de théâtre et de pantomimes où des acteurs jouaient le crime ou l'orgie. Des pyramides de verre s'effondraient sous les coups artistiques d'un robot, une voiture rose saisie dans un mouvement pérenne faisait éclater des portes-fenêtres, une baignoire à moteur de hors-bord fumait fiévreusement et au milieu de ces créations, les bons clients, bourgeoisement habillés, déambulaient avec leur masse en détruisant au passage l'ancien monde.

Et soudain, il le vit.

Matthieu Brunel ou Matt B. Lester, ou quel que soit désormais son nom, était habillé d'un smoking, costume propice aux travaux de force et aux gravats.

Une belle fille, une de ces créatures trop grandes et trop fines, une fille de l'Est probablement, l'accompagnait.

— C'est fou ce que c'est bon de détruire, dit-il en s'approchant. Ma spécialité, c'est les miroirs. Et toi ?

Simon ne répondit pas. Cette rencontre remuait tant d'émotions en lui qu'il ne savait s'il devait rire ou pleurer.

Matthieu avait peu changé. Le visage seulement plus brutal, l'expression encore plus dure, tous les appétits assumés. Et les traits curieusement lisses, comme botoxés.

— L'invitation, c'est toi ? demanda Simon d'une voix rauque.

— Bien sûr. Qui d'autre ?

— Comment m'as-tu trouvé ?

— Facile. Je ne t'ai jamais vraiment perdu de vue. Un peu durant tes voyages – il faut dire que tu bougeais beaucoup – mais dès que tu es rentré à Paris, je l'ai appris. C'est vrai que j'aurais pu te contacter plus tôt mais bon… Tu sais comme le temps passe vite. Et puis ce jour de la démolition m'a paru un bon symbole.

— Je t'ai cherché.

— Ah oui ? Difficile. J'ai tout transformé cette fois. Le prénom, le nom. J'en avais un peu assez. Et ça a marché : je suis un autre homme. Marié, établi, avec des enfants.

— Et elle ? demanda Simon en désignant la jeune fille qui, la moue boudeuse, paraissait s'ennuyer.

Matthieu eut un sourire carnassier.

— Un amusement. Il en faut. C'est dur le mariage. Je viens de la rencontrer. Une Ukrainienne. Pas mal, hein ? Seize ou dix-sept ans, on ne sait jamais avec ces filles.

— Tu es toujours le même, fit Simon platement.

— Merci d'être venu, dit Matthieu. D'autant que je n'étais vraiment pas sûr. C'est gentil à toi parce que tout de même, ça remonte à longtemps… Des années. Et des années qui ont compté double. Et puis nous voilà de nouveau réunis, comme autrefois. Même si tout a changé pour toi. Ce n'est plus la grande époque. Londres, l'argent, l'excitation…

— Ce n'était pas la grande époque. C'était seulement l'époque des mensonges. Et puis regarde : la crise est passée par là. On a compris beaucoup de choses. Sur les banques, sur l'argent, sur les montages financiers. Je ne regrette rien.

Matthieu haussa les épaules.

— Les gens ont peut-être compris mais peu importe. Ils ont vu la valse des milliards, des milliers de milliards, beaucoup ont perdu leur emploi mais cela n'a pas d'importance. Parce que rien ne va changer. Parce qu'il n'y a eu que des bavardages, des gesticulations scandalisées et aucun acte, sinon pour nous sauver tous.

— Nous sauver ? Qui ça, nous ?

Il se redressa, avec un mélange d'orgueil et d'ironie.

— Nous. Tous ceux qui se sont imposés. Je me suis installé au sommet de la Tour. Et personne ne m'en délogera. Je te l'avais dit, Simon. Il me fallait l'argent, le bel argent, parce qu'un jour prochain, tout s'écroulera et seuls les plus riches s'en tireront. Je t'avais dit que je t'emporterais dans ma Tour, ma Tour de marbre et d'acier. La Tour est prête : mes appartements sont bétonnés, les portes sont blindées, tout le bas de l'immeuble est sécurisé comme une base militaire. Je suis prêt pour l'Apocalypse.

Une expression triomphante élargit son visage et Simon comprit que son changement physique se logeait là, dans cet épanouissement vulgaire. Matthieu était arrivé à ses fins. Il était heureux. L'argent avait rempli ses poches et au-delà. Son portefeuille, son bureau, son appartement, ses coffresforts, ses maisons. La brutalité qui se lisait dans ses traits était celle des prédateurs repus d'avoir égorgé la bête. Heureux les fous et les mégalomanes ! Il avait *réussi*.

Simon avait suivi le feuilleton de la crise financière de 2008, de même qu'il avait suivi la crise russe de 1998 de l'intérieur puis la crise de la bulle technologique avec distraction, alors qu'il était entre l'Inde et la Thaïlande. Il avait le sentiment que cette crise n'était pas comparable aux autres et qu'elle signait la fin d'un monde, comme la crise de 1929, malgré les apparences, avait inauguré la domination américaine et clos la puissance anglaise. C'était la fin du règne sans partage de l'Occident. En observateur détaché, il songeait que comme d'habitude la financiarisation avait annoncé la fin d'une suprématie économique, comme cela s'était passé autrefois pour Gênes ou pour Amsterdam, la virtuosité financière remplaçant les activités marchandes et industrielles. C'était en général le moment où une économie passait le témoin à une autre, sans disparaître, en gardant même longtemps son opulence, mais sans plus jamais exercer sa domination. Ces analyses historiques, il avait même pu les développer devant ses collègues, ignorants de son passé et étonnés de ses connaissances. Mais la position de l'analyste dissimulait une passion plus malsaine, comme s'il espérait secrètement une revanche, un vaste écroulement de cette finance qui l'avait trompé et humilié, et dont il connaissait trop bien l'immoralité profonde. Il avait entendu parler de la menace des crédits hypothécaires, dits *subprimes*, à la fin de 2007, sans bien en mesurer l'impact. Mais lorsque Lehman Brothers, à la stupéfaction générale, s'était effondré, dans le fracas de ses titres immobiliers dévalorisés, il avait imaginé avec jubilation l'onde de choc parmi ses petits camarades et il avait su qu'ils tremblaient tous de peur, parce que les comptes de toutes les banques étaient criblés d'actifs toxiques. Mais il n'y avait rien eu : les petits contribuables avaient payé pour les milliardaires en danger et les pertes avaient été mutualisées. Le gouvernement américain avait racheté les actifs pourris. Dans un scandale encore plus incroyable que celui des oligarques russes, puisque par une ruse de l'argent personne n'avait eu le choix – c'était sauver les banques ou périr tous –, et alors même que la crise économique ruinait les petits épargnants, asséchait les entreprises, et que les chômeurs, par dizaines de millions, allongeaient leurs files, l'essentiel avait été préservé, au prix de quelques boucs émissaires et de licenciements de traders sans importance. Et au vu du taux de l'argent et de la disparition des banques rivales, on pouvait même s'attendre à de merveilleux bonus en fin d'année.

Matthieu avait bien raison : personne ne le délogerait de la Tour. Il était duc et seigneur, non par le sang mais par l'argent, avec droit de cuissage universel. Il avait tout. Tout ce que l'argent, du moins, peut apporter, avec sa magie, sa furieuse et fascinante magie. Son pouvoir de transmutation. Des vies, des sentiments, des visages.

Un homme s'approcha d'eux. Un homme de taille moyenne, épais, la barbe coupée court pour adoucir ses mâchoires de bouledogue, avec un buste surdéveloppé.

— Mark, dit Matthieu en levant le bras.

Les deux hommes se saluèrent. Matthieu enchaîna en anglais :

— Comment vas-tu ? Tu as fait bon voyage ?

Il se retourna vers Simon et expliqua :

— C'est moi qui ai insisté pour que Ruffle vienne. Il n'avait même pas ouvert son carton d'invitation. On se voit souvent, depuis plusieurs années. Nous avons fait des affaires ensemble. Mais vous vous connaissez, non ?

— Je ne pense pas, dit Simon.

— Si, bien sûr. Vous vous êtes vus ici même, il y a bien longtemps. Tu ne peux pas avoir oublié, Simon. Toi qui aimes tant les victimes. Ruffle avait corrigé un serveur trop insolent.

L'homme eut un air mauvais. Cela semblait lui rappeler des souvenirs.

— Shoshana n'est pas venue ? demanda Matthieu.

— Non. Tu sais comme elle est. Elle n'aime pas partir loin de la maison. Et puis avec trois enfants, ce n'est jamais simple. Et toi, comment va ta femme ? dit Ruffle en jetant un coup d'œil à la jeune fille qui s'ennuyait à côté de Matthieu.

— Très bien, tu penses. Avec un mari comme moi ! plaisanta Matthieu.

Ruffle brandit sa masse.

— J'ai du travail. À plus tard, Hilland.

Le nom pétrifia Simon. Matthieu eut un air un peu gêné, l'espace d'une seconde, puis il retrouva son assurance.

— C'est mon nouveau nom. Hilland. John Hilland. Pas mal, non ?

Simon ne répondit pas. Il voulait savoir.

— Elle m'a tout apporté, tu sais. L'argent, la respectabilité, le luxe. J'étais fait pour ça : pour la réalisation de mes désirs. Je ne peux pas changer, tu le sais bien, on est ce qu'on est, et moi ma personnalité a été chauffée à blanc. Personne en ce bas monde n'a été plus chauffé à blanc, au feu d'enfer du désir, de l'énergie et des ambitions. Je ne crois qu'au désir. Ma main était faite pour se refermer sur les choses. Les choses matérielles, les choses de prix, les objets. Il n'y a que cela : les choses et ma main pour les enserrer. Et je les ai enserrées. Pas par l'intelligence, pas par la violence ou le crime. Non, par la seule force de ma volonté. Je suis entré dans le monde et j'y ai fait une place à ma mesure.

Il haussa les épaules et poursuivit :

— Grâce à toi, grâce à Jane.

Le dégoût submergea Simon. Bien entendu, Matthieu l'avait trahi. Mais en plus, il exhibait sa trahison, il l'invitait dans cet hôtel où tout avait commencé pour hurler à son meilleur ami qu'il lui avait volé sa femme afin de profiter de son argent et de réaliser enfin son effarant désir d'exister. Avec le recul des années, Simon comprenait que l'amitié de cet homme ne pouvait s'accomplir que dans la cruauté, parce que le vide sans fond de son être le condamnait à la destruction de ses proches. John Hilland haïssait ceux qu'il aimait et en ce moment même où il révélait sa trahison, sans doute devait-il aimer totalement son ami. De Matthieu Brunel à John Hilland, le salaud s'était trouvé et si Simon avait aimé Matthieu comme un frère, comme un double étrange et capricieux, jumeau inversé, il détestait John Hilland avec un mépris d'une rassurante simplicité. Cet homme n'était pas Matthieu. Sans doute était-ce le vrai Matthieu, révélé par ses incessantes métamorphoses, toutes ses contradictions fondues dans une répugnante cohérence, mais le lien de fraternité, en tout cas, était rompu.

D'une voix un peu tremblante, Simon changea de sujet :

— J'espère tout de même qu'il y a eu quelques ruines parmi tes amis pour pimenter les conversations.

— Quelques-unes, oui, mais rien de sérieux, plaisanta Matthieu. Le plus scandaleux, c'est qu'il n'y ait eu aucun suicide. C'est ça, le manque de tenue des sociétés modernes. Regarde Ruffle, le roi des *subprimes*. Il s'est fait sa fortune sur le dos des pauvres qui dorment maintenant dans la rue, ses dettes étaient colossales et il est même passé devant la commission des finances du Sénat. Eh bien, le résultat, c'est qu'une banque, elle-même renflouée par le gouvernement américain, a racheté sa compagnie pour une coquette somme, sans doute pas les milliards de valorisation de la belle époque mais assez pour vivre quelques générations. Tout est pour le mieux dans le meilleur des mondes. Il pourra encore vivre heureux avec femme et enfants – c'est-à-dire avec maîtresses et enfants parce que sa femme Shoshana est dépressive et ne peut pas le supporter, même si elle a été incapable de le quitter. Mais bon, c'est l'Amérique : la famille est sacrée. Et je crois que si Ruffle divorçait, son père le noierait dans la piscine.

— Je me souviens très bien de lui, fit Simon avec dégoût. Quel porc ! Il avait frappé ce serveur sans aucune raison.

— Oui. Sans aucune raison. Mais tu n'as rien fait, non ? Tu as juste continué à manger, comme tout le monde. Tu as accepté l'humiliation de cet homme. Je me trompe ?

Simon leva la main. Son geste enfantin réclamait l'apaisement. Il ne voulait plus rien entendre. Il balbutia des mots d'excuses et s'éloigna. À grands pas, il s'engouffra dans un couloir puis, découvrant soudain un fauteuil, dans un recoin, s'effondra. Toutes les images de sa vie revenaient, en sarabande, les visages de Jane Hilland, de Zadie Zale, de bien d'autres encore, de Matthieu bien sûr, l'ami disparu, levant son verre au cours de la soirée qu'ils avaient organisée ensemble, juste en dessous du ciel, dans cette époque dorée des trois terrasses, lorsque rien n'avait d'importance, lorsqu'il suffisait d'être amis et de vivre. Comme tout était bon alors, dans cette suspension de l'espace et du temps, entre terre et ciel, dans le pur éclat de la jeunesse. C'était l'histoire simple d'une trahison, comme il y en avait tant, mais en même temps c'était toute sa vie, reprise et corrigée, brouillée par le ressentiment et l'impression, lancinante, coupable et au fond insupportable, qu'il n'avait pas fait ce qu'il fallait, qu'il n'avait pas été à la hauteur. Cette fille qu'il n'avait pu séduire, à la soirée, cette jeune étudiante en mathématiques que Matthieu avait emportée dans son antre, sur les toits, et qui avait ensuite trouvé un compagnon, un mari, un homme dans son genre, pas comme Matthieu, eh bien cette fille c'était toute sa vie ! C'était la vie qu'il n'avait pas su séduire, parce qu'il en avait eu peur, parce qu'il s'était montré incapable d'en faire une compagne, parce qu'il était demeuré dans son bocal. Et de même, il avait laissé le serveur se faire battre, dans cette scène d'une effarante nudité sociale, où le riche avait frappé le pauvre. L'autre s'était seulement rassis d'un air offensé, jouissant en réalité d'avoir installé sa puissance, d'avoir montré sa force de gorille à son enfant, à sa femme, à toute l'assemblée. Secrètement comblé. S'il avait été un homme vraiment fort – et il était bien conscient que ce remords tardif et fantasmatique était d'une insigne faiblesse, terriblement pusillanime, comme ces enfants qui imaginent après coup des attitudes de preux chevalier –, Simon se serait levé de sa place, il se serait approché et il lui aurait cassé le nez. Un coup, un seul coup pour briser l'arête. Mais cela, il ne l'avait pas fait. Il avait juste hésité, il avait regardé autour de lui, et puis il avait recommencé à manger, laissant le serveur se relever tout seul au milieu de ses plats.

Le plus étrange était que dans les regrets de sa vie, le visage de Jane n'avait pas plus d'importance que cette jeune fille aperçue deux fois. Sans doute l'avait-elle trompé et il comprenait maintenant pourquoi Matthieu avait si soudainement quitté l'appartement. Mais l'Anglaise lui avait au moins offert le sentiment de l'existence, une plénitude éphémère qui, il le sentait bien, était au fond la seule vérité. Sentir et ressentir, le plus intensément possible. Il ricana : c'était donc cela qu'il devenait, un mystique de la vie ?

Simon se leva et, d'une démarche maladroite, il chercha la sortie. Il poussa des portes inutiles, s'engagea dans plusieurs impasses avant de déboucher sur le grand hall. Et là, il resta bouche bée.

Ils démolissaient tout.

La fête était finie. La gaieté, la légèreté du début s'étaient muées, l'alcool aidant, en une frénésie sombre. Les mâchoires serrées, les muscles contractés sur les masses d'acier, ils tapaient. Ils cassaient tout, miroirs, lustres, boiseries, meubles. Tous ces gens étaient venus des pays les plus lointains pour étancher leur soif de carnage. Ils étaient ivres de leur massacre. Ils tapaient. Ils cassaient. Ils brisaient, dans un fracas d'anéantissement. Une jouissance barbare les prenait à détruire le monde ancien.

Simon enregistrait la scène avec des yeux affolés. Il traversa la pièce, invisible au milieu des brutes, fuyant une orgie qui le dégoûtait. Il regagna la rue qui referma sur lui son obscurité. Et dans l'écho assourdi du carnage, avançant sur les pavés comme un pantin désorienté, le bruit de ses pas résonnant avec un son mat, il n'espéra plus que l'ombre et le silence, abandonnant tous les combats.

Il était heureux : il était vaincu.

REMERCIEMENTS

Je tiens à remercier mon père, redevenu un de mes premiers lecteurs, et ma famille pour leur soutien.

Je remercie également l'équipe des éditions Le Passage, toujours aussi présente et efficace, ainsi que mes amis Julien Carmona et Emmanuel Valette pour leurs précieuses informations sur le monde si particulier de la finance – même si ce roman n'engage bien entendu que moi.

Enfin, merci à Caroline. Pour tout.

Fabrice Humbert
dans Le Livre de Poche

L'Origine de la violence   n° 31750

Lors d'un voyage scolaire en Allemagne,
un jeune professeur découvre au camp de
concentration de Buchenwald la photo-
graphie d'un détenu dont la ressemblance
avec son propre père le stupéfie et ne
cesse de l'obséder. Ce prisonnier, David
Wagner, est en fait son véritable grand-
père. Peu à peu se met en place l'autre famille, la branche
cachée, celle dont personne chez les Fabre n'évoque l'existence… Au cours de sa quête, le jeune homme comprend
qu'en remontant à l'origine de la violence, c'est sa propre
violence qu'on finit par rencontrer… Ce roman a obtenu
le prix Orange en 2009 et le prix Renaudot Poche 2010.

Du même auteur :

AUTOPORTRAITS EN NOIR ET BLANC, Plon, 2001.

BIOGRAPHIE D'UN INCONNU, Le Passage, 2008.

L'ORIGINE DE LA VIOLENCE, Le Passage, 2009, Le Livre
de Poche, 2010 (Prix Orange du Livre 2009, Prix Lit-
téraire des Grandes Écoles 2010, Prix Renaudot Poche
2010).

Le Livre de Poche s'engage pour
l'environnement en réduisant
l'empreinte carbone de ses livres.
Celle de cet exemplaire est de :
350 g éq. CO$_2$
Rendez-vous sur
www.livredepoche-durable.fr

PAPIER À BASE DE
FIBRES CERTIFIÉES

Composition réalisée par PCA

Achevé d'imprimer en mai 2012 en France par
CPI BRODARD ET TAUPIN
La Flèche (Sarthe)
N° d'impression : 68280
Dépôt légal 1re publication : août 2012
LIBRAIRIE GÉNÉRALE FRANÇAISE
31, rue de Fleurus – 75278 Paris Cedex 06

31/6171/8